LA TRILOGIE ITALIENNE

TOUT ENTIÈRE

www.editions-jclattes.fr

Irene Cao

TOUT ENTIÈRE

Roman

Traduit de l'italien
par Léa Tozzi

JC Lattès

Titre de l'édition originale :
Io ti voglio
Publiée par Rizzoli

Maquette de couverture : atelier Bleu-T
Photo : © Geof Kern/Gallery Stock

ISBN : 978-2-7096-4584-3

Première édition mai 2014.

À cet homme

1

D'un coup sec il referme la porte de la chambre 405. Une fois à l'intérieur, il insère sa carte magnétique dans la fente sur le mur. Une lumière blanche envahit la pièce, désagréable, aveuglante.

Puis il éteint à la hâte tous les interrupteurs. Ne reste que la lampe sur la table de nuit, à droite – une tache de clarté qui rend plus intime et plus chaude l'atmosphère de cette chambre plongée dans le noir complet. Il s'assoit au bord du lit et tend le bras pour régler l'intensité de la lumière.

— C'est mieux comme ça.

Il essaie de dissimuler son trouble, mais je sais qu'un désir brûlant le dévore. Et me dévore aussi.

J'acquiesce. Je suis debout, à deux pas de la porte.

Il me regarde. Ses yeux brillent d'une lumière douce. Ils sont si transparents que je pourrais y nager. Il se lève du lit et s'approche. Il m'attrape par les cheveux, m'obligeant à pencher la tête en arrière, et commence à m'embrasser fougueusement.

Je lâche mon sac sur le parquet et le laisse faire. Je sens mon exaltation, mon envie, mon excitation, je sens sa chaleur, sa salive, la générosité avec laquelle il est en train de m'offrir son corps. Voilà. C'est le début d'une nouvelle nuit hallucinante, une autre nuit de sexe et de folie. Une de plus sur une longue liste de rencontres toutes différentes, et pourtant toutes identiques. Je ne les compte même plus tant elles sont inutiles.

Cet homme est mon nouvel amant. Je le connais depuis quelques heures à peine. Tout ce que je sais, c'est qu'il s'appelle Giulio, qu'il vient de Milan et qu'il est acteur. Ou, plus exactement, qu'il aimerait le devenir. Nous nous sommes rencontrés – façon de dire – au Goa, une boîte où je passe mes vendredis soir – je suis une habituée, désormais. Il m'a repérée dès que j'ai mis les pieds sur le dance floor, et il m'a collée toute la soirée. Nous avons dansé jusqu'à l'épuisement. Nous nous sommes lancés dans un petit jeu très explicite et terriblement érotique : il frottait son corps contre le mien, je m'amusais à l'allumer. Voir ses copines lancer des regards envieux et méprisants ne m'a pas donné envie d'arrêter. Au contraire.

« Ça te dit qu'on se casse ? » a fini par me

demander Giulio. Et me voilà ici, dans la chambre 405 de l'hôtel Duca d'Alba. Et c'est la maison de production du film, un polar où Giulio joue un petit rôle, qui régale.

Mes mains plongent impétueusement dans la jungle de ses cheveux blonds. Il me pousse contre l'armoire et me soulève la jambe en la repliant. Le genou collé à sa hanche, je laisse nos langues se dévorer, brûler, lutter à un rythme de plus en plus vertigineux. Lui commence alors à se glisser le long de mon corps. La tête plongée entre mes jambes, il relève ma minijupe et serre mes cuisses contre ses joues rugueuses. Une coulée humide s'insinue sous mes sous-vêtements : je suis toute moite, et sa langue est terriblement impatiente. Trop impatiente, même.

J'attrape violemment sa tête pour l'éloigner. Il se relève. Mais ça ne le décourage pas. D'un geste décidé, il m'arrache ma jupe. Je me retrouve alors en string, bas et talons de 12 centimètres. Là-dessus, Giulio commence à déboutonner mon chemisier puis se glisse sous mon soutien-gorge pour y chercher un téton qu'il saisit fiévreusement entre ses doigts. Je pose alors la main sur la fermeture Éclair de son jean, et je le serre : je veux sentir son sexe enfler encore davantage. Mes yeux sont plongés au fond des siens, mais je ne le regarde plus vraiment, car ils sont gonflés d'alcool et de fatigue. Je finis par le pousser sur le lit, encore plus violemment. Là, je l'oblige à s'asseoir devant moi. Ce soir, c'est moi qui commande.

— Déshabille-toi, je lui ordonne.

— O.K., me lance-t-il avec un sourire tout en délaçant calmement ses chaussures. J'aime les dominatrices.

Une fois pieds nus, il ôte sa chemise par le col. Il a beau être maigre, ses muscles sont si fermes qu'ils dessinent comme une armure sur son torse. Sans détacher ses yeux brûlants des miens, il défait lentement sa ceinture avant de la poser sur le lit.

Je lui enlève alors son pantalon que je balance sur le tapis, à côté de ma jupe. L'instant d'après, j'attrape fermement sa ceinture dans le creux de ma main et je la fais claquer dans l'air comme un fouet. En touchant le sol là où s'étend le faible halo de lumière, la boucle brise le silence avec un bruit métallique et jette comme un éclair. Un petit sourire amusé sur les lèvres, Giulio semble vraiment à l'aise, et prêt à entrer dans le vif du sujet. Tant mieux, je suis prête aussi.

Lovée entre ses jambes, je laisse ses genoux me retenir prisonnière. Je me mets alors à lentement faire glisser le bord de sa ceinture sur sa peau nue. Le long de son cou, d'abord, puis de son torse, en dessinant comme un cercle autour de ses tétons, avant d'atteindre son nombril. Là, je remonte, encore plus lentement. Sa peau se rétracte quand je le titille, et le cuir rêche le torture. Tout son être frissonne, son regard me le prouve. Je lui passe alors sa ceinture derrière la nuque avant de l'attacher, pour lui faire comme un collier. Le contraste avec sa peau claire est assez saisissant : on dirait un serpent noir surmonté d'une tête argentée. Voir Giulio comme ça me rend dingue d'excitation.

— Qu'est-ce que tu veux me faire ? me susurre-t-il tandis que je me relève.

Une flamme brûlant dans ses yeux vert d'eau, il dégrafe mon soutien-gorge puis s'approche de mes tétons, pile à hauteur de sa bouche, et laisse courir sa langue dessus.

— Chhh, tu vas voir…, lui dis-je tout bas avant de le pousser contre la tête de lit.

Toujours debout, et sans quitter Giulio des yeux, j'enlève un de mes bas et l'enroule autour de son poignet gauche pour faire comme un nœud coulant. Même chose avec le poignet droit. Je les attache ensuite aux montants métalliques du lit. Je serre très fort, jusqu'à ce que ça lui fasse mal. Le nylon se tend mais tient bon. Enfin, je lui arrache son boxer, violemment, comme un mec.

Je le laisse dans cette position, nu et immobile. Une fois à hauteur de la table de nuit, je me verse tranquillement un demi-verre de scotch, comme s'il n'était pas là. Je me sens gagnée par l'excitation. Mon rythme cardiaque s'accélère, j'ai les tempes qui battent. J'ai l'impression que ma poitrine gonfle, qu'elle brûle. Je dépasse les bornes ? Rien à foutre. Ce soir, pas question de réfléchir. Je veux prendre du plaisir, point barre.

Giulio me regarde comme un animal enfermé dans une cage.

— Et moi ? Tu ne veux pas m'en offrir un petit peu ? me demande-t-il d'un ton plaintif.

— Seulement si tu es sage, je lui réponds.

Il a beau prendre un air triste pour secouer la tête, je sais que ce petit jeu lui plaît.

J'attrape alors la chaise du bureau que je traîne jusqu'au bord du lit. Après avoir posé mon verre par terre, je m'assois. Sans cesser de le fixer des yeux, j'allonge une jambe sur son torse et commence à promener mon pied sur sa peau. Mes orteils caressent son sexe dur, glissent sur sa poitrine velue puis remontent le long de son cou avant de lui caresser la bouche.

La tête penchée en arrière, Giulio me lèche la voûte du pied, là où la peau est la plus fine. Il se cambre, cherche ses baisers, les désire. Je le glisse entre ses lèvres pour laisser Giulio le sucer… Mon pied entre et sort, encore et encore. De minuscules décharges électriques commencent à remonter le long de ma jambe, jusqu'à mon sexe, mais sans aller plus loin. Elles s'arrêtent là, à la surface. Au fond de moi-même, je ne ressens rien. Je n'y arrive pas.

— Bien, lui dis-je dans un murmure, d'un air convaincant.

Ça ne me fait rien du tout, mais il se débrouille bien, je dois le reconnaître.

— Merci, lâche-t-il en se passant la langue sur les lèvres.

— Tu l'as bien mérité, je lui réponds d'une voix de velours.

Je me lève d'un bond et renverse la chaise d'un coup de pied avant de grimper sur le lit. À cheval sur le corps de Giulio, je me mets à faire courir ma langue sur sa peau, descends jusqu'à son nombril puis remonte jusqu'à son cou. Mes sens se réveillent. Ça me plaît de le lécher. J'aime son parfum – Armani Code ? non, Gucci Guilty, plutôt. Je lui couvre le ventre de baisers – tendrement, d'abord, et férocement l'instant d'après, comme si je venais d'être soudainement mordue par une tarentule.

Je sens sa respiration haletante sur mon visage. Tout le bas de son corps commence à se raidir. J'attrape alors son sexe et me mets à le frotter contre la dentelle de mon string, doucement, d'abord, puis de plus en plus violemment. Je cherche mon plaisir à travers le sien. Le temps de me débarrasser de mes sous-vêtements et je laisse ma chair tiède l'accueillir quelques secondes.

L'instant d'après, je me retire pour prendre son sexe entre mes lèvres. Quand il pousse un cri étranglé, je décide de m'éloigner. Je lui pose une main sur la bouche tandis que, de l'autre, j'entrouvre mon vagin pour y enfoncer lentement son sexe. Mon sang bat, mais pas mon cœur. Mon corps ondule d'avant en arrière, mais je n'éprouve rien. Je m'empare alors de la ceinture que j'ai enroulée autour de son cou pour la serrer un peu plus fort, jusqu'à ce qu'il soit à deux doigts d'étouffer. Un éclair de surprise traverse son regard, une veine se gonfle sur sa tempe, mais il aime ça. Il est excité, je le vois, mais je ne ressens toujours rien. Rien, si ce n'est une légère nausée à cause de tout l'alcool que j'ai ingurgité ce soir.

Je tends la main pour éteindre aussi la lampe de chevet. Je me sens plus en sécurité dans le noir. Un mince rai de lumière blanche filtre à travers les rideaux en traçant comme un trait sur le mur au-dessus du lit. Je le fixe, histoire de regarder quelque chose. Giulio est à l'intérieur de moi, mais c'est comme si j'étais seule. Je fais semblant de jouir et je ne sais pas si c'est plus pour lui que pour moi.

Je le laisse venir en moi avant de me retirer et de descendre du lit. J'ai beau avoir l'esprit embrumé, il me vient soudain une idée : et si je m'en allais en le laissant attaché ? Ce serait du pur sadisme, certes, mais au moins, ça serait marrant – et ça me permettrait de prendre un peu mon pied.

— Elena ? me demande Giulio tandis que je ramasse mes vêtements sur le tapis.

Je ne réponds pas. Il a dû se douter de quelque chose.

— Eh, qu'est-ce que tu fabriques, petite ? Tu es passée où ? me lance-t-il d'une voix légèrement troublée.

Petite ? On se connaît depuis cinq heures et il m'appelle déjà « petite ». Il se croit sur un plateau de tournage ou quoi ? Il essaie bien de se libérer, mais il n'y arrive pas.

— Je suis là, mais je ne vais pas tarder à y aller.

J'entends la tête de lit cogner fort contre le mur.

— Merde, Elena !

Après avoir enfilé mon string, je rallume la lumière. Le voir essayer d'arracher mes bas avec ses dents me décroche un petit sourire.

— Allez, petite, détache-moi, insiste-t-il. Ce n'est pas vraiment pas marrant, tu sais.

Son sexe encore en érection (incroyable !), il me jette un regard noir.

— J'ai une dernière scène à tourner. Je dois être sur le plateau à six heures !

Du coin de l'œil, il aperçoit le réveil posé sur la table de nuit. Quatre heures.

— Qu'est-ce que tu fous ? Détache-moi, bordel de merde !

Sa voix part dans les suraigus.

— Tu hurles comme ça dans la scène où tu te fais trucider ? je lui demande avec un petit ton sarcastique.

J'ai presque pitié de lui. Si Giulio est devenu

célèbre, c'est grâce à une pub pour une marque de chocolat. Et maintenant qu'il a décroché ce petit rôle de rien du tout, il se croit déjà en lice pour le prochain Oscar. Je finis quand même par revenir sur mes pas. Ce n'est pas l'envie qui me manque de le laisser là, mais j'ai décidé de le gracier.

— Calme-toi, lui dis-je pour le rassurer.

Je m'approche lentement du lit avant de me mettre à cheval sur son corps nu. Après lui avoir enlevé la ceinture du cou, je défais le premier nœud, puis le deuxième.

— Libre ! je lui lance en haussant les épaules.

Je suis déjà au pied du lit, mais Giulio me retient en m'attrapant par les cheveux.

— Attends un peu, petite chienne. Tu crois aller où comme ça ? Tu vas me le payer.

J'entends la colère et le désir se mélanger dans sa voix.

J'ignore pourquoi, mais son geste bestial me provoque et m'excite en même temps. Je me retrouve soudain poussée violemment contre le mur. Collé contre mon bassin, Giulio m'arrache mon string et m'écarte les jambes avec les pieds. Puis il me penche en avant et me pénètre aussitôt. Son pénis est encore dur et enflé – j'ai l'impression qu'il est encore plus gros que tout à l'heure, mais je ne peux plus faire confiance à mes sens, désormais. D'un coup de reins brutal, il s'enfonce en moi. Les mains plaquées de toutes mes forces contre le mur, je me nourris de sa sauvagerie. Tandis qu'il agrippe mes seins, ses dents plongent dans mon cou. Il pousse un gémissement de pur plaisir que je m'efforce d'imiter. D'un geste décidé, il empoigne alors mes fesses, puis sort de moi et s'enfonce encore plus violemment. Je hurle de douleur. Mais je ne jouis pas. Je ne sais plus ce qu'est le plaisir, depuis cette dernière nuit avec Leonardo. Depuis qu'il est parti, voilà sept mois, mon corps est resté vide et muet. Plus rien n'arrive à le réveiller.

Giulio s'arrête un instant.

— Tu en veux encore ? me grogne-t-il à l'oreille.

— Oui, s'il te plaît. Je veux jouir, je murmure, hors d'haleine.

En réalité, j'ai juste envie que ce calvaire prenne fin, et vite.

Dans un gémissement guttural, Giulio accélère la cadence, et s'enfonce encore plus profondément, plus fort, plus vite, jusqu'au dernier coup. C'est fini, je suis libre de m'écrouler par terre, épuisée, la tête qui tourne, l'estomac à l'envers.

Je reste un moment dans cette position, tandis que Giulio saute dans son pantalon, obsédé par son tournage, comme un enfant tellement focalisé sur lui-même qu'il a perdu tout intérêt pour son jouet. Son attitude m'inspire un mélange de tendresse et de dégoût. Non, je n'éprouve rien pour lui, pas plus que pour tous les hommes que j'ai connus après Leonardo. Aucun d'eux n'a su faire vibrer mon corps comme lui. Aucun d'eux n'a su faire palpiter mon cœur, qui ne continue à battre que par inertie, car on lui a arraché celui qu'il aimait.

Giulio m'attire vers lui et me dévore de sa bouche brûlante. Un dernier coup d'œil dans le miroir pour s'assurer que sa coiffure est parfaite et il ouvre la porte.

— Merci pour cette super soirée, Elena. J'espère qu'on se reverra. Tu as mon numéro. On s'appelle, d'accord ?

— Bien sûr, je lui réponds en baissant les yeux.

Ce ne sera évidemment pas le cas, nous le savons tous les deux. Notre histoire s'arrête là, entre ces quatre murs silencieux.

Une fois dehors, nous nous disons au revoir. Je ne tiens pas debout, ma tête pèse une tonne mais j'ai encore la force d'appeler le taxi qui va me ramener chez moi.

Je descends à hauteur du Campo de' Fiori pour marcher un peu. Je respire à pleins poumons l'air frais de la nuit romaine histoire d'apaiser cette nausée qui me ravage le ventre. Mais cela ne dure hélas qu'un instant : l'envie de vomir me reprend aussitôt. C'est atroce. Et, le pire, c'est que ce n'est pas la première fois que ça m'arrive. En fait, ça fait des mois que je rentre ivre morte soir après soir.

Comment ai-je fait pour en arriver là ?

Oh, c'est très simple. Si je passe mes nuits dehors à m'abrutir d'alcool et de sexe, c'est que je n'ai pas trouvé d'autre moyen pour surmonter le vide qu'a laissé Leonardo. Ça ne fait que quelques mois qu'il est parti, mais j'ai l'impression que c'était il y a une éternité. Je le revois m'avouer ses sentiments et puis je me revois, moi, en train de plaquer Filippo, sans m'imaginer que Leonardo a une femme, Lucrezia, qui ne peut vivre sans lui. Je me retrouve au fond du trou, avec le sentiment d'avoir tout perdu. Comme ça me fait trop mal de repenser à cette histoire, j'ai décidé de l'effacer de ma mémoire et de me mettre à brûler la vie par les deux bouts. Ça n'a peut-être aucun sens, mais ça m'a au moins permis de prendre un nouveau départ. Et puis je n'avais pas d'autre solution.

Je lève les yeux avant de prendre le chemin de la maison. C'est une nuit de printemps. La lune a l'air d'un disque perdu au milieu du ciel. Le Campo de' Fiori est un désert silencieux et magique : on n'y aperçoit guère que l'étalage d'un vendeur ambulant qui se prépare déjà pour le marché du matin. Je n'ai qu'une hâte : me débarrasser de mes talons et m'écrouler sur mon lit. Alors je presse le pas.

Je vis encore chez Paola. À force, elle ne s'étonne plus de me voir rentrer à pas d'heure. Ça fait tout de même quelque temps qu'elle s'inquiète de plus en plus pour moi, vu mon incapacité à retrouver un peu de lucidité, même au travail. Elle peut flipper si ça lui fait plaisir. Elle n'a pas l'air d'avoir compris que je ne fais rien de mal, après tout. Et puis je suis assez grande pour me débrouiller toute seule !

J'attaque l'escalier en essayant tant bien que mal de garder l'équilibre. Je grimpe chaque marche en tirant la langue. Jamais je n'irai au bout de ce calvaire. Ma nausée s'accentue, ma tête me tourne encore plus, et j'ai de plus en plus de mal à marcher droit.

Ouf, me voilà sur le palier. Ne reste plus qu'à trouver la bonne porte… Sur la sonnette, je lis CECCARELLI. C'est bon, je m'en suis sortie une fois de plus. Et maintenant, la serrure. Après quelques tentatives maladroites, j'arrive à insérer la clé et à ouvrir, mais, une fois à l'intérieur, j'ai le malheur de lâcher la poignée. La porte claque dans mon dos dans un bruit d'enfer. Et merde ! Si Paola se réveille, ce sera le bouquet…

Après avoir eu toutes les peines du monde pour enlever mes bottes, je me traîne dans le couloir le cœur au bord des lèvres en essayant de faire le moins de bruit possible. Direction la salle de bains. Soudain, je trébuche sur le cale-porte en pierre. Je m'entends brailler un « Bordel de merde ! » en me tenant le pied. Je la retiens, Paola, et sa collection d'objets en forme de chat ! Déjà que je ne tiens pas debout, s'il faut en plus que je zigzague au milieu de ces saloperies... Et tout ça dans le noir !

Allez, encore un pas et j'y suis. Ouf ! J'ai cru que je n'y arriverais jamais. Hélas, en cherchant à l'aveuglette l'interrupteur de la glace, je renverse par terre le parfum de Paola. Et vlan ! Sa bouteille de Chanel nº 5 éclate avec fracas sur le carrelage. Il y en a partout. L'odeur capiteuse qui m'envahit les narines me monte droit à la tête avant de me retourner l'estomac... C'est une catastrophe. Je suis vraiment nulle.

— C'est quoi, ce bordel ?

Paola vient d'apparaître en peignoir devant l'entrée de la salle de bains, le visage bouffi de sommeil, les cheveux en pétard. Elle se frotte les yeux et me regarde comme si elle venait de voir un fantôme.

— Elena, ça va ?

— Ne t'inquiète pas, je te rachèterai ton parfum, dis-je d'une voix pâteuse.

Une main sur le lavabo, j'essaie de respirer profondément.

— Tu es toute verte, me dit-elle en s'approchant de moi. Tu as encore trop bu...

— Ça va, ça va... Tout va bien. Je peux me débrouiller toute seule.

Même si je n'en mène pas large, j'essaie de l'éloigner d'un geste de la main, quand, soudain, une espèce de vague brûlante qui me remonte le long du corps me plie en deux. C'est mon estomac qui se rebelle. Je tente de me mettre une main devant la bouche, mais à quoi bon ? Avec toutes les saloperies que j'ai ingurgitées pendant la soirée, pas étonnant que mon corps dise stop. Et je me retrouve la tête dans le lavabo, à vomir mes entrailles.

— Putain de merde, Elena !

Une main posée sur mon front, Paola m'aide à me tenir debout avant de m'accompagner lentement jusqu'à la cuvette des toilettes. Elle m'écarte les cheveux du visage pour me laisser vomir à nouveau. Est-ce que ce cauchemar va durer encore longtemps ?

J'ai honte. J'ai l'impression d'être une loque, de ne servir à rien. Là, maintenant, je n'éprouve pour moi-même qu'un profond dégoût. Effondrée par terre, je jette à Paola un regard perdu et un sourire hagard avant de me mettre à frissonner. Pour m'éviter de me salir, Paola m'installe contre la baignoire et me nettoie la bouche avec une serviette humide. Je suis comme un être sans défense entre ses mains. Un petit coup d'œil dans la glace ; j'aperçois mes lèvres livides, mon visage d'enfant malade. On dirait que j'ai de la fièvre. Tandis que Paola me passe de l'eau sur le front, je la regarde d'un air un peu absent mais plein de gratitude, comme ces SDF qu'il m'arrive de rencontrer dans la rue, la nuit.

— Elena..., me fait-elle en secouant la tête.

La tendresse et le reproche se mêlent dans sa voix.

— À quoi ça rime de te mettre dans un état pareil ?

Honnêtement, je n'en sais rien.

— Mais c'était une belle soirée, tu sais ? Je me suis éclatée ! dis-je dans un souffle avant de m'écrouler contre la paroi de la baignoire.

Paola est presque obligée me porter à bout de bras pour me conduire jusqu'à ma chambre. Puis elle m'aide à me déshabiller et me glisse sous les couvertures. J'ai des frissons qui me remontent le long de la colonne vertébrale. Paola me force à manger un morceau de pain pour me remplir un peu l'estomac, qui me fait encore un mal de chien, avant de me border. Elle s'assied au bord du lit, tout contre mon corps inerte, et jette un regard autour d'elle en secouant la tête. Soyons honnête : ma chambre est un bordel innommable, digne d'une adolescente à la dérive. Le tapis est jonché d'emballages d'After Eight, une collection de canettes vides de Coca-Cola et de bouteilles de bière trône sur mes étagères, tandis qu'un paquet de Kellogg's au chocolat est renversé sur mon bureau. Il y a des vêtements roulés en boule, des soutiens-gorge et des petites culottes un peu partout… Bref, toute ma vie est un véritable foutoir.

À être assise à côté de moi comme ça, Paola me rappelle ma mère qui prenait soin de moi quand j'étais malade. J'ai presque l'impression que c'est elle qui me regarde.

— C'est déjà la deuxième fois cette semaine. Toi, tu dis que tu t'amuses, mais, à te voir, j'en doute.

Je fais mécaniquement oui de la tête avant de laisser mes paupières se fermer. Je préfère faire semblant de sombrer : ce n'est pas le moment pour les sermons. Mais, au fond de moi, je sais que c'est elle qui a raison.

— Tu es en train de foutre ta vie en l'air, Elena, poursuit Paola en m'écartant une mèche de cheveux du visage. Comprends ça, je t'en prie. Je sais que tu n'as pas envie de m'écouter, mais je te le dis quand même…

Je continue à me cacher derrière mes yeux clos. Je fous ma vie en l'air, peut-être, mais quelle importance ? Ça soulage, de se libérer de soi-même, ça aide à ne pas devenir dingue. En tout cas, ça me permet de retrouver un peu de légèreté. Leonardo m'a tellement fait souffrir que c'en était presque insoutenable, et puis vient un moment où la douleur finit par s'estomper, qu'on le veuille ou non. Hélas, elle laisse un vide qui est peut-être plus douloureux encore. Il fallait bien le remplir, ce vide, alors j'ai commencé à abuser de tout – du sexe, de la nourriture, de l'alcool, de tout ce que la vie peut me donner –, sans avoir l'illusion de pouvoir jamais être satisfaite.

— J'ai parlé avec Ricciardi aujourd'hui, finit par me dire prudemment Paola. Il ne t'en veut pas. Si tu lui présentes des excuses et que vous vous expliquez, il te reprendra peut-être.

L'espace d'une seconde, je retrouve un peu d'énergie pour jeter un « Quel connard, celui-là... » d'une voix agressive.

Ricciardi est le directeur des restaurations à la Villa Médicis. À la fin du chantier de Saint-Louis-des-Français, le père Serge, comme promis, nous a recommandées, Paola et moi, ce qui nous a valu d'être embauchées dans cette équipe pour une nouvelle mission. Le problème, c'est que ce petit bonhomme dodu et pédant m'a été antipathique dès la première seconde. Il passait son temps à me faire la morale sous prétexte que j'étais arrivée une ou deux fois en retard et qu'un jour j'avais fait n'importe quoi avec les couleurs. Il faut dire qu'après avoir dansé jusqu'à l'aube, je ne pouvais qu'avoir la tête dans le gaz... Bref, j'ai fini par exploser, et je suis partie en claquant la porte. Je ne suis plus la Elena d'avant. Il y a encore quelque temps, je n'aurais pas seulement imaginé faire un truc pareil, mais je l'ai fait, et avec une certaine satisfaction, d'ailleurs. Et il faudrait maintenant que j'aille le supplier de me réengager ? Plutôt crever ! Et puis ce n'est pas si mal d'être au chômage : j'ai du temps pour faire ce qui me chante et ce qui me plaît. Sans avoir à recevoir d'ordres de personne.

Malheureusement, Paola ne semble pas du même avis :

— Ricciardi est peut-être un peu casse-couilles,

mais tu as aussi ta responsabilité là-dedans. Mets-toi bien dans le crâne que tu es au travail, Elena.

Je tourne la tête, agacée, les yeux toujours fermés. Stop, maintenant ! Déjà que j'en ai marre que Paola me bourre le mou jour après jour avec sa philosophie du sacrifice, je n'ai pas envie d'écouter sa leçon de morale plus longtemps.

Désolée, ma chère Paola, mais tu n'es vraiment pas la mieux placée pour me tenir ce genre de discours. Je sais, j'ai dégueulassé ta salle de bains, j'ai cassé ton parfum, j'ai fait de cette chambre un véritable dépotoir, alors excuse-moi, mais est-ce que c'est le meilleur moment pour me prendre la tête avec Ricciardi ? Toi, tu t'es jetée à corps perdu dans le travail pour calmer ta souffrance, pour oublier Gabriella, ton grand amour, et ça marche plutôt bien, on dirait… Seulement, est-ce que c'est ma faute si ça ne marche pas comme ça avec moi, si j'ai préféré échapper à tout ça ? Alors d'accord, s'éclater comme une folle n'est peut-être pas la stratégie la plus élégante pour fuir la réalité, d'accord, j'ai parfois perdu le contrôle, mais je me sens libre, enfin. J'ai arrêté d'avoir des complexes et, surtout, de me prendre la tête. Allez, ça suffit maintenant, Paola, je t'en prie, j'ai quand même le droit de dormir en paix, tu ne crois pas ?

Tout en me tournant sur le côté, j'arrive à articuler faiblement :

— C'est bon, Paola, j'ai compris… Je ferai

tout ce que tu veux. Mais j'ai besoin de sommeil, maintenant.

— O.K., Elena.

Je l'entends s'éloigner et refermer la porte.

La tête plongée dans l'oreiller, je repense à tous mes excès de ces derniers mois, à ma folle envie de liberté, à ma recherche effrénée de plaisir. Hélas, j'ai beau faire des pieds et des mains, la douleur qui me taraude depuis que j'ai laissé Leonardo partir ne m'a pas lâchée. Une larme amère me coule le long du visage. Je pleure à cause de moi, à cause du mal que j'ai volontairement voulu me faire avec Giulio, ce soir, comme avec tous les autres mecs que j'ai connus ces derniers temps. Je pensais me libérer des fantômes du passé, eh bien c'est raté : je me retrouve encore plus vide, incapable de prendre du plaisir – alors qu'avec *lui* je pouvais jouir à en devenir folle. Ce n'est pas en me servant des hommes comme je le fais que je résoudrai mon problème, je sais. Mais au moins, je fais semblant d'essayer de trouver un peu de cette normalité qui me semble tellement inaccessible, désormais. Tôt ou tard, je finirai bien par trouver l'homme de ma vie, celui qui remettra la machine en route. « Ça finira bien par t'arriver à toi aussi ! » me dit toujours Gaia. Pourvu que ce soit le cas !

Justement, l'homme de sa vie, Gaia l'a trouvé. Elle se marie dans une semaine, et je suis son témoin. Gaia Chinellato, la reine vénitienne des chargées de communication, et Samuel Belotti, le champion de cyclisme : le mariage de l'année ! Dire que je n'aurais pas misé un kopeck au début de leur « histoire », et pourtant... Dès demain midi, je saute dans un train pour Venise et, dans quelques jours, Gaia, ma meilleure amie, sera la femme de quelqu'un.

Dans le noir, je souris. Mon corps me semble soudain un peu moins lourd. Le jour a fini par se lever, mais j'ai encore quelques heures devant moi pour récupérer de l'énergie avant ce grand moment.

Fais de beaux rêves, Elena. Demain il faudra repartir au combat.

2

Cela fait à peine deux jours que je suis arrivée et Venise s'est déjà emparée de moi. Je lui appartiens, c'est plus fort que moi. Je suis de nouveau sous le charme de cette ville paresseusement étendue sur les eaux de la Lagune qui ensorcellent ceux qui la regardent trop longtemps. Ici, rien n'a l'air de changer, malgré le rythme incessant de la marée.

Retrouver mon appartement après des mois d'absence m'a fait replonger dans mes souvenirs, dans un mélange de tendresse et de mélancolie. C'était un peu comme retomber amoureux de quelqu'un. Comme le propriétaire me demande un loyer plus symbolique qu'autre chose, je n'ai même pas eu à abandonner mon refuge vénitien quand je suis partie vivre à Rome, une chance.

Les pièces de mon appartement sont aussi vides et immobiles qu'au moment où je les ai quittées. Ma mère est passée de temps en temps pour donner un coup de balai, mais elle a tout laissé parfaitement en ordre. Que ce soient mes livres, mes CD, mes DVD, mes dessins ou mes carnets intimes rangés dans des tiroirs, chaque chose est à sa place, mais je suis sûre qu'elle aura jeté un petit coup d'œil en passant, curieuse comme elle est.

Non, vraiment, rien n'a changé, pas même l'air ambiant. J'ai eu l'impression de sentir l'odeur de Leonardo, et pourtant plus d'un an s'est écoulé depuis que nous avons fait l'amour ici. J'ai effacé les sentiments que j'éprouvais pour lui – enfin, je crois – mais pas encore son souvenir, qui surgit parfois comme un fantôme. Si je le pouvais, je ferais table rase de tout ce que j'ai dans le cerveau, comme dans le film *Eternal Sunshine of the Spotless Mind* que j'ai revu tout récemment. Ah, si seulement il existait vraiment un moyen de reprogrammer ses souvenirs ! Contrairement au personnage joué par Jim Carrey, je n'hésiterais pas au moment fatidique et je me soumettrais au traitement sans faire d'histoires. Quelle connerie de croire qu'on peut commander à son cœur : le mien, je l'ai fait taire et l'ai foutu au fond d'un tiroir avant de jeter la clé. Plus de danger…

Hélas, cette nuit, les chattes en chaleur de ma voisine, Mme Clelia, ont tenu à me rappeler que la saison des amours avait commencé. Ce n'était plus le Campo San Vio, c'était le Far West ! Avec le concert de hululements et de beuglements atroces qui se jouait sous la fenêtre de ma chambre, j'ai passé des heures à faire la crêpe dans mon lit. Qu'est-ce que je regrette les faux chats de Paola, si beaux, si silencieux ! J'ai cherché de l'autre côté du lit une main à serrer, un corps contre lequel me lover, mais j'étais seule. Je suis seule. Je n'ai pas besoin d'amour, le sexe me suffit entièrement. Gaia dit que ça ne me ressemble pas d'aimer le sexe pour le sexe : au fond, je suis restée une grande romantique… Elle n'a vraiment pas compris à quel point l'amour m'a déçue. Maintenant, je veux juste rester loin de tout ça.

Gaia. Me voilà en route vers chez elle. Avec ses plus chères amies, nous lui avons amoureusement préparé une fête surprise pour son enterrement de vie de jeune fille. Gaia ne se doute évidemment de rien. Elle est même à des lieues d'imaginer qu'au lieu d'une gentille soirée entre copines, c'est une longue série de jeux humiliants et dégradants qui l'attend…

En grimpant l'escalier qui conduit à son loft, je la vois mettre à la porte Samuel, l'homme qui deviendra son mari dans quatre jours. Agrippé au chambranle comme un chat, il essaie de lui voler un dernier baiser, ce qui n'a pas l'air de déplaire le moins du monde à la future Mme Belotti.

Je les avertis de ma présence avec un léger toussotement histoire d'interrompre leurs effusions.

— Tiens, notre témoin…, fait Samuel en me lançant un de ses sourires Ultra Brite.

— Je ne dérange pas, j'espère…

Gaia éclate de rire.

— Samuel allait justement nous quitter. N'est-ce pas ? ajoute-t-elle avec un regard de braise avant de plonger fougueusement sa langue au fond de sa bouche.

Eh bien, on dirait qu'ils n'ont pas fait ça depuis des semaines !

— Hé, doucement les mamours, dis-je en ricanant.

Je leur tourne alors le dos en signe de protestation. Là, j'aperçois un type à l'air sérieux, au regard d'aigle, la boule à zéro et une oreillette Bluetooth. C'est le manager de Belotti. Il hausse les épaules d'un air résigné. Il a dû finir par s'habituer à cette petite scène dégoulinante et gênante.

— Tu tiens vraiment à ce que j'y aille ? demande Samuel en posant une main sur les fesses de Gaia.

— Oui ! grogne-t-elle.

Tu parles ! Sans cette petite sauterie entre amies, elle serait restée collée à lui, et pas qu'un peu.

— Allez, oust ! siffle-t-elle avant de le pousser dehors pour de bon.

— Prenez bien soin d'elle, me glisse Samuel, comme s'il avait vaguement deviné ce qui attend Gaia. Et rendez-la-moi en un seul morceau !

— Sois tranquille, lui dis-je avec un clin d'œil. Mais ne brûle pas toutes tes cartouches ce soir…

Mon petit doigt m'a dit que ses amis ont organisé son enterrement de vie de garçon du côté de Padoue. J'imagine qu'il va passer à la casserole, lui aussi.

— J'en garde une sous le coude..., murmure-t-il en lançant à Gaia une œillade lascive. De toute façon, je ne peux pas trop forcer : j'ai un contre-la-montre demain, ajoute-t-il tout haut, le torse bombé et le regard fier.

— Bon ben, bonne chance, alors ! je lui réponds en souriant avant d'entrer.

— Éclate-les tous, mon amour ! braille Gaia du fond de la pièce.

— Compte sur moi !

Le temps de lui lancer un baiser et il s'engouffre dans l'escalier, escorté par son manager.

Depuis que Gaia m'a annoncé son mariage, l'été dernier, je n'ai vu Samuel que trois fois. Cela dit, elle m'a tellement parlé de lui, en long, en large et en travers, que j'ai l'impression de le connaître depuis toujours. C'est un sportif talentueux, un mec tenace, un battant : s'il se met en tête de gagner une course ou de conquérir la femme de sa vie, rien ne peut l'arrêter. Sans compter qu'il est beau à tomber par terre, avec ses traits virils et parfaits, son profil grec, ses lèvres charnues et un sourire ! Avec ses dents bien droites et bien blanches, on dirait une pub pour du dentifrice. Il a un accent vénitien très marqué, bien sûr, avec une voix profonde de toute beauté.

C'est le genre d'homme qui sait charmer les femmes tout en se rendant sympathique aux yeux des autres mâles. Cerise sur le gâteau, il est plein aux as : un loft à Monaco, une propriété dans la campagne vénitienne et une collection de motos de course qu'il ne manque pas d'enrichir chaque mois. On pourrait croire qu'il a un ego (au moins) surdimensionné, mais non. Je veux dire : il a une haute opinion de lui-même, mais ça ne le rend pas imbuvable pour autant. Il est très sûr de lui et très extraverti, comme tous les gens conscients de leur talent, et s'il lui arrive parfois d'en faire un peu trop, on lui pardonne volontiers.

Certes, j'avais quelques réticences au début de leur histoire, mais, une fois que j'ai appris à le connaître – c'est-à-dire quand j'ai pu ne serait-ce que lui parler –, j'ai changé d'avis. S'il se faisait autant désirer, ce n'était pas par stratégie ou par désintérêt pour Gaia, c'était à cause de son autre grande passion : le vélo. O.K., j'avoue que ce qui m'a convaincue, c'est de voir Gaia aussi déterminée et aussi amoureuse. Je ne l'avais jamais connue comme ça avant. Avec le recul, je suis ravie qu'elle l'ait choisi lui plutôt que Brandolini. Elle aurait vécu une belle histoire avec le comte, mais ce n'était pas le grand amour. Bref, ce futur mariage me donne envie de m'impliquer à fond dans mon rôle de témoin !

Les autres filles sont déjà là. J'aperçois Alessandra, la petite sœur de Gaia. Elle vit à

Londres, et ça fait deux ans qu'elle est mariée avec Kevin, une espèce de Lenny Kravitz version « rasta ». Pour l'heure, elle est en cuisine, aux prises avec un plateau de petits-fours. Il y a aussi nos amies de lycée, Valentina (dite Valé), Serena et Cecilia, trois célibataires déjantées. Assises sur le canapé, elles sirotent des Bellini tout en picorant des cacahuètes. Visiblement, elles sortent tout droit d'une séance intensive de maquillage et de coiffure. À voir leurs minirobes à paillettes ultra-moulantes, je me demande si je suis à la hauteur de la soirée, avec mon jean bien confortable et mon tee-shirt vintage. Heureusement que Gaia a opté pour le même look que moi ! J'ai au moins fait l'effort de mettre des Paciotti talons de 12 qui améliorent certainement mon look.

C'est Valentina, elle aussi chargée de communication pour différentes boîtes de nuit, qui a eu l'idée de cet enterrement de vie de jeune fille. Dès qu'elle a su que je revenais à Venise, elle m'a immédiatement enrôlée dans l'organisation de cette fête surprise. Ça n'a pas été facile de garder le secret, vu la curiosité insatiable de Gaia et mon incapacité proverbiale à répondre aux questions-piège. Mais j'y suis arrivée, ce qui me permet d'adresser fièrement un petit signe de tête à Valé qui me répond avec un clin d'œil.

Nous venons de nous servir notre troisième verre quand, soudain, on sonne à la porte.

Ouf ! Je commençais à en avoir marre d'entendre Gaia nous raconter ses histoires de coiffure de mariée.

— C'est qui ? demande-t-elle.

— J'y vais ! lance Valentina en se précipitant vers la porte.

Nous l'entendons discuter avec quelqu'un.

— Oh, oh ! On dirait qu'il y a un colis pour Mlle Chinellato, dit-elle suffisamment fort pour se faire entendre.

Et la voilà qui revient avec un énorme sac en papier rose dans une main. De l'autre, elle tend à Gaia un drôle de bouquet de fleurs multicolore.

— Oh, les jolies fleurs !

Tout le monde éclate de rire. Ce ne sont pas des roses, mais vingt-cinq petites culottes en dentelle roulées en forme de boutons.

— Trop cool !

Excitée comme une puce, Gaia défait l'un des sous-vêtements et nous l'agite sous le nez en riant comme une folle.

— Et là-dedans, il y a quoi ? Je dois m'inquiéter ?

— Suuurprise !

Je sors du sac une petite couronne de strass entourée d'un long morceau de soie blanche.

— Et tu n'es pas au bout de tes surprises ! je lui dis en lui posant son faux voile de mariée sur la tête tandis qu'elle ouvre grands les bras.

— Très bien, faites de moi ce que vous voulez, s'exclame-t-elle en souriant. De toute façon, vous êtes jalouses parce que je vais épouser le mec le plus canon de la planète !

Elle lève les yeux au ciel, l'air résigné, sous les huées de l'assistance, avant de se couvrir la bouche des deux mains, comme si elle venait de dire une énorme bêtise.

Pendant ce temps, j'ai sorti du sac le reste de notre tenue de mariée maison : un bustier en dentelle noire et en soie rose ainsi qu'un porte-jarretelles garni de strass et de plumes que Gaia devra mettre directement sur son jean.

Après une demi-heure de préparatifs chaotiques, notre mariée est prête. On croirait une version moderne de la Cicciolina au temps de sa splendeur ! J'ai presque honte de la voir dans cet accoutrement. Une chance que Gaia soit du genre à tout prendre avec le sourire, sinon je ne saurais pas comment je l'aurais traînée dehors.

— Et maintenant, toutes au Molocinque ! lance triomphalement Valentina en tirant Gaia par le porte-jarretelles.

— Elé, tu me surprends, là ! me fait Gaia en secouant la tête comme si elle montait à l'échafaud.

Et tu n'as encore rien vu, ma chérie...

— En avant, madame Belotti, prépare-toi au pire !

Je lui offre mon bras, histoire de lui donner du courage, et nous nous ruons toutes dehors.

Nous traversons la place Saint-Marc sous le regard mi-amusé, mi-atterré des touristes. Nous avons donné à Gaia une pancarte avec l'inscription CANONS OU IMMONDES, BISOUS POUR TOUT LE MONDE ! Elle a pour mission d'embrasser au moins trois personnes avant d'arriver au Rialto. À notre grande surprise, Gaia se prend au jeu et embrasse coup sur coup : une femme blonde somptueuse et ultra-sophistiquée qui s'est avérée être une aristocrate russe de la lignée des Romanov, un petit vieux bon pied bon œil qui a failli faire disjoncter son pacemaker à la vue de cette apparition divine, un ado en pleine crise hormonale ainsi qu'un homme marié que sa femme a bien voulu laisser faire (ouf, un divorce d'évité, c'est déjà ça !).

Une fois au Rialto, nous nous arrêtons un instant au Bancogiro, un des bars-restaurants les plus connus de la ville, pour manger un morceau. Notre petite troupe fait une entrée remarquée. Nous traversons la salle sous le regard ébahi d'une clientèle presque exclusivement masculine avant de nous asseoir à une grande table au centre du restaurant. Gaia continue de faire son numéro. Elle est littéralement déchaînée et n'a vraiment pas l'air gênée d'attirer autant l'attention sur elle. À sa place, je serais rouge de honte. D'accord, Gaia a énormément de recul par rapport à elle-même, mais je suis sidérée de la voir aussi à l'aise. Cela dit, les litres d'alcool que nous lui avons fait ingurgiter ont dû un peu l'aider...

Après nous être rempli le ventre d'un nombre incalculable de brochettes de viande et de poisson, nous atteignons le piazzale Roma aux environs de minuit. Une limousine mise à notre disposition nous y attend pour nous emmener en boîte. Gaia ne s'y attendait pas.

— Vous êtes trop ouf ! s'exclame-t-elle en sautillant avant de nous faire un câlin.

Une fois à bord, affalées sur les banquettes en cuir noir, nous nous versons de pleines coupes de champagne en chantant à tue-tête les pires chansons italiennes des années 1980. Comble du kitsch, il y a même des petites lumières qui clignotent partout dans l'habitacle ! L'ambiance est à la fois surréaliste et bling-bling, mais nous en sommes parfaitement conscientes – d'ailleurs, c'est peut-être pour ça que c'est aussi amusant.

Moins de vingt minutes plus tard, nous voilà devant l'entrée du Molocinque, la boîte où bossait Gaia avant que Belotti la demande en mariage, l'an passé. Nous sommes évidemment sur la liste VIP... Tapis rouge jusqu'au salon privé, table réservée à un emplacement stratégique et consommations illimitées.

D'autres filles rejoignent notre petit groupe. Il faut dire que, entre le milieu où elle travaille et le mec qu'elle va épouser, Gaia connaît la moitié de la planète.

La soirée se déroule comme un enterrement de vie de jeune fille classique. Même si le scénario est toujours le même (et un peu pathétique, parfois), Gaia est resplendissante, malgré son déguisement de star du X. Elle est sur le dance floor, belle comme une déesse, tout sourire. Elle fait des câlins et embrasse tout le monde. Chacun veut parler à la future mariée. Les filles l'interrogent sur sa robe d'un air béat tandis que les mecs la supplient de revenir sur sa décision ou, au moins, d'accepter une dernière aventure. Les pauvres, ils sont bien naïfs de croire qu'ils ont une chance face à Belotti…

Une bouteille de douze litres de Moët & Chandon arrive à notre table au milieu de fontaines de lumière, en attendant le gâteau. Hélas, l'heure du moment trash a sonné. La musique s'arrête et le DJ demande à Gaia de s'asseoir au centre du dance floor avant d'annoncer l'entrée en scène du strip-teaser. Les yeux écarquillés, comme si elle venait de se prendre un seau d'eau en pleine face, Gaia me cherche dans la masse qui se presse autour d'elle. Je sais exactement ce qu'elle pense, là, tout de suite. Comme elle, je revois défiler devant mes yeux près de vingt ans d'amitié, au gré des looks que nous avons eus (et subis) – coupe au carré et Levi's 501 au collège, Dr. Martens et sac à dos Invicta au lycée, Diesel taille basse et sac hype à la fac. Et je me souviens de cette promesse solennelle qui avait scellé notre amitié pour toujours : *jamais au grand jamais nous ne fêterons notre enterrement de vie de jeune fille avec un strip-teaser.*

Sauf que…

Je me planque derrière Valentina, la responsable de tout ça. Grâce à son carnet d'adresses, elle a réussi à embaucher un des California Dream Men. J'ai tout fait pour tenir ma promesse et m'opposer à ce rituel grotesque, je le jure, mais Valentina était trop forte. Au final, c'est elle qui a gagné.

Notre homme se présente à nous vêtu d'un uniforme blanc grand ouvert sur ses pectoraux brillants, une casquette d'amiral vissée sur la tête, avec un sourire étincelant et le service trois pièces bien en évidence. Il commence alors à onduler du bassin au rythme de *You Can Leave Your Hat On* de Joe Cocker (un classique du genre). Je me rends compte d'une chose : voir notre rêve de jeunes filles BCBG voler en éclats est beaucoup plus amusant que ce que je pensais. Une chance pour moi que je profite du spectacle de ce côté-ci, bien cachée derrière la chevelure ondoyante de Valentina. Mais pas sûr que Gaia soit du même avis, là-bas, au milieu de la piste de danse…

Sous les hurlements déchaînés d'une horde de femmes en délire, Max – il ne pouvait qu'être strip-teaser avec un nom pareil – rejoint Gaia et l'invite à se lancer avec lui dans une danse sensuelle. Il est ultra-canon et il danse divinement bien, je suis forcée de le reconnaître, mais leur numéro est un supplice du début à la fin. La tronche que tire Gaia est un sketch en soi. Ce n'est vraiment pas charitable de ma part, mais je suis écroulée de rire. Max finit par se retrouver en string rouge en forme d'éléphant. Quand il se met soudain à faire l'hélicoptère avec sa trompe, je suis à deux doigts d'avoir une crise cardiaque. L'instant d'après, Max tourne le dos au public et se plante face à Gaia. Un drap doré attaché autour de la taille, il ôte son string. Après quelques instants de suspense, le drap s'ouvre comme un rideau, laissant Gaia, consternée, profiter seule du spectacle.

Je t'en supplie, Gaia, excuse-moi de ne pas avoir pu te sauver de cet enfer !

Je sors de la boîte de nuit épuisée et raide bourrée. Débarrassée de son déguisement, Gaia dit au revoir aux filles avant de se tourner vers moi pour me lancer, avec le peu de lucidité qui lui reste :

— Tu vas me le payer jusqu'à la fin de tes jours, tu le sais, ça ? À partir de maintenant, on continue la soirée ensemble. Et on dort chez toi…

Impossible de refuser, c'est le moins que je puisse faire.

Nous attrapons au vol un taxi qui nous amène au piazzale Roma. Là, nous décidons de faire un saut au Muro, notre boîte préférée pendant nos années de fac et même après.

C'est une nuit de pleine lune. Il est près de quatre heures. La discothèque se vide lentement, la plupart des gens terminent leur soirée. Quelques curieux empêchent Gaia de passer pour lui poser tout un tas de questions sur son mariage. Je me demande comment elle fait pour répondre de façon cohérente et sans bafouiller ! Une fois installée au comptoir, je suis cordialement accueillie par Nico, le barman.

— Ça fait plaisir de te revoir, *mon amour !* Tu étais passée où ?

— Je suis partie vivre à Rome.

— Pour toujours ? fait-il d'un air effondré.

— Ben… Je ne crois pas… je ne sais pas, dis-je avec un haussement d'épaules.

Vu l'heure et mon taux d'alcoolémie, ce n'est vraiment pas le moment de me poser des questions aussi compliquées.

— Un Coca, comme d'hab ? me demande-t-il.

C'est vrai que je ne buvais pas d'alcool à l'époque. Mais j'ai l'impression que c'était il y a un siècle.

— Mais non, allez, prépare-moi un de tes cocktails.

— Sérieux ? fait-il en ouvrant grands les yeux.

— Eh oui… Il n'y a que les imbéciles qui ne changent pas d'avis.

Histoire de patienter, je regarde tout autour de moi d'un air distrait. Soudain, je l'aperçois. Appuyé contre un pilier, avec ses yeux vert clair que l'obscurité n'arrive même pas à engloutir. Filippo. Je ne l'ai plus revu depuis le jour où nous nous sommes dit adieu, dans ce bar de l'île Tibérine. Un voile de mélancolie me tombe sur les yeux. Une chance, cela ne dure qu'un instant. Est-ce qu'il s'est rendu compte de ma présence ? Bon, autant faire le premier pas : au fond, je lui dois bien ça. Mon cocktail à la main, je vais à sa rencontre et me plante sous son nez, un demi-sourire aux lèvres.

— Salut.

— Salut, Elena.

Il a l'air surpris, mais je le sens surtout légèrement mal à l'aise, distant. Je m'avance d'un pas pour lui faire la bise avant de me raviser : un mur invisible le sépare de moi. Pas question de l'embrasser ou de le prendre dans mes bras. Bibi appartient au passé, il n'y a plus qu'Elena, qui n'a pas le droit d'aller plus loin.

— Comment tu vas ? je lui demande, en veillant bien à ne pas franchir la ligne jaune.

— Bien, fait-il en haussant les épaules. Et toi ? ajoute-t-il d'un ton neutre.

Je n'arrive pas à saisir ce qu'exprime son visage : de la gentillesse, une espèce d'agacement, de la colère retenue. Ou de l'indifférence, peut-être. Une chose est sûre : il est plus sur la réserve que nécessaire.

— Je suis un peu à l'ouest, mais ça va.

Avec la fatigue et tout l'alcool que je me suis

envoyé depuis le début de la soirée, je dois avoir l'air d'un monstre.

— Gaia se marie samedi, je reprends.

— Oui, j'ai appris ça, réplique-t-il avec un pâle sourire.

— Je vais être son témoin, tu sais ? Et ce soir, on a fait la fête, dis-je d'un ton un peu trop enthousiaste.

— Tu restes juste pour le mariage ? demande-t-il en regardant ses pieds.

Est-ce que ça l'intéresse vraiment de le savoir ? Ou est-ce qu'il fait semblant ? J'attends qu'il relève la tête pour lui répondre :

— Oui. Je rentre à Rome lundi. Et toi alors, qu'est-ce que tu racontes de beau ? Tu as ouvert ton cabinet, finalement ?

— Oui, il y a deux mois, campo Santo Stefano, acquiesce Filippo. Et j'ai aussi acheté l'appartement.

Il a beau avoir l'air satisfait, je sens une pointe de mélancolie dans son regard. J'imagine qu'il s'agit de *cet* appartement, celui que nous avions visité ensemble, celui où nous devions vivre, lui et moi.

— Je vais passer les vingt prochaines années à rembourser le crédit, mais ça en vaut la peine, ajoute-t-il.

Vingt ans ? Eh bien... J'ai l'impression qu'il a décidé de s'installer ici pour de bon.

— Et toi, tu travailles ? poursuit-il.

— Plus ou moins, oui...

Tout à coup, ma voix se brise. Je viens de me rappeler combien l'idée de vivre ensemble dans cet appart nous rendait heureux.

— J'ai un chantier de temps en temps, dis-je en me remettant une mèche de cheveux derrière l'oreille.

Je préfère rester vague. Pas question de lui dire que je suis au chômage et que j'habite chez Paola.

— C'est bien, fait-il d'un ton glacial.

À cet instant, une fille brune – super jeune ! – en jean, blazer et ballerines, sort des toilettes et attrape Filippo par le bras.

— Fil, on y va ?

Fil ? On y va ? Mais tu veux aller où, cocotte ? Filippo a l'air très impatient de s'exécuter.

— Bien sûr, répond-il tout en posant une main sur ses hanches.

D'un air à la fois gêné et rayonnant, Filippo se tourne vers moi pour me dire au revoir :

— Bon ben… salut !

— Salut…

Je reste plantée là comme une andouille à les regarder s'en aller, mon verre à la main. Ce que je viens de voir me bouleverse, mais au fond, je l'ai bien mérité.

Je comprends mieux pourquoi il était aussi mal à l'aise, aussi distant ! Cette fille doit être sa nouvelle copine, ou quelque chose du genre. Elle est magnifique, c'est sûr, avec sa taille de guêpe et sa tête de poupée. Elle est peut-être un peu trop jeune pour lui, mais bon, les goûts changent. Je suis bien placée pour le savoir, moi qui suis devenue carnivore et à moitié alcoolique en l'espace d'un an ! Mais ce qui me remue le plus, c'est ce « Fil ». Dire que je pensais être la seule à l'appeler comme ça... Moi qui croyais dur comme fer être le seul amour de sa vie. Qu'est-ce qu'on peut être bête, parfois !

Je me sens bizarre. Ça m'a fait quelque chose de revoir Filippo, mais je n'arrive pas à dire quoi. Ce que j'éprouve, là, maintenant, c'est à la fois une profonde solitude et une intense sensation de liberté. Je me sens en même temps soulagée et mélancolique. Notre histoire ne se résume pas à ces six mois que nous avons passés ensemble : je me vois mal tirer un trait sur tous nos souvenirs. Encore aujourd'hui, je l'aime beaucoup, bien sûr, mais rien de plus. Mon cœur n'a pas arrêté de battre quand je lui parlais. Je n'avais ni les jambes en coton ni une boule au ventre. C'est terrible à dire, mais je sais que je ne suis plus amoureuse de lui. Je n'en ai jamais été aussi sûre. Si j'avais besoin d'une preuve supplémentaire, c'est chose faite. Nous venons à nouveau de nous dire adieu – et cette fois, c'est pour de bon.

Gaia finit par repointer le bout de son nez et me demande si tout va bien. Je lui raconte en deux mots ce qui vient de se passer.

— Tu étais au courant ? je lui fais.

— Non, c'est la première fois que je le vois avec quelqu'un, me répond-elle presque soulagée. Elé, il a tellement morflé.

— Merci de me le rappeler, dis-je la mâchoire serrée.

— Hé, je sais que ça n'a pas été facile pour toi non plus, me lance-t-elle en me caressant l'épaule.

— Ne t'inquiète pas, c'est de l'histoire ancienne.

Et pourtant, quelque chose continue de me faire souffrir. Mais ce n'est pas le moment d'y penser.

Ouf, nous voilà à la maison. Une fois débarrassée de mes chaussures, je cours dans ma chambre enfiler mon jogging et un haut tout simple.

— Tu me prêtes ton tee-shirt du lycée ? me demande Gaia en fouillant dans un tiroir de ma commode. Ça me rappellera le bon vieux temps.

Gaia veut se mettre à l'aise elle aussi ? Pincez-moi, je rêve !

— D'habitude, je le mets pour faire le ménage, mais si tu insistes…

Je vois Gaia prendre un air dégoûté et se frotter les mains sur son jean.

— Je rigole !

Soulagée, Gaia enfile mon tee-shirt orné d'une caricature de Marco Polo puis se met à inspecter mon armoire d'un air angoissé.

— Elle est où, ta robe ?

— Celle pour ton mariage ? Elle est chez ma mère.

— Pourquoi, qu'est-ce qui se passe ?

— Mais rien, ne stresse pas comme ça ! Tu la connais, elle veut juste que je sois nickel de chez nickel...

— Elé, ta mère est une sainte ! s'exclame Gaia en souriant.

Là-dessus, elle fonce à la cuisine et plonge le nez dans le congélateur.

— Ça date de quand, ce truc, de l'année dernière ? me demande-t-elle en sortant un pot de glace à la vanille.

— Je l'ai acheté hier, idiote. Mais dis donc, tu n'es pas censée être au régime, toi ?

— Rien à foutre. Ce qui est fait est fait.

— Ah non, ne me mêle pas à tout ça, par pitié ! Je la connais par cœur : si je la laisse se gaver, ça va me retomber dessus à un moment ou à un autre !

— S'il te plaît, Elé, c'est déjà assez dur ! Allez, tu m'accompagnes, d'accord ? me demande-t-elle en attrapant deux cuillères.

J'étais sûre qu'elle me dirait ça !

Sans attendre, elle allume la télé et zappe de chaîne en chaîne avant de tomber sur MTV, où Shakira est en train de se déhancher voluptueusement. Nous la regardons d'un air ébahi danser sur une route déserte. Elle a un maquillage impeccable et un look d'enfer.

— Tu trouves qu'elle a un beau cul, toi ? me fait Gaia.

— Je crains que oui.

Ça me fait hurler de rire que Gaia considère les stars comme des rivales potentielles.

— Il est un peu trop gros, tu ne crois pas ? insiste-t-elle.

— Non, Gaia, je t'assure, elle a un cul sublime.

— Eh bien moi je ne le trouve pas aussi parfait que ça.

— C'est sûr, une fesse de Shakira, ça vaut deux des tiennes !

Un ange passe. Gaia se demande si elle doit prendre ça pour un compliment. Moi aussi, d'ailleurs. Mais ce n'est pas l'alcool que nous avons dans le sang qui va nous aider à y voir plus clair.

— Samuel est raide dingue de cette meuf, soupire Gaia en prenant une grande cuillérée de glace. Ce qui me rassure, c'est qu'elle ne doit pas être aussi bien en vrai. Normal, vu qu'ils trafiquent les images…

— Merci, Gaia. Maintenant que tu m'as dit ça, je vais pouvoir dormir tranquille.

À en croire la grande théorie de Gaia, nous avons toutes besoin d'être consolées chaque fois qu'on voit une fille plus mignonne que nous. Si elle me dit tout ça d'un ton aussi convaincu, c'est qu'elle n'a aucune envie que je me sente complexée par une fille comme Shakira. Ce qui prouve à quel point Gaia tient à moi.

Je décide alors de me prendre au jeu :

— Quand même, c'est fou de voir les miracles que font les maquilleurs...

— À propos de maquilleurs... Pour samedi, j'ai embauché Jessica Moro. Elle s'occupe des stars pendant la Mostra, c'est la meilleure sur le marché. Elle est juste incroyable !

Il n'en fallait pas plus pour lui rendre le sourire...

— Et puis c'est Patrick qui va s'occuper de ma coiffure.

— Tu vas être magnifique !

— Tiens, ça me fait penser, pour la robe...

Ah là là, cette robe, encore toute une histoire... Gaia a écumé je ne sais combien de boutiques de mariage avant de trouver la bonne. Même si je n'étais pas à ses côtés quand elle l'a achetée, Gaia m'a mise à contribution en m'envoyant systématiquement des MMS en direct des cabines d'essayage. Au final, elle a opté pour une Dolce & Gabbana ivoire, avec un bustier et un jupon ample et bouffant, façon XVIIIe siècle.

— Elle est peut-être un peu *too much*, avec les passe-coudes et tout, mais je sentais qu'elle était faite pour moi !

— Tu vas être magnifique !

Je l'ai déjà dit, je sais, mais deux fois valent mieux qu'une, non ?

— Euh, Elé... D'après toi, est-ce que j'ai raison

d'épouser Samuel ? me demande-t-elle soudain d'une toute petite voix.

Qu'est-ce qui lui prend de me dire ça ? Elle n'est pas en train de revenir sur sa décision, quand même ? Pas maintenant !

— Pourquoi est-ce que tu me poses cette question ?

— Je ne sais pas..., me fait-elle en fronçant les sourcils. C'est juste que j'ai tellement la trouille !

La voir prendre cette tête de chiot perdu me donne envie de lui faire un énorme câlin.

— Viens là..., je lui murmure. Gaia, tu as fait le bon choix. Si ce n'était pas le cas, je ne serais pas ton témoin, pas vrai ?

Un long silence s'installe. Soudain, Gaia ose m'avouer :

— Dernièrement, c'était assez bizarre entre nous...

— Bizarre dans quel sens ?

— Bizarre dans le sens où... On ne fait plus l'amour depuis longtemps, lâche-t-elle en levant les yeux au ciel.

— Longtemps, c'est-à-dire ?

Gaia commence alors à compter sur ses doigts :

— Si on prend Milan-Sanremo, le Tour des Flandres, Paris-Roubaix, bref, les courses qui lui tiennent le plus à cœur... ça va faire deux mois !

— Sérieux ?

J'essaie de ne pas avoir l'air trop abasourdie, mais ça me fait un choc.

— Eh oui ! soupire-t-elle. Tu ne trouves pas ça triste ?

— Ben…

Que dire ? J'aurais bien envie de lui dire que c'est encore plus triste de ne pas faire l'amour et de ne pas avoir d'orgasme, comme c'est le cas pour moi, mais je me ravise. C'est d'elle qu'on est en train de parler, pas de moi. Alors, dédramatisons – c'est mon rôle de meilleure amie, après tout :

— Ma chérie, avec ce que tu m'as fait dépenser pour ma robe de témoin, tu n'as pas le droit de me faire ça. Je te préviens.

Gaia esquisse un sourire puis retrouve sa mine pensive.

— Je crois que s'il est passé chez moi ce soir, c'était pour remédier à ça…

— Oh non, c'est pas vrai ! Qu'est-ce que je m'en veux de t'avoir organisé cette soirée avec les autres…

— Tu plaisantes ? C'est une super surprise !

— Bon, alors dis-moi la vérité : ça t'a plu, la fin du strip-tease, avoue !

Je lui fais un clin d'œil.

— Laisse tombe, Elé…, me lance-t-elle en se prenant le visage entre les mains. Il en avait une toute petite !

Vu le geste qu'elle me fait, il n'y avait effectivement pas de quoi grimper aux rideaux.

— Je ne te crois pas.

— Je te jure !

— O.K., alors la prochaine fois que tu te marieras, on en prendra un mieux.

Je jette un coup d'œil à la pendule : il va bientôt faire jour.

— On va au lit ?

— D'ac, mais on garde la lumière allumée. Sinon tu vas t'endormir aussi sec.

— Bien joué. C'est ce que je comptais faire !

— Non, c'est nul, j'ai envie de parler, moi !

— C'est bien ce que je craignais…

Nous voilà au fond de mon lit. Ça fait déjà un bon moment qu'on papote – ou plutôt, que Gaia papote. Elle s'est allongée du côté de la fenêtre, juste à l'endroit où Leonardo a dormi la dernière fois que nous avons fait l'amour dans cette pièce. Le stress la rend encore plus bavarde que d'habitude – alors qu'elle n'a généralement pas besoin de se forcer pour parler ! Elle m'a raconté la vie de Belotti en long, en large et en travers. Pour un peu, je pourrais écrire un bouquin sur lui !

Nous sommes face à face, nos genoux repliés se touchent.

— Je peux au moins éteindre la lumière ? je lui demande. Mes yeux me font mal.

Elle acquiesce, l'air résigné, mais me fait comprendre d'un regard qu'il n'est pas encore l'heure de dormir. J'éteins ma lampe de chevet. Il fait tout noir.

— Elé ?

— Mmmh ? je bougonne.

— Ça fait combien de temps qu'on est amies ?

— Depuis l'école primaire.

— Combien de fois on a dormi ensemble, alors ? Un millier ?

— Pas loin.

— Tu imagines, c'est peut-être pour la dernière fois ! Moi, ça me donne envie de pleurer.

Avec l'obscurité, je distingue à peine les traits de son visage. Avec ses cheveux encore attachés, on dirait une ado. Pour un peu, je pourrais me croire à l'époque du lycée, quand je venais chez Gaia et qu'on discutait sous les couvertures en faisant attention de ne pas réveiller sa sœur Alessandra.

— J'espère bien que non. Au pire, tu me feras une petite place à côté de Samuel.

Gaia éclate de rire.

— Qu'est-ce qu'il y a ? je lui demande, la tête écrasée contre mon oreiller.

— Tu te souviens de la nuit où Vincenzo avait voulu dormir entre nous deux ?

J'éclate de rire à mon tour. Mon Dieu, cette colo dans les Dolomites... On avait treize ans. Gaia avait fait croire à ce type (un Napolitain, je crois) qu'on était toutes les deux amoureuses de lui. Elle lui avait donné rendez-vous à minuit, sous la fenêtre de notre chambre. Le pauvre, il a passé la nuit, dans le froid, à attendre qu'on lui ouvre, pendant qu'on lui envoyait des messages codés qui ne voulaient évidemment rien dire.

— On était vraiment deux jolies petites garces…

Soudain, j'éprouve de la nostalgie pour ces deux gamines. Pour ce qu'elles ont vécu ensemble et pour le fait qu'elles aient gardé leur âme d'enfant même si elles ont passé la trentaine. Et pourtant, rien n'a tellement changé, même si Gaia va se marier et peut-être avoir des enfants, même si, question sentiments, je viens de traverser la période la plus éprouvante de ma vie.

— Allez, on parle encore un peu, me dit doucement Gaia. Ne t'endors pas, je t'en supplie. Ça fait une éternité qu'on n'a pas passé une soirée ensemble. Ça me manque.

— Moi aussi, ça me manque.

À peine ai-je articulé ces quelques mots que je m'écroule comme une masse sur mon oreiller. Bonne nuit, Gaia. Je serai toujours là pour toi.

3

J-1 avant le mariage. Je fais un saut chez mes parents pour récupérer ma robe. Depuis mon arrivée, ma mère y a consacré le plus clair de son temps. Elle l'a lavée à la main, puis mise à tremper avec de l'amidon de riz, fait sécher sans que la lumière tape directement dessus et, enfin, repassée à la vapeur. Certes, j'aurais pu faire appel à un teinturier professionnel, mais quand j'ai sorti la robe somptueuse que Gaia a choisie pour moi, j'ai sérieusement pris peur. Il faut dire qu'après six heures de voyage coincée au fond de ma valise, elle avait plutôt l'air d'une serpillière. Mais je suis sûre qu'elle sera comme neuve. Faites appel à ma mère et vos vêtements reprendront vie. Décidément, qu'est-ce que je ferais sans elle !

Il est près de midi, et je sonne chez les Volpe. Ma mère est dans sa cuisine – vu l'heure, ça n'a rien d'une surprise. Elle est en pleine préparation d'un roulé à la pomme de terre, épinard et quatre fromages. On a beau grossir rien qu'à les regarder, tous ces bons petits plats m'ont manqué. Normal, après en avoir honteusement profité pendant trente ans...

— Coucou maman, c'est moi, ta fille adorée ! dis-je en jetant mon sac sur le canapé.

— Bonjour, mon trésor.

Sans cesser de pétrir sa pâte, ma mère se penche pour me faire une bise.

— Ta robe est dans ta chambre, poursuit-elle comme si lui rendre forme humaine ne lui avait pris que cinq minutes montre en main.

— Merci, maman. Je vais voir le miracle.

Je fais mine de sortir mais elle me lance :

— Dis voir... Bleu électrique, tu es sûre que c'est le meilleur choix ?

— C'est Gaia qui a voulu. Pour une fois qu'elle choisit une robe qui me plaît tout de suite...

Si j'avais eu droit à du rose bonbon façon demoiselle d'honneur américaine, je me serais suicidée aussi sec.

— Bon..., fait ma mère en haussant les épaules, pas spécialement convaincue.

Tout à coup, elle penche la tête sur le côté et plonge ses yeux dans les miens.

— Sinon, toi, comment ça va ? me demande-t-elle d'un air inquisiteur.

Rien ne lui échappe !

— Bien, pourquoi ?

— Je ne sais pas, tu es toute pâlichonne, me dit-elle d'un ton à la fois inquiet et réprobateur.

— Ah oui ?

J'ai beau regarder mes bras et mes jambes, je ne vois pas de grande différence avec mon teint habituel – rose pâle tirant sur le blanc cadavérique.

— Tu pourrais te faire quelques U.V. cet après-midi, me suggère-t-elle.

— Mais bien sûr ! je réponds en ricanant. Comme ça j'aurai deux biftecks grillés à la place des joues demain matin…

— Alors mets-toi un peu de terracotta, du blush, ces trucs-là…

C'est drôle de l'entendre parler comme une maquilleuse professionnelle !

— Enfin, il faut que tu aies meilleure mine, Elena. Tu es témoin ! s'exclame-t-elle comme si j'allais faire le truc le plus important de ma vie. Tu as le devoir d'être *presque* aussi belle que la mariée.

Ça m'énerve. Voilà typiquement le genre de choses qui m'ont toujours indifférée.

— Gaia m'aimera quelle que soit ma tête, tu sais ? Même si je suis blanche comme un cachet d'aspirine.

Ma mère change aussitôt de sujet :

— Bref, demain matin, je vais faire un saut à la cérémonie. Je suis trop curieuse de voir Gaia. Et puis j'ai envie de lui présenter tous mes vœux de bonheur.

Ma mère adore courir les mariages, même ceux de gens qu'elle ne connaît pas. C'est son passe-temps favori, depuis toujours.

C'est le moment qu'elle choisit pour me lancer, avec un ton si naturel que tout le monde (à part moi) s'y laisserait prendre :

— Elle a de la chance d'épouser ce cycliste...

Au secours. Je sais exactement où elle veut en venir.

— Mais toi, est-ce que tu ne devrais pas penser à te marier, hein ? poursuit-elle avec son ton habituel de Vénitienne aigrie. Tu es allergique aux robes blanches ou quoi ?

— Ça n'irait vraiment pas avec ma couleur de peau, tu ne crois pas ?

Pas sûr que je m'en tire avec ce genre de pirouettes. Et ça ne manque pas :

— Filippo était un si gentil garçon..., dit-elle imperturbable.

Ma mère peut bien soupirer et lever les yeux au ciel. J'imagine que comme beaucoup d'autres, elle avait fini par succomber au charme du gendre idéal.

— Qu'est-ce que tu en sais, tu l'as vu trois fois dans ta vie !

— Et alors ? J'ai compris tout de suite que c'était quelqu'un de très bien.

Non mais je rêve, elle parle de lui comme s'il était mort ! Pour un peu, elle va lui ériger un mausolée...

— De toute façon, tu ne t'es jamais attachée aux bonnes personnes… La voilà, la vérité, me lance-t-elle tout à coup, les yeux dans les yeux.

Bang. Voilà ce qui s'appelle balancer un missile.

— Si ça se trouve, c'est moi qui ne leur plais pas, je réplique du tac au tac.

Ma mère et moi avons dû avoir cette conservation un bon million de fois. À force, c'est presque devenu un sketch dont nous connaissons chaque réplique. Mais, au fond, je ne peux pas lui donner tort. Malgré moi, je fais partie de ces femmes qui préfèrent les salauds. Plus cliché, tu meurs… Pour un peu, je me collerais des claques !

— C'est juste qu'on s'inquiète pour toi, ma chérie, me dit ma mère d'une voix soudainement plus douce. Tu es là depuis des jours et on ne te voit pas. Tu ne passes même pas à la maison !

Le moment est venu de me justifier, je crois :

— Du calme, maman, tu sais que je n'ai pas eu une minute de libre avec cette histoire d'enterrement de vie de jeune fille, et tout le reste… Mais je suis là, maintenant, dis-je avec un sourire.

— Tu restes déjeuner, j'espère.

Plus qu'une invitation, c'est une vraie prière.

— Bien sûr ! je lance gaiement à ma mère en lui pinçant la joue. Mais c'est bien parce que tu as fait du roulé à la pomme de terre…

— Mon Dieu, quelle ingrate ! fait-elle en secouant la tête.

Elle peut bien prendre une mine contrariée, je suis arrivée à lui arracher un sourire.

— C'est bon, je reste un peu pour toi aussi, mais juste un peu, dis-je en lui collant un baiser sur la joue.

En espérant que ça suffise à la détendre, je file jusqu'à ma chambre pour voir ma robe.

Elle est bien là, dans toute sa splendeur, pendue à la poignée de l'armoire. Ma mère a fait du super travail, comme d'habitude ! Plus je la regarde, plus elle me plaît, cette robe Versace. Sans doute à cause de cette touche de bleu électrique. À moins que ce ne soit parce que j'adore les robes sans manches. En plus d'être chic, sophistiquée et toute simple à la fois, elle m'arrive juste au-dessus du genou : parfait, ça me permettra de cacher mes cuisses disgracieuses – ma grande hantise ! J'enlève le cintre pour la poser sur moi. Voyons ce que ça donne dans le miroir… Mon Dieu, est-ce que je vais arriver à rentrer dedans ? Aïe aïe aïe, j'ai l'impression qu'elle a rétréci, mais c'est peut-être un effet d'optique. Si je n'arrive pas à remonter la fermeture Éclair, ce sera l'horreur. Croisons les doigts. En tout cas, elle ira à merveille avec la pochette et les escarpins lilas que j'ai choisis – enfin, que Gaia a choisis pour moi.

Je me retourne pour reposer ma robe sur le lit en faisant attention à ne pas l'abîmer. Impossible de ne pas affronter mon reflet dans le miroir, cette fois. J'en profite pour me regarder plus en détail, de la tête aux pieds. C'est vrai, je n'ai pas spécialement bonne mine… Ma mère a peut-être raison de se faire du souci. À force de passer mes nuits dehors, de manger n'importe comment et d'abuser des cocktails, je me retrouve avec des cernes et un teint grisâtre. Cerise sur le gâteau, j'ai une petite ride d'expression qui s'est creusée au milieu du front, juste entre les sourcils, comme sous l'effet d'une douleur déchirante qui refuse de me lâcher. « En cas de coup de blues, deux solutions : un soin du visage et une bonne crème de jour », me répète Gaia. Je n'ai jamais tellement cru à ses remèdes miracle, mais le moment est peut-être venu d'essayer…

— Elena, à table ! braille tout à coup ma mère du fond du couloir. C'est prêt !

— J'arrive !

Je me précipite dans la salle à manger où se trouve mon père, tout juste rentré de je ne sais trop quelle réunion associative. Je lui fais une bise avant qu'il se jette sur son assiette et je m'assois à mon tour. Ma mère a préparé de quoi nourrir un régiment entier. C'est terrible : toutes ces petites merveilles me mettent l'eau à la bouche, mais je risque de ne plus rentrer dans ma robe après. L'appétissant roulé à la pomme de terre de ma mère semble vouloir me narguer. Si j'y touche, bonjour les poignées d'amour ! Hélas, la tentation est trop forte. Je plante ma fourchette dans mon assiette et avale le tout goulûment. Autant profiter de ces bons petits plats avant d'affronter les tristes semaines qui m'attendent à Rome…

Après ce festin de roi, j'aide ma mère à ranger la cuisine puis je retourne au salon. J'y retrouve mon père, tout fier de me raconter le dernier spectacle de la compagnie de théâtre amateur dont il fait maintenant partie. Dommage que je ne puisse pas le voir sur scène, en vrai ! Je le laisse me raconter son histoire en prenant un air concentré, jusqu'à ce qu'un silence pesant s'installe entre nous. Je ne sais vraiment pas quoi dire. Heureusement pour moi, je vois mon père pousser un long soupir. Le regard droit devant lui, il finit par me demander, l'air timide et gêné :

— Dis-moi la vérité, Elena, est-ce que tout va bien ?

— Bien sûr, je réponds d'un ton mal assuré mais que j'espère tout de même crédible. Pourquoi est-ce que je n'irais pas bien ?

— Je ne sais pas, me fait-il en secouant la tête, la mine pensive. Depuis que tu as rompu avec ce garçon, Filippo…

Il reprend son souffle, comme si dire son nom le mettait mal à l'aise, avant de poursuivre :

— Tu es devenue tellement distante, tellement réservée. Je me fais un peu de souci pour toi, voilà. J'aimerais savoir ce qui t'arrive.

— Ben... Je n'ai pas l'impression d'être différente de d'habitude, dis-je en me refermant comme une huître.

— Alors pourquoi est-ce que tu ne nous dis plus rien ? me lance-t-il. En temps normal, tu racontes toujours tout, au moins à ta mère.

Ça me touche de voir mon père faire tous ces efforts pour sortir de son rôle habituel – celui du père discret, du genre taciturne, qui préfère rester dans l'ombre et envoyer ma mère en éclaireur. Sous ses airs un peu bourrus, c'est un tendre, comme beaucoup d'hommes de sa génération. Alors le voir se faire autant de souci pour moi et – surtout – l'entendre me le dire de façon aussi directe finit par m'inquiéter à mon tour. Si même mes parents trouvent que j'ai l'air d'une épave, c'est que ça ne va vraiment pas fort. L'espace d'un instant, je suis tentée de m'écrouler sur son épaule et de pleurer pour évacuer toute cette douleur que je garde enfermée depuis des mois. Mais je n'y arrive pas. Je me sens comme anesthésiée. Je n'ai même pas envie d'essayer.

Je poursuis donc mon petit numéro :

— Je vais bien, papa, dis-je avec le sourire le plus rassurant du monde. Je ne suis plus avec lui, et c'est moi qui l'ai voulu, point.

Comment lui expliquer que ce n'est pas à cause de Filippo que je vais mal ?

— D'accord, mais je ne te sens pas tranquille,

Elena, insiste-t-il en cherchant sur mon visage la réponse que je refuse de lui donner – la vraie réponse. On voit que quelque chose ne va pas.

— C'est sûr, j'ai eu une période difficile, mais ça commence à aller mieux, je t'assure.

J'essaie de prendre un air sérieux et optimiste à la fois. Espérons que ça fasse illusion.

— Très bien, finit-il par dire.

Tu parles. Mon père n'en croit pas un mot, mais il a préféré me laisser raconter mon bobard sans s'énerver après moi. C'est déjà assez pénible comme ça. Papa, si tu savais à quel point je t'aime en ce moment.

— Bref, tu sais que tu peux toujours compter sur ta mère et moi, quoi qu'il arrive.

Bien sûr que je le sais. Mais il y a des blessures que personne ne peut guérir, pas même les personnes qui nous aiment le plus au monde. Il faut juste attendre qu'elles se referment, et continuer à vivre.

— Une petite partie ? je lui demande en attrapant le paquet de cartes posé sur la table basse.

Mon père adore jouer : depuis que je suis toute petite, nous avons disputé des parties interminables, lui et moi. C'est quelque chose qui nous a toujours unis.

— Pourquoi pas ? Si ça te fait plaisir..., soupire-t-il.

Il sait pertinemment que je n'en ai aucune envie, mais il me laisse faire.

Tandis que je bats les cartes, j'entends sonner mon iPhone.

— Excuse-moi, papa…

Je me lève pour aller répondre. À coup sûr, c'est Gaia. Elle a dû m'appeler au moins vingt fois depuis ce matin. Dieu sait ce qu'elle veut me demander cette fois ! Sans doute un conseil de dernière minute, du genre : « Pour le rouge à lèvres, qu'est-ce qui m'irait le mieux, du rose nacré ou du rouge géranium ? »

À ma grande surprise, c'est le nom de Martino que je vois clignoter sur l'écran. Ça fait un moment qu'on ne s'est pas vus. L'image de son visage charmantissime m'arrache aussitôt un sourire.

— Martino ? je demande, en essayant de dissimuler mon émotion.

— Salut, Elena.

Cette voix timide, sincère : c'est bien lui.

— Eh bien, je me demandais où tu étais passé ! Ça va ?

Je fais un geste d'excuse à mon père avant de me réfugier dans ma chambre, comme à l'époque du lycée, quand je filais me cacher quand un garçon m'appelait.

— Ça va, me répond-il. Devine où je suis.

J'entends des conversations en bruit de fond.

— Mmmh… je ne sais pas. À la Villa Borghese ? Nous y étions allés ensemble…

— Perdu !

Il ménage adroitement le suspense avant de s'exclamer :

— Je suis à Venise !

— Quoi ?

Je ne lui avais pas dit que je revenais. Si ça se trouve, il est venu exprès pour me voir !

— En fait, j'étudie Giorgione à la fac, m'explique-t-il. Alors je me suis dit que ce serait l'occasion de voir quelques-unes de ses œuvres en vrai.

— Ah…

— Je ne sais plus si tu te souviens, mais tu m'avais dit que tu me donnerais deux ou trois bonnes adresses…

C'est vrai que Martino n'est jamais venu à Venise, je me rappelle, maintenant.

— Encore mieux ! dis-je avec enthousiasme. Je vais te faire visiter la ville moi-même, je suis à Venise moi aussi !

— Sérieux ? fait-il dans un souffle.

— Je te jure. Ma meilleure amie se marie demain et là, je suis chez mes parents.

— C'est pas vrai…

— Le hasard fait bien les choses, hein ?

— Alors on se retrouve tout de suite, d'accord ? s'empresse-t-il de dire. Enfin, si tu n'as rien de prévu…

Ça, c'est du Martino tout craché : il ose demander quelque chose mais s'excuse immédiatement de l'avoir fait.

— Non, non, je suis complètement libre. Et puis je t'avais promis de te servir de guide, pas vrai ? Tu es dans quel coin ?

— Alors… Je suis au bord d'un canal. Et sur le mur, il y a marqué : FONDAMENTA DELLE ZATTERE…

— Super ! Juste derrière toi, il devrait y avoir un glacier, Da Nico.

— Mmmh…

Je profite de ce bref instant pour me regarder dans le miroir. Oh là là, je ne ressemble vraiment à rien…

— Ah, c'est bon, je le vois.

— Attends-moi devant. Je serai là dans une petite demi-heure, juste de le temps de dire au revoir à mes parents et de traverser le Grand Canal.

— Génial ! À très vite, alors.

Une bise à mon père et ma mère et je grimpe dans le premier vaporetto.

Le coup de fil de Martino est tombé à point nommé. Je ne pouvais pas trouver meilleure excuse pour m'éclipser. Je commençais vraiment à étouffer… Et puis je suis heureuse de le revoir. La dernière fois, c'était il y a un mois : nous étions allés ensemble à une expo sur le cubisme au musée Vittoriano.

Je me dépêche de descendre du vaporetto. Bon, où est-il ? Ah, là, adossé à une des colonnes du passage couvert, l'air distrait et absorbé en même temps (je devais avoir le même quand j'avais vingt ans). Martino a changé, ces derniers mois. Son dos s'est élargi, comme s'il s'était ouvert. Sa barbe a poussé, il semble plus mûr. L'homme qu'il va devenir est doucement en train de chasser l'adolescent. Je me rappelle notre première rencontre comme si c'était hier. C'était à l'église Saint-Louis-des-Français. Il venait étudier le cycle de *Saint Matthieu* du Caravage ; moi, je restaurais une fresque. Je suis immédiatement tombée sous le charme de sa timidité, de sa gentillesse, et de cette petite étincelle dans son regard. Il a le don de me mettre à l'aise.

Je m'approche. C'est bien lui, mais il n'est plus complètement le même. Il a troqué son habituel blouson en jean contre une veste en coton froissé qui souligne ses épaules, mais il a gardé ses All Star reconnaissables entre mille. Sa mèche rebelle et son piercing n'ont pas bougé, pas plus que son sourire – celui qu'il me réserve. Après avoir enlevé ses écouteurs, il range son iPod et fait quelques pas vers moi.

Un grand sourire aux lèvres, je m'approche pour lui faire la bise.

— Coucou ! Tu viens de m'arracher des griffes de ma famille.

— Content de t'avoir sauvé la mise, mais tes parents risquent de m'en vouloir…

— Oh non, rassure-toi, mes parents sont super… mais à petites doses, dis-je en haussant les épaules. Qu'est-ce que tu as envie de faire ?

— Alors là, je te fais confiance, fait-il en ouvrant grands les bras comme pour embrasser toute la ville. C'est toi la guide !

— Bon, vu que tu t'intéresses à Giorgione, je t'emmène à l'Accademia voir *La Tempête*. C'est à deux pas d'ici.

— Ça roule !

Martino m'offre son bras et nous voilà partis.

La visite terminée, nous passons à la Scuola Grande di San Rocco qui abrite des fresques du Tintoret, puis à la basilique des Frari admirer *L'Assomption* du Titien. Le cœur serré, je me rappelle soudain cette nuit où j'y étais entrée en compagnie de Leonardo.

Le soir venu, histoire de nous remettre de cette journée éreintante, j'invite Martino à manger un morceau à la maison. Mes talents de cuisinière étant ce qu'ils sont, nous nous arrêtons en bas de chez moi commander deux pizzas. Ce sont loin d'être les meilleures du monde, mais j'aimais bien venir ici quand j'habitais encore Venise. Voir le propriétaire égyptien m'adresser un petit signe amical me fait chaud au cœur.

Un quart d'heure plus tard, nous entamons notre dîner, assis.

— J'ai peur d'avoir vraiment du mal à entrer dans ma robe, dis-je à Martino en regardant mon ventre, plus rond que d'habitude.

Avant de rentrer, nous avons fait un saut chez

mes parents pour récupérer ma robe Versace que j'ai tout de suite pendue dans l'entrée. Martino la regarde, puis me regarde.

— Cette couleur va très bien avec ta peau claire.

— Venant d'un spécialiste de la couleur, ça me fait très plaisir...

Enfin quelqu'un qui apprécie mon teint pâle !

— Tu vas être magnifique, demain, fait tout à coup Martino en plantant ses yeux dans les miens.

Il se passe une main dans les cheveux, ce qui les décoiffe encore un peu plus, avant d'ajouter dans un souffle, comme s'il pensait tout haut :

— Mais tu es toujours magnifique...

Contrairement à son habitude, il ne baisse pas les yeux. La tête renversée sur le dossier du canapé, il garde ses yeux plongés au fond des miens.

Son regard n'est plus le même. Martino n'est plus un gamin, c'est un homme face à une femme.

Je décide de me lever du canapé. Pour changer de CD, mais aussi pour dissiper la tension que je sens naître entre nous.

— Non, tiens, choisis, toi, dis-je en me tournant vers lui.

Martino se met à passer en revue les disques qui occupent depuis des années les étagères de ma bibliothèque. Pourquoi ne les ai-je pas emportés à Rome ? Mystère...

Après avoir fait courir son doigt le long des trois rangées de CD, Martino finit par en sortir un. L'instant d'après, la voix chaude et enveloppante de Frank Sinatra résonne dans la pièce. *Strangers in the Night*...

Une drôle d'étincelle passe dans son regard. C'en est troublant. Je le vois alors sourire, et me tendre la main.

— M'accorderez-vous cette danse ?

— Volontiers, cher monsieur.

Une petite révérence, et je le laisse m'entourer de ses bras. Ma gêne s'est dissipée.

Il me serre contre lui délicatement (trop, d'ailleurs) et esquisse quelques pas maladroits. Je passe alors mes mains autour de son cou. Mon visage est si près de son épaule que je peux sentir le parfum qui imprègne son tee-shirt. Il sent si bon. Je sens sa barbe de trois jours chatouiller doucement mes cheveux et son souffle chaud glisser sur mon visage. Il commence à s'enhardir. Ses mains se détendent et se déploient sur ma robe.

— Tu te débrouilles très bien, je lui murmure.

Les yeux clos, je me mets à chantonner par-dessus la musique. Je lâche prise

Martino me serre un peu plus fort, les mains collées contre mon dos. Sa bouche posée sur mes cheveux, il unit sa voix à la mienne. Nous chantons ensemble, désormais.

Même si je ne suis plus complètement chez moi, même si les dix ans qui nous séparent me perturbent, même si je suis soudain terriblement curieuse de connaître la saveur de ses lèvres, je me sens bien entre ses bras.

Nos pieds caressent le parquet en le faisant légèrement craquer. J'appuie mon visage contre son épaule, à la fois triste et soulagée de me dire que la voix de Sinatra va bientôt s'envoler et que tout redeviendra comme avant. Je serai de nouveau Elena, la bonne copine, la grande sœur, et lui Martino, ce jeune homme un peu maladroit qui me fait tellement craquer.

La musique s'évanouit et le silence s'installe. Obéissant aux miens, les pieds de Martino s'immobilisent. À ma grande surprise, il continue de me serrer contre lui au lieu de se détacher de moi. J'attends d'entendre les accords swing de *The Way You Look Tonight* pour ouvrir les yeux. À cet instant seulement, je lâche son cou, prudemment, comme pour ne pas lui faire mal.

Martino me laisse partir à contrecœur. Ses mains, vides, orphelines, s'écartent de moi et retombent le long de son corps. Sa pomme d'Adam remue bizarrement ; on dirait qu'il vient de ravaler ce qu'il voulait dire.

— Qu'est-ce qu'il y a ? je lui demande, histoire de détendre l'atmosphère.

Et, au même moment, ses lèvres sont sur les miennes. Timidement d'abord, puis avec de plus en plus d'assurance. J'ai besoin de reprendre mon souffle pour comprendre ce qui se passe et, surtout, pour admettre que cette sensation est aussi agréable que je l'imaginais. J'entrouvre alors la bouche afin de laisser sa langue se mêler à la mienne. Oui, nous nous embrassons.

Martino a l'air presque étonné. Il respire de plus en plus vite, gagné par l'émotion. Est-ce que je rêve ou il tremble entre mes bras ?

Je passe le dos de la main sur son front. Mes doigts effleurent son piercing avant de descendre le long de son cou.

C'est le baiser le plus délicat qu'on m'ait jamais donné. Les lèvres de Martino sont aussi douces que du velours. Elles caressent les miennes par petites touches tandis que sa langue glisse lentement dans ma bouche, sans l'envahir.

Il se détache alors de moi et me regarde d'un air songeur.

— Tu ne peux pas savoir depuis combien de temps je rêvais de faire ça…

— Tu t'es fait attendre…, dis-je avec un sourire tout en passant ma main dans ses cheveux.

— Je pensais que tu ne voulais pas.

— J'ai attendu ce soir pour me rendre compte que j'en avais envie.

Derrière ses sourcils épais et longs, j'aperçois une petite tache dorée au fond de son œil. C'est la première fois que je la remarque. Normal, je n'avais jamais été aussi près de lui.

J'attrape son visage pour l'embrasser à nouveau puis laisse courir mes doigts le long de ses bras jusqu'à serrer ses mains lisses et parfaites. Elles ne portent pas les marques du temps et des orages de la vie comme celles de Leonardo. Avec sa peau tendue et cette barbe si douce et si légère, le visage de Martino est d'une telle beauté... J'aime ce corps jeune et musclé et j'ai envie de le découvrir, ce soir.

Sans cesser de l'embrasser, je déboutonne sa chemise et commence lentement à le déshabiller. Martino me laisse faire. Je sens un peu d'appréhension dans son regard. Et beaucoup de désir.

Le voilà entièrement nu devant moi. J'en profite pour l'observer plus en détail : ses muscles longs et fins ressemblent à ceux de ses croquis au fusain. Son torse large et osseux se termine en un bassin étroit. Son sexe, déjà en érection, vibre entre ses jambes. Qu'est-ce qu'il est beau... Il me fait penser à un jeune étalon qui ne sait pas encore quoi faire de l'énergie érotique débordante que la vie lui a donnée. Son sourire gêné est désormais transfiguré par la passion.

Je l'emmène à l'autre bout du couloir en le tenant par la main. Dans ma chambre, je le fais s'allonger sur le lit défait avant de me déshabiller à mon tour. Allongés l'un contre l'autre, nous échangeons de longs et profonds baisers. Voyant son sexe se tendre, j'approche ma main pour le caresser.

Les yeux gonflés d'émotion, Martino porte ma

main à ses lèvres et l'embrasse délicatement. Son haleine chaude glisse sur mon poignet.

Une fois à cheval sur son corps, je commence à couvrir son torse de baisers. Sa respiration s'accélère à mesure que ma langue se familiarise avec sa peau. De son cœur, je descends jusqu'à son nombril, et puis encore plus bas. Je prends alors son sexe entre mes lèvres et commence à le lécher, à le sucer, jusqu'à sentir son sang embraser sa chair.

Dans les yeux de Martino se mêlent l'excitation et la stupeur. Il a l'air de ne pas croire à ce qui se passe. Agrippé à la couverture, il cambre son bassin vers moi. Mes lèvres remontent jusqu'à sa bouche. Je lui prends alors délicatement la main et la pose sur mon sein. Martino commence par hésiter, comme s'il faisait un geste défendu, puis finit par s'approcher de mon téton pour le sucer et le mordre. La main posée sur sa nuque, je le laisse m'offrir cette bouffée de plaisir.

Quelques instants plus tard, il s'allonge sur moi et se love entre mes jambes.

— Elena, tu es magnifique, murmure-t-il les yeux mi-clos, son visage plongé dans mon cou.

Il se relève. Je vois à son regard qu'il ne peut plus réfréner son désir.

Son sexe dans la main, il essaie de me pénétrer, mais il le fait avec une telle délicatesse qu'il n'arrive pas à s'enfoncer dans mon vagin. À sa décharge, je ne suis pas dans les meilleures dispositions.

— Attends, je lui susurre tout bas.

Je l'attrape par le poignet et l'invite à me caresser. Après l'avoir guidé contre mon clitoris, je le force à plonger un doigt dans mon vagin. Martino m'explore lentement, sans s'impatienter, sans me brusquer. Il cherche encore mes tétons sans cesser de frotter ses doigts contre mon sexe, à présent mouillé de désir.

Je saisis ses hanches lisses et étroites pour l'attirer vers moi. D'une main, je l'aide à faire une nouvelle tentative. Qui échoue, elle aussi. Dépité, Martino s'écroule sur moi, le visage caché dans le creux de mon cou.

— Fait chier… J'ai tellement envie de toi, pourtant !

Ce qu'il peut être craquant. Un petit sourire aux lèvres, je le prends dans mes bras et lui caresse les cheveux.

Très vite, Martino se remet à m'embrasser. Sentant son sexe gonflé collé à mon ventre, je commence à le caresser.

Ce n'est plus le même. Ses traits, d'habitude si doux, sont comme crispés. Les yeux écarquillés, il a l'air de bouillir d'impatience. J'écarte alors les jambes pour qu'il s'approche, qu'il me cherche, qu'il entre en moi. Enfin, ça y est. Il va et vient lentement. Ses mouvements sont maladroits, comme s'il hésitait à s'enfoncer en moi. Il tremble, il gémit. Son haleine est aussi douce qu'une brise. Tandis que le plaisir envahit tout son corps, je l'attrape par les fesses pour l'aider à trouver le bon rythme.

Très vite, ses coups de reins se font de plus en plus intenses. Martino a pris confiance. Il se laisse guider par son instinct. Cette force indomptable, ravageuse. Ce désir de me pénétrer et de me posséder. Cette énergie virile à l'état brut.

Sentir Martino me faire l'amour me procure beaucoup de plaisir, et pourtant, je sais déjà que je n'aurai pas d'orgasme. Tout mon corps est hanté par le souvenir de Leonardo, par ce plaisir indélébile qu'il a gravé au plus profond de moi.

Malgré tout, je refuse que ces images du passé viennent gâcher cet instant. C'est hors de question. Ce moment est celui de Martino, je veux qu'il se sente libre de se perdre entièrement en moi, je veux que la tendresse qu'il m'inspire l'emporte sur tout le reste. Les jambes écartées, le dos cambré, je l'aide à conquérir son plaisir. Je l'entends soudain murmurer mon nom. Puis son corps se tend comme une corde et il s'écroule, la tête contre ma poitrine.

Quelques minutes plus tard, il me semble que Martino tremble légèrement. Sa peau lisse et claire est parcourue de frissons.

— Tu as froid ? je lui demande en lui passant une main sur le bras.

— Non, c'est juste l'émotion, répond-il en

cherchant mon regard. Voir Venise et faire l'amour pour la première fois, tout ça le même jour...

— Hein ?

— Eh oui, c'est ma première fois, murmure-t-il d'une voix hésitante.

Oh mon Dieu. Je tombe des nues. Et moi qui pensais sincèrement que les jeunes d'aujourd'hui étaient cent fois plus dégourdis et expérimentés que ça... Bon, détends-toi, Elena, tu n'as rien fait de mal. Il en avait envie lui aussi. Surtout lui, d'ailleurs.

— Si tu veux, j'ai eu des petites copines..., poursuit Martino. Mais c'est juste que je ne suis jamais allé jusqu'au bout.

C'est touchant de le voir se justifier comme ça. On dirait qu'il a lu dans mes pensées...

— Je ne t'ai rien dit parce que j'avais peur que ça te mette mal à l'aise..., m'explique-t-il avec les yeux brillants et le rouge aux joues. En fait, je... comment dire ? Je voulais que ma première fois soit avec toi.

Mes yeux perdus au fond des siens, je lui caresse le front en souriant. Comment pourrais-je lui reprocher quoi que ce soit ? Son regard me dit que j'ai fait ce qu'il fallait. Au moins pour lui. Même si nous ne vivrons jamais une histoire d'amour – nous le savons tous les deux –, je n'ai pas couché avec lui juste pour m'envoyer en l'air. Et ça, ça ne m'était pas arrivé depuis des mois.

— Mais ça t'a plu quand même ? me demande soudain Martino.

Ah, les hommes... Toujours inquiets de ne pas être à la hauteur.

— Bien sûr que oui. Beaucoup, lui dis-je en l'embrassant doucement sur le front.

— Pourtant, tu n'as pas joui...

— Ne t'en fais pas pour ça...

Je lui caresse les cheveux. C'est presque amusant de l'entendre dire ça ! J'aimerais qu'il garde le plus beau souvenir possible de sa première fois, un souvenir sans tache.

— Reste toi-même, Martino, un garçon tendre et doux. Elles seront toutes folles de toi, tu verras.

Martino enroule ses bras autour de moi. Nous restons quelques instants dans cette position : lui la tête collée contre ma poitrine et moi qui le berce légèrement. Tout à coup, il se relève, les cheveux en pétard, comme s'il se réveillait d'un rêve, et jette un regard ébahi autour de lui.

— Quelle heure il est ?

— Deux heures, je lui réponds en me tournant vers la table de nuit où est posé mon téléphone.

Martino se redresse en poussant un long soupir et s'adosse à la tête de lit.

— Il faut que j'y aille. J'ai réservé une piaule dans une auberge de jeunesse du côté de la Giudecca. C'est loin d'ici ?

— Ce n'est pas loin, dis-je en le prenant

doucement dans mes bras, mais j'aimerais que tu restes ici cette nuit.

Il sourit. Il n'attendait que ça, bien évidemment !

— Tu es sûre ?

— Oui. Reste, s'il te plaît.

Nous avons fait l'amour toute la nuit. Martino a été infatigable, et débordant d'imagination. On aurait dit qu'il voulait découvrir en l'espace d'une nuit tout ce que l'on peut savoir sur le sexe. Je me suis donnée à lui corps et âme, soucieuse de satisfaire son moindre désir. Nous avons fini par glisser dans l'obscurité, épuisés tous les deux. Avant de sombrer, j'ai eu une pensée pour ce garçon aux cheveux fous et aux mains fragiles. Il est devenu un homme – un homme qui me regarde autrement, désormais.

4

J'ouvre les yeux lentement, difficilement. Pour la première fois depuis très longtemps, je sens la chaleur tiède d'un corps dormant à mes côtés. Un sourire se dessine sur mes lèvres. Tout en refermant les paupières pour savourer de nouveau la nuit qui vient de s'écouler, je pense à sa façon de respirer, à la couleur de sa peau, à tout ce que je lui ai fait découvrir. C'était tellement touchant de le voir faire preuve d'autant de délicatesse. Ça faisait une éternité que je n'avais pas ressenti quelque chose d'aussi proche du plaisir...

Merci, Martino.

Tandis que je m'étire, mes yeux cherchent la douce lumière du matin. Je me tourne lentement sur le côté pour ne pas le réveiller. Il a les cheveux en bataille mais aussi le sourire fatigué et satisfait de celui qui a fait l'amour. J'ai aimé être la première femme de sa vie. Je n'arrive pas à croire qu'il soit encore là, à mes côtés. Il est encore trop tôt pour reparler de tout ça. Il sera toujours temps de mettre les choses au point.

À moitié endormie, je détourne le regard et fixe les murs, le plafond, les meubles. Là, je distingue ma robe accrochée à la poignée de l'armoire... Merde, le mariage ! J'ouvre des yeux dignes du héros d'*Orange mécanique*. Pourquoi est-ce que cette saleté de téléphone n'a pas sonné ?

C'est la panique totale. J'attrape mon portable sur la table de nuit pour contrôler l'heure : plus de batterie. Et moi qui ai emporté mon réveil à Rome... Dites-moi que je rêve !

Le cœur battant à mille à l'heure, j'allume la lampe de chevet et ouvre le tiroir de la table de nuit. Vite, mon chargeur... Merde, merde... Au même instant, comme dans un thriller, retentit un grand coup de Klaxon qui me fait sursauter.

Je m'extirpe du lit avec un bond de félin avant de me ruer dans la cuisine dans un bruit d'enfer. Tant pis si je réveille Martino... Je pousse un cri étranglé en voyant les quatre chiffres sur l'écran du micro-ondes.

— Merde, merde, merde !

Il est dix heures quarante. Gaia se marie dans vingt minutes à Santa Maria dei Miracoli, à l'autre bout de la ville.

Mais pourquoi est-ce que les choses vont *toujours* de travers ? Pourquoi est-ce que je ne déclenche que des catastrophes, où que j'aille ? Je ne sais pas ce qui me retient de me fourrer la tête dans cette saloperie de micro-ondes !

Bon, il faut que je m'active, ça ne sert à rien de perdre du temps avec ce genre de questions existentielles. Concentre-toi, Elena. Tu as dix minutes devant toi. Si tu les gères bien, tu peux peut-être y arriver.

Direction la salle de bains pour une douche ultra-rapide. J'avais promis à Gaia d'être chez elle à neuf heures pour l'aider à se préparer. Dire que je voulais me faire coiffer et maquiller moi aussi ! Et les autres qui m'attendent depuis des heures… Ils vont croire que je suis morte. Allez, laissons tomber, ce n'est pas le moment de me chercher des excuses. Ce n'est plus le moment de rien, d'ailleurs.

Je sors de la salle de bains toute dégoulinante. J'ai encore sept minutes pour m'habiller, me maquiller, me coiffer, enfiler mes talons et traverser la ville. *Mission : Impossible*. D'habitude, c'est la mariée qui fait flipper tout le monde parce qu'elle est en retard. Pas le témoin. Pas celle qui doit assurer que les mariés seront unis pour la vie. Bref, pas moi. Et ça, Gaia ne me le pardonnera jamais !

Ne pense pas à ça, Elena. Dépêche-toi, point barre. J'essaierai de tout arranger plus tard. Si elle m'en laisse la possibilité…

Je saute dans ma robe avant de courir chercher mon téléphone. Ah, enfin, il s'est rallumé. J'ai vingt-six appels en absence de Gaia. Les mains tremblantes de stress, j'essaie de l'appeler. Pas de réponse, il fallait s'y attendre. La cérémonie commence dans trois minutes et je suis encore là, avec une tête de cauchemar et un gamin de vingt ans au fond de mon lit. Au secours !

Martino dort encore, le veinard. Un vrai petit ange. Je pourrais le laisser tranquille, mais j'ai vraiment besoin de partager mes malheurs avec quelqu'un.

— Martino, réveille-toi ! dis-je en le secouant comme un prunier.

— Quelle heure il est ? bougonne-t-il en se tournant sur le côté.

— Il est super tard. Presque onze heures.

Si je ne lui crève pas les tympans à force de brailler comme une folle, ce sera un miracle.

— Hein ? fait-il en ouvrant des yeux grands comme des soucoupes. Mais tu… tu n'avais pas le mariage ?

— Bien sûr que si, bordel ! Je ne serai jamais là-bas à temps !

Sans arrêter de hurler, je me mets à tourner dans la pièce comme une mouche prisonnière d'un bocal.

Le visage encore chiffonné par le sommeil, Martino se redresse et me regarde :

— Calme-toi. Tu n'arriveras à rien si tu t'agites comme ça.

Il descend du lit en se frottant les yeux avant

d'étirer ses bras maigres et s'appuie au mur pour ne pas tomber. Je ne suis pas sûre qu'il s'attendait à un tel réveil en fanfare…

Tiens, ça me fait penser que je n'ai toujours pas refermé ma robe. En me voyant me débattre avec ma fermeture Éclair, Martino s'approche et la remonte doucement.

— Et voilà.

— Pfff… J'ai l'impression d'être une saucisse ! dis-je en essayant vainement de rentrer le ventre pour avoir l'air plus mince.

La seconde d'après, je clopine jusqu'à la salle de bains sans même remercier Martino.

J'allume la lumière de la glace. Mon Dieu. J'ai une tête atroce, des cernes de mort-vivant et un bouton de la taille d'un volcan sur le menton. Je me passe vite fait de l'anticernes et du blush, mais ça n'y change pas grand-chose. Je ressemble à une statue de cire, maintenant.

Peu importe, ce n'est pas le moment de jouer les perfectionnistes. La suite, vite ! Je sors une vieille trousse avec différents fards à paupière et rouges à lèvres compacts. C'est le moment de voir si j'ai retenu ce que Gaia a passé des heures à m'expliquer. Espérons que ce n'était pas pour rien. Est-ce que je vais arriver à faire quelque chose de potable ?

— Elena ?

Martino passe la tête par la porte de la salle de bains.

— Je suis là, je réponds en déposant une touche de couleur sur mes paupières.

— Je peux entrer ?

— Bien sûr.

Son image apparaît dans le miroir, juste à côté de la mienne. Il est déjà habillé et chaussé. C'est tellement craquant de voir qu'il a toujours peur de déranger. Il a l'air complètement déboussolé, le pauvre !

— Excuse-moi, tu dois croire que je t'ignore…, lui dis-je en m'approchant de lui. Le truc, c'est que là, je suis mal de chez mal !

Le temps de lui déposer un rapide baiser sur la joue en me dressant sur la pointe des pieds et je recommence à me tartiner la figure.

— Je n'arrive déjà pas à me maquiller en temps normal alors imagine maintenant ! je bougonne en faisant la grimace.

— Je m'en occupe.

— Tu… ?

À l'heure qu'il est, je suis tellement désespérée que je croirais n'importe quoi.

Je vois soudain Martino se mettre à côté de moi, face au miroir. Vu sa mine concentrée, il paraît on ne peut plus sérieux. Sans dire un mot, il me prend mon pinceau des mains. Si je m'attendais à ça… En quelques gestes délicats mais sûrs, il commence à étaler la poudre sur mes yeux.

— J'ai suivi un cours de maquillage artistique aux Beaux-Arts, m'explique-t-il. Fais-moi confiance…

— Mais je te fais confiance ! Je te demande juste de faire vite. Tant que tu évites de me faire ressembler à un clown, ça ira…

Ce que fait Martino tient du miracle. Je finis le travail avec un peu de mascara bleu. Un trait de gloss sur mes lèvres et c'est bon.

Je jette un œil à mon iPhone. Onze heures et quart ! Connaissant Gaia et ses caprices de star, j'ai jusqu'à onze heures vingt pour arriver à l'heure. Et encore.

Pfff… Je ne vais jamais y arriver !

Sans compter qu'il reste encore le problème de la coiffure. J'agite légèrement mes cheveux pour les redynamiser un peu. Pour le moment, je suis à mi-chemin entre la laitue et le cocker. Une merveille. Tant pis pour toi, Elena. Si tu voulais que le coiffeur de Gaia t'arrange tout ça, il fallait te réveiller plus tôt !

Bon, ce sera une queue-de-cheval.

— C'est pas trop moche ? je demande pleine d'espoir à Martino. Ou alors comme ça, c'est mieux ?

Je lâche mes cheveux sur mes épaules et les tire sur le côté. Ils ont tellement poussé qu'ils m'arrivent au milieu du dos. Il faudrait que je me décide à les faire couper un de ces quatre.

— Mmmh… Plutôt comme ça.

Après m'avoir regardée en détail, Martino me

prend doucement les cheveux et les enroule en une espèce de chignon bas.

— Ça illumine davantage ton visage.

— Vendu ! je m'exclame en plantant une épingle ornée de perles dans ma coiffure improvisée.

Décidément, ce garçon est plein de surprises.

Un nuage de laque et je sors de la salle de bains. Maintenant, les chaussures.

À cet instant précis – il est déjà onze heures vingt ! –, j'entends la sonnerie de mon iPhone. Aïe aïe aïe. C'est ma mère. Elle doit être à l'église, quelque part dans les premières travées. Ne pas me voir aux côtés de Gaia a dû lui foutre la trouille, c'était couru. Même si elle me téléphone juste par acquit de conscience, je suis sûre qu'elle est à deux doigts d'appeler la police. Je ne peux pas ne pas répondre.

— Maman ?

— Elena, où est-ce que tu es passée ? Tout va bien ?

Elle a beau parler tout bas, j'entends une angoisse folle dans sa voix. Il faut que je la rassure, et vite.

— Mais oui, maman, ça va. Je n'ai pas entendu mon réveil. Calme-toi.

— Oh mon Dieu !

Je l'imagine d'ici lever les yeux au ciel et serrer la mâchoire, comme toujours quand elle n'a pas le contrôle de la situation.

— Essaie de te dépêcher, Elena ! Je ne te dis pas pour quoi tu es en train de passer…

Pas besoin qu'on me le dise, effectivement !

— Maman, abrège, je suis assez en retard comme ça. J'arrive. Ciao.

Et je raccroche.

Dans mon répertoire, je sélectionne ensuite le numéro de Shark, le chauffeur de bateau-taxi le plus rapide de Venise. Il est libre, une chance ! Je lui donne rendez-vous au ponton de l'Accademia dans dix minutes, pas une de plus. « No problemo, *mon amour*, tout ce que tu voudras », me lance-t-il. Ouf !

J'attrape mes escarpins sur mon étagère à chaussures. Après avoir manqué de me briser le cou en les enfilant, je prends ma pochette et y fourre tout un tas de trucs n'importe comment. Ça y est, je suis prête !

Je ne me regarde même pas dans le miroir. Pas le temps, pas envie ! Si je me dépêche, j'ai peut-être encore un peu d'espoir d'arriver avant la fin de la cérémonie. Juste après l'entrée de la mariée, si ça trouve…

— Tu allais oublier ça, me fait Martino en me donnant mon portable que j'avais laissé sur mon étagère à chaussures.

— Merci !

Je fourre mon iPhone dans ma pochette désormais pleine à craquer.

Nous descendons l'escalier aussi vite que me

le permettent mes talons. Autant dire que j'y vais prudemment. Heureusement, Martino me donne le bras. Une vraie mamie... Génial... Mais je penserai à ça plus tard.

Une fois au pont de l'Accademia, nous nous disons au revoir.

— Et moi qui ne t'ai même pas proposé un café...

Pour toute réponse, Martino me dépose un timide baiser sur les lèvres, les yeux brillants de gratitude.

— Je n'oublierai jamais cette nuit, m'avoue-t-il avant de m'aider à grimper dans le taxi.

— On se revoit à Rome ! lui dis-je en lui lançant un baiser.

Quand Shark abaisse d'un coup l'accélérateur, je le foudroie du regard. Il ne manquerait plus que je foute en l'air mon look de star en me gamellant à cause de ce dingue !

Onze heures quarante.

Nous traversons le Grand Canal à une vitesse vertigineuse. Après avoir dépassé toutes sortes d'embarcations, nous passons sous le Rialto comme une fusée, juste sous le nez de la police municipale. Shark me file un mouchoir blanc et m'ordonne de l'agiter. Ça y est, je suis prête à jouer le rôle de la moribonde – une moribonde incroyablement élégante qui va tenter le tout pour le tout afin d'arriver à l'église avant que sa meilleure amie ait prononcé le « oui » fatidique. Le taxi remonte un canal étroit et tortueux mais doit ralentir pour ne pas se crasher contre une maison. Après avoir glissé lentement sur l'eau pendant quelques minutes, ça y est : j'aperçois enfin les marbres polychromes de Santa Maria dei Miracoli, éclairés par le soleil de cette fin de mois d'avril. Comme une apparition.

Onze heures cinquante.

Shark exécute une manœuvre habile pour garer son taxi tout contre le quai et m'ouvre la portière. Je règle la course (je n'ose même pas dire combien ça m'a coûté) puis descends du bateau avec un bond d'acrobate. Perchée sur mes échasses, je me mets à remonter la rue en courant comme une dingue, au péril de ma vie. Je respire comme un bœuf, je transpire, mon maquillage est en train de couler et mon chignon de se défaire, mais tant pis. Je peux y arriver et être aux côtés de Gaia pour le plus beau jour de sa vie.

Mais non. Tout ça n'a servi à rien. À peine suis-je arrivée sur le parvis de l'église qu'une foule d'invités me barre la route. Fait chier… Il a fallu que Gaia choisisse aujourd'hui pour devenir ponctuelle ! Et puis franchement, est-ce qu'elle avait besoin de se marier aussi vite ? Quant au prêtre, je le retiens… Célébrer une messe à ce train-là, ça rime à quoi ?

Même si je n'arrive pas à croire ce que je viens de faire à Gaia, je refuse de baisser les bras. Les mariés se sont sans doute déjà dit oui, mais si ça trouve, les registres n'ont pas encore été signés et j'ai encore une petite chance d'accomplir mon devoir de témoin ! Telle une amazone, je fends la foule à contre-courant en me frayant un chemin à grands coups de coude. Tout le monde me jette des regards à la fois perplexes et réprobateurs.

Je reconnais Valentina, Serena et Cecilia, aussi impeccablement lookées que pour un défilé de mode. Valé, qui a toujours brigué la place de témoin, me jette un regard torve, l'air de dire : « C'est à cette heure-ci que tu arrives ? » Dans ma course folle, je croise aussi ma mère qui reste là à me regarder, la bouche grande ouverte et la tête entre les mains. Rien à faire. Je poursuis mon chemin, bille en tête, à la recherche des mariés. Je traverse la nef centrale de l'église, décorée de roses blanches et bleues avec des foulées de sprinteuse. Hélas, toujours aucune trace de Gaia et Samuel.

Je me précipite dans la sacristie à côté de l'autel. Ah, ça y est, je les vois. Ils sont face à l'énorme registre en parchemin où vont signer les témoins.

— Stop ! Attendez ! je hurle, en faisant résonner mes talons sur le sol en marbre.

Gaia se retourne et me jette un regard affolé :

— Elena ! Mais où est-ce que tu étais passée ?

Elle se maîtrise, ça se voit. Si nous n'étions pas dans un lieu sacré, j'en verrais des vertes et des pas mûres…

Cela dit, avec sa robe blanche constellée de perles et de broderies, ses cheveux blonds enroulés en une coiffure compliquée et son voile de soie qui lui descend jusqu'aux pieds, Gaia est juste sublime. Mon cœur s'arrête de battre un instant tandis que je sens des larmes me monter aux yeux.

— Pardonne-moi, lui dis-je d'un ton suppliant. J'ai eu un contretemps. Je te raconterai plus tard.

Pliée en deux, j'essaie de reprendre mon souffle. Si je ne tombe pas dans les pommes, ce sera déjà ça…

— On pensait que tu avais disparu, s'exclame tout à coup Samuel.

Est-ce de l'ironie ou de l'énervement que j'entends percer dans sa voix ? Impossible de savoir. Quoi qu'il en soit, je dois dire qu'il est splendide, lui aussi. Il porte un costume cintré noir avec une cravate bleu électrique et un œillet de la même couleur à la boutonnière. À côté de lui se tient son témoin, Roberto, un ami à lui que j'avais rencontré la fois où j'ai fait sa connaissance.

— Par contre, c'est trop tard…, intervient Alessandra, la sœur de Gaia, en me jetant un regard désolé.

Stylo à la main, elle s'apprête à signer. Ça me console presque de savoir que Gaia l'a choisie elle pour me remplacer, et pas Valentina.

— Mes enfants, allons-y, si vous le voulez bien…

Le prêtre ouvre le registre à la page du jour et

indique l'endroit où les témoins doivent inscrire leur nom.

Allez, c'est parti pour mon grand numéro. Après avoir pris une grande inspiration, je me mets théâtralement une main sur le cœur et lance solennellement :

— Écoutez, même si je n'ai pas assisté au mariage, je suis encore la meilleure amie de la mariée…

Là-dessus, je me tourne vers Gaia pour lui jeter un regard de chien battu tandis qu'une larme me coule doucement sur la joue.

— Je t'en prie, je tiens tellement à être ton témoin. Nous nous étions fait la promesse…

Gaia reste un moment sans rien dire. Tout à coup, je vois un petit sourire se dessiner sur ses lèvres. Ce n'est pas son sourire habituel, mais, après toutes mes bêtises, je ne mérite pas mieux. Gaia fait alors un petit signe de tête à sa sœur. Alessandra l'a mauvaise, mais elle me passe le stylo sans faire d'histoires. La main tremblante, je me penche sur le registre pour y apposer ma signature.

C'est fait. Il ne nous reste plus qu'à accompagner les mariés jusqu'à la sortie. Samuel et Gaia marchent main dans la main, entourés par Roberto et moi. Alessandra ferme la marche.

Tandis que nous descendons la nef centrale, Gaia se tourne vers moi pour me chuchoter :

— Merde, qu'est-ce que tu as foutu ? Je flippais à mort sans toi !

— Je sais, mais tu vas comprendre...

— J'espère que le type avec qui tu étais en valait la peine, au moins..., ricane-t-elle avec un clin d'œil.

Ouf, j'ai retrouvé ma Gaia, me voilà pardonnée. Me connaissant, elle doit penser que mes folles aventures sexuelles ont quelque chose à voir dans tout ça. Et de fait, elle n'est pas tombée loin. J'aimerais lui dire que ce n'est pas exactement ce qu'elle croit, mais nous nous apprêtons à faire notre sortie triomphale. Les explications attendront.

Sous un tonnerre d'applaudissements, tout le monde jette sur Gaia et Samuel une nuée de pétales blancs et bleus. Après les photos rituelles, les mariés disent au revoir à tout le monde et montent à bord d'une gondole décorée d'une myriade de roses, laissant les invités prendre chacun de son côté la direction du palais Pisani Moretta, où doit avoir lieu le vin d'honneur.

Après m'être pris un sacré savon par ma mère, je rejoins Valentina, Serena et Cecilia. Avec leurs minirobes fluo, on croirait voir une version postmoderne des trois fées de *La Belle au bois dormant*. Chemin faisant, me voilà obligée de justifier mon impardonnable retard au risque de créer un nouvel esclandre. Alors j'improvise. Je raconte que j'ai dû laver ma robe au dernier moment parce que j'avais fait une tache dessus.

Mais je ne suis pas sûre que ça les ait convaincues, vu que j'ai dû supporter leur regard noir pendant tout le trajet.

Une fois sur place, notre petit groupe se joint aux amis de Belotti, une brochette de cyclistes venus des quatre coins du monde. À les voir fringués comme des mannequins, on les dirait sortis d'une pub pour Dolce & Gabbana. Tandis que nous buvons un peu de champagne en attendant l'arrivée des mariés dans la cour extérieure, c'est la valse de la séduction qui commence.

Je peux témoigner – et cette fois sans avoir honte de le dire ! – qu'on drague pas mal dans les mariages. Je tape dans l'œil d'un Espagnol au physique sculptural. Pendant qu'il me remplit mon verre sans arrêt, je l'entends marmonner *« Que guapa ! »* à plusieurs reprises sans pour autant comprendre exactement ce qu'il me raconte. Rien d'étonnant puisqu'il est déjà joliment éméché. Moi aussi d'ailleurs. Si le souvenir de cette nuit avec Martino ne m'occupait pas l'esprit, je prendrais sérieusement en considération tous ces muscles si bien dessinés par sa chemise en coton moulante. Mais je ne me sens pas d'humeur, aujourd'hui.

Les mariés finissent par arriver. Je me dirige vers Gaia, bien décidée à la prendre entre quatre yeux pour lui parler. Hélas, à peine avons-nous le temps d'échanger deux mots qu'une horde d'invités enragés me la vole pour la féliciter. Elle m'adresse un regard résigné, déjà fatigué.

J'avale ma dernière gorgée de prosecco avant de retrouver Serena, Cecilia et Valentina qui, entre-temps, ont mis le grappin sur *mon* Espagnol et sont en train de se le disputer à grands renforts de petits sourires et d'œillades langoureuses. Tant pis. Si elles le veulent, je le leur laisse.

Le maître de cérémonie nous invite finalement à entrer. L'intérieur du palais est digne de la cour d'un roi, avec ses tapis en velours rouge, ses lustres en cristal de Murano, son carrelage en marbre aussi poli qu'un miroir et, partout, ses compositions florales sophistiquées dans tous les tons de blanc et de bleu. Au centre du salon d'apparat, une gondole en Plexiglas abrite un buffet où l'on trouve de grands crus et toutes sortes d'amuse-bouches. Hélas, chaque fois que je goûte à quelque chose de particulièrement appétissant ou original, je ne peux m'empêcher de penser à Leonardo, à la passion qui a fait de lui un grand chef, à la délicatesse et à l'habileté de ses mains, sans parler de la créativité de ses plats. Il donnait un sens profond à la nourriture, une dimension esthétique, même. La cuisine, pour lui, c'était un peu comme une rencontre du corps et de l'âme.

Si, désormais, je suis capable d'apprécier toutes ces saveurs, c'est à lui que je le dois. C'est lui qui m'a révélé le véritable goût des choses, qui a fait naître en moi cette insatiable faim de vivre. C'est lui qui m'a conduite au comble du plaisir – ce plaisir qui aujourd'hui m'échappe, inexplicablement.

Histoire d'arrêter de ressasser, je sors mon iPhone de ma pochette. Une petite partie de Ruzzle me videra peut-être la tête… Malheureusement, les mots que j'ai le plus souvent composés ces derniers temps – « sexe », « mains », « lit », « parfum » – me renvoient encore et toujours à lui.

— Bon, écoutons voir ce que tu as à dire pour ta défense…

La voix de Gaia me ramène à la réalité. Ce petit ton acide et légèrement hautain ne présage rien de bon. De fait, sa façon de planter ses yeux dans les miens ne veut dire qu'une chose : mon procès a commencé. Je peux enfin tout lui raconter : mon aventure tendre et en même temps surréaliste avec Martino ainsi que le réveil en catastrophe de ce matin. À part Gaia, je demande franchement à qui je pourrais confier que j'ai dépucelé un gamin de vingt ans… Alors même si je suis obligée de me flageller au motif que j'ai raté la cérémonie, je me sens soulagée malgré tout.

— Tu me pardonnes, alors, c'est vrai ? je lui demande avec de grands yeux.

Gaia me regarde de travers. C'est fou, cette robe blanche lui donne un air angélique qui ne lui ressemble pas. En un sens, ça m'impressionne.

— Mmmh… Oui, finit-elle par dire avec une grimace. Mais juste un peu.

C'est tout ce que j'avais envie d'entendre ! Ni une ni deux, je me jette à son cou pour la couvrir de baisers et lui faire de grands serments d'amour éternel et inconditionnel.

— Arrête, tu ruines tout mon maquillage ! piaille-t-elle en se reculant.

Ouf, elle a retrouvé le sourire ! Je peux la laisser retourner à sa table, à côté de Samuel, qui la réclame déjà.

Gaia est la meilleure amie que l'on puisse rêver.

Le déjeuner bat son plein. Au moment où l'on nous sert un plat de résistance qui va mettre encore un peu plus à rude épreuve les coutures de ma robe Versace, je reçois un SMS de Martino :

Comment ça se passe ?
Ton amie t'a pardonnée ?
Bisou.
Marti

Un sourire débordant de tendresse se dessine sur mes lèvres. Mon amie m'a pardonnée, certes, mais ce sont tous les autres qui n'arrêtent pas de me regarder de travers. Que ce soient les parents, la sœur de Gaia ou les trois drôles de dames, personne ne me parle aussi amicalement que d'habitude. Ce n'est peut-être qu'une impression, mais je me sens mal à l'aise parmi tous ces gens tellement sérieux dans leurs costumes de croque-morts et leurs coiffures invraisemblables. Certes, je culpabilise un peu à cause de ce qui s'est passé cette nuit, mais merde, il n'y a pas mort d'homme ! J'écris donc à Martino que tout va bien et que son maquillage a parfaitement tenu. Je veux qu'il ait le sourire quand il repensera à moi, à sa première fois et à Venise…

Les heures passent, et je continue à me lâcher sur la boisson. Si ça déplaît à certains, tant pis. D'accord, j'ai merdé, et on ne peut pas dire que je me rattrape, mais ils n'ont pas le droit de me juger comme ça, sans que je puisse me défendre ! Et puis, pourquoi maintenant ? C'est déjà assez difficile…

Autour de moi, je ne vois que des gens heureux et je me sens complètement étrangère à cette farandole d'amitiés, de sourires et de belles nouvelles. Soudain, je comprends que je ne suis pas à ma place. Que je suis seule. Aujourd'hui, Gaia s'est mariée, elle est officiellement devenue la femme de Samuel Belotti. Vu de l'extérieur, ils forment le plus beau couple du monde. Quant à Cecilia, elle vient juste de trouver un travail génial d'ingénieur environnemental en France. D'ailleurs, elle va bientôt s'y installer avec son copain. Valentina et Serena, elles, projettent d'ouvrir un restaurant ensemble. Avec un peu de chance, l'une des deux repartira avec le beau cycliste espagnol d'ici la fin de la journée.

Je pense aussi à Filippo, qui a concrétisé son rêve de monter son propre cabinet d'architecte et acheté ce fameux appartement sur le Grand Canal, où il va sans doute emménager avec sa nouvelle petite amie. Ils ont l'air d'avoir réussi, tous autant qu'ils sont, ou, du moins, ils ont un but dans leur vie. Elena Volpe, elle, cherche encore sa place dans ce monde, et se sent de plus en plus mal dans sa robe et, surtout, dans sa peau.

Sans surprise, une écrasante sensation de mélancolie trouble mon regard. Finalement, la seule note positive de cette fête, c'est cet extraordinaire *cartizze* supérieur. Alors je m'en verse un autre verre.

Quand le maître de cérémonie annonce l'arrivée du gâteau, mon taux d'alcoolémie frôle dangereusement le seuil d'alerte. Le monde est un peu plus vivable, maintenant, mais je n'y vois plus très clair. Je zigzague jusqu'à la table des mariés où se sont massés les autres invités. Tout le monde applaudit et félicite les héros du jour, mais je trouve ça presque obscène. Eh bien, si tous les mariages sont dans ce goût-là…

Entre-temps, Gaia et Samuel se sont mis à découper une spectaculaire pièce montée à cinq étages garnie de crème fouettée et de fruits rouges.

— Chers amis, je vous propose de porter un

toast en l'honneur des mariés ! s'exclame de sa grosse voix le père de Gaia.

Il lève alors son verre et invite tout le monde à en faire autant.

Valentina, qui attendait évidemment ce moment avec impatience, gagne l'estrade et déroule fièrement un petit parchemin. Après avoir marqué une pause, elle commence à déclamer une page du *Prophète* de Khalil Gibran :

Vous êtes nés ensemble, et ensemble vous serez pour toujours.
Vous serez ensemble quand les blanches ailes de la mort disperseront vos jours.
Oui, vous serez ensemble même dans la silencieuse mémoire de Dieu.
Mais laissez l'espace entrer au sein de votre union.
Et que les vents du ciel dansent entre vous.
Aimez-vous l'un l'autre, mais ne faites pas de l'amour une chaîne.
Laissez-le plutôt être une mer dansant entre les rivages de vos âmes.
Emplissez chacun la coupe de l'autre, mais ne buvez pas à la même coupe.
Donnez à l'autre de votre pain, mais ne mangez pas de la même miche.
Chantez et dansez ensemble et soyez joyeux, mais laissez chacun de vous être seul.
De même que les cordes du luth sont seules pendant qu'elles vibrent de la même harmonie.
Donnez vos cœurs, mais pas à la garde l'un de l'autre.
Car seule la main de la Vie peut contenir vos cœurs.

Et tenez-vous ensemble, mais pas trop proches non plus :
Car les piliers du temple se tiennent à distance,
Et le chêne et le cyprès ne croissent pas à l'ombre l'un de l'autre.

Sous les applaudissements nourris de l'assistance, les mariés, émus, remercient Valentina. Puis c'est au tour de la mère de Gaia de prendre la parole :

— J'espère que vous m'excuserez si je ne le dis pas aussi bien…, dit-elle avant de s'interrompre, des larmes dans les yeux. Mais je veux souhaiter à ma fille et à Samuel d'être heureux pour toujours. Et, même quand ce ne sera pas possible, de rester unis et amoureux comme ils le sont maintenant.

Alessandra lève alors son verre :

— À Gaia et Samuel, tous mes vœux de bonheur !

Misère… Plus cliché, tu meurs ! Ça suffit, je commence à en avoir ma claque de toute cette guimauve. Il est temps de réveiller un peu tout ce beau monde… Avec les litres de *cartizze* que je me suis envoyés, je ne vais pas avoir de mal à improviser quelque chose…

— Allez, c'est à moi…, dis-je en faisant tinter mon couteau contre mon verre.

Le temps de m'éclaircir la gorge, et je me lance :

— Plus qu'un vœu, c'est une requête que j'aimerais vous adresser. Gaia, Samuel, maintenant que vous êtes mariés, je vous en prie… Envoyez-vous en l'air plus souvent !

Et boum !

— Samuel, franchement ! Un câlin tous les mois, ça ressemble à quoi ? Ta petite femme a envie que tu la fasses grimper aux rideaux plus souvent…

Je pars dans un grand éclat de rire, mais très vite, hélas, je me rends compte que je suis la seule à m'esclaffer. Un silence glacial vient de tomber sur la salle. Eh bien quoi, qu'est-ce que j'ai dit ?

— Heu, c'est bon, je plaisantais… C'était pour rire…

Tous ces regards atterrés commencent à me mettre mal à l'aise. Par bonheur, le pianiste vient à mon secours. Au lieu de me laisser m'enfoncer, il attaque *I Say a Little Prayer*. Hélas, je ne suis pas Rupert Everett, et encore moins Julia Roberts. On est loin du *Mariage de mon meilleur ami*, ce n'est rien de le dire ! Une vraie débile, voilà ce que je suis. Vu la tête que tire ma meilleure amie, je me dis que j'ai fait une connerie monumentale. En même temps, qui pourrait supporter d'avoir un témoin pareil ?

On finit par nous servir la pièce montée. Les gens font mine d'avoir oublié mon grand moment d'égarement, mais je crois plutôt qu'ils m'ignorent. Tout à coup, Gaia s'approche de moi et m'attrape violemment par un bras.

— Tu m'accompagnes aux toilettes, s'il te plaît ?

Oh là là, je n'aime pas son regard de *serial killer*...

— Bien sûr.

Je la suis sans mot dire, en essayant tant bien que mal de porter sa traîne, comme se doit de le faire une demoiselle d'honneur. Si je pouvais y arriver, ce serait déjà ça... Encore faudrait-il que j'évite de me prendre systématiquement les pieds dans sa robe, histoire de ne pas me vautrer par terre...

Une fois passé la porte des toilettes, Gaia se plante devant moi :

— Elé, regarde-moi bien dans les yeux. Je peux savoir ce qui t'arrive, bordel ?

— Comment ça ? dis-je en haussant les épaules.

Mieux vaut nier, feindre l'indifférence. Jouer l'imbécile.

— Attends, tu le fais exprès ? Quand je te confie un secret, j'aimerais juste que tu le gardes pour toi !

Et voilà, Gaia pète un câble, il fallait s'y attendre...

— Oh, mais qu'est-ce qui te prend ? C'est pas parce que tu viens de te marier que tu dois jouer les maîtresses d'école... J'ai dit que c'était pour rire !

— Oui, eh bien ce n'était pas drôle. En plus, ça ne te ressemble vraiment pas. Je te jure, je ne comprends pas, fait-elle en m'enfonçant son doigt dans les côtes.

— C'est bon, abrège ! dis-je en soupirant. Ça fait à peine trois heures que tu t'appelles madame Belotti et tu parles déjà comme une grosse bourge coincée...

Merde, qu'est-ce qui m'a pris de dire ça ? Le regard noir que me lance Gaia vaut tous les commentaires. J'ai presque l'impression qu'elle a de la fumée qui lui sort des oreilles. Je n'aurais peut-être pas dû autant forcer sur le *cartizze*...

— Combien de verres tu as bus ? me demande-t-elle soudain.

— Super, maintenant je n'ai même plus le droit de trinquer au mariage de ma meilleure amie !

— J'ai l'impression que ça t'est arrivé un peu trop souvent ces derniers temps...

— T'inquiète, je gère.

— Je ne te reconnais plus, Elé, fait Gaia en secouant la tête. Tu te pointes à la fin de la cérémonie, tu bois comme un trou, tu me fous la honte devant tout le monde... Le problème, c'est que ça ne date pas d'aujourd'hui. Ça fait un moment que tu sembles ailleurs. Tu m'échappes, je ne sais plus rien de toi, tu es tellement distante...

— Arrête, je vais pleurer !

En plus d'avoir une barre en travers de la tête à cause du vin, je commence à avoir les oreilles qui bourdonnent. Et Gaia me tape sur le système avec sa voix de crécelle...

— Écoute, je sais que tu souffres encore à cause de Leonardo...

— Mais je vais bien, merde ! Il faut vous le dire en quelle langue ?

Si elle voulait me foutre en rogne, c'est gagné !

— Toi, Paola, mes parents... Vous passez votre temps à me dire que je ne suis pas dans mon état normal ! Vous pensez que je souffre ? Mais *je n'ai pas envie de souffrir*, bordel, collez-vous bien ça dans le crâne ! Je veux juste m'amuser un peu et profiter de la vie !

Gaia me regarde, l'air abasourdi. Elle qui ne m'a jamais vue dans un état pareil, ça doit lui faire un choc... Tant pis, mais il faut que ça sorte.

— Elé, je suis inquiète pour toi...

— Arrête. Tu sais ce que je pense, moi ? Que tu es jalouse de moi. Parfaitement... Au fond, ça te fait chier de me voir aussi entreprenante et aussi épanouie, hein, avoue ? Tu aimerais bien que je reste la fille nunuche et un peu coincée que j'ai toujours été ! Tant que je restais sagement dans mon coin, je n'étais pas une menace, et il n'y en avait que pour toi, comme ça ! Eh bien, désolée ma chérie, mais le vilain petit canard est devenu une princesse.

J'y suis peut-être allée un peu fort, là... Pourquoi ai-je besoin de lui balancer toutes ces vacheries, subitement ? Soyons honnête : je ne pensais pas nourrir autant de rancune au fond de moi. Et cracher tout ce venin me laisse un goût très amer...

— Parce que c'est ça que tu penses de moi ? me demande Gaia les larmes aux yeux.

Elle reste là sans bouger, comme si elle attendait que je fasse un pas vers elle ou que je lui présente des excuses. Mais c'est inutile. Je soutiens son regard en silence. Même si mes mots ont sans doute dépassé ma pensée, impossible de revenir en arrière. Question de fierté.

Gaia sort alors des toilettes en claquant violemment la porte.

La mâchoire serrée, les narines dilatées, je tente de retrouver mon calme avant de m'écrouler par terre. Adossée au mur, je penche la tête en avant. J'en ai marre qu'on me donne des conseils, qu'on me fasse des reproches et qu'on s'inquiète pour moi. J'en ai marre que les autres me rappellent qui j'étais et me renvoient en pleine gueule le monstre que je suis devenue. Je viens de faire du mal à ma meilleure amie, le jour de son mariage. Le problème, c'est qu'à l'heure actuelle je suis incapable de faire autrement. Mieux vaut qu'elle reste loin de moi. Si je pouvais éviter de tout gâcher, ça m'arrangerait ; j'ai fait assez de conneries comme ça.

Tout entière

Les personnes qui nous aiment peuvent parfois être pénibles. Elles ne devraient jamais être près de nous quand on ressent le besoin de se faire du mal.

5

Je n'ai pas spécialement été soulagée de rentrer à Rome après mon coup d'éclat au mariage. Je n'ai pas eu Gaia au téléphone, elle est en pleine lune de miel aux Seychelles : ça ne me viendrait même pas à l'idée de la déranger. Et puis je n'ai ni l'envie ni la force de faire le premier pas vers une réconciliation. Il nous faudra sans doute du temps pour nous remettre de cette dispute. Mais j'ai confiance.

Avec le recul, j'ai l'impression d'avoir vécu un véritable tournant dans ma vie. Quelque part, il fallait bien que ça arrive. Même si j'ai morflé, ce triste épisode m'a fait prendre conscience du fond de mélancolie et de désillusion que je nourrissais en moi sans le savoir. D'un coup, tout a explosé, sans prévenir. Malgré tout, je m'en veux que ce soit Gaia qui en ait fait les frais. Hélas, le venin qui me dévore a fini par me polluer entièrement l'esprit. Maintenant qu'il m'empêche d'éprouver quoi que ce soit, je me sens impuissante. Comment m'en libérer ?

Voilà pourquoi j'ai eu envie de revoir Martino. Avec un peu de chance, son innocence et sa tendresse me soulageront (au moins en partie) de toute la tristesse que j'ai chevillée au cœur. Nous nous sommes donné rendez-vous à Porta Portese pour dix-sept heures. Il faut que je m'active si je veux éviter d'arriver à la bourre et démentir ma réputation de retardataire chronique…

Depuis son retour à Rome, le lendemain de notre aventure vénitienne, Martino a essayé plusieurs fois de m'appeler. Je me suis montrée un peu froide, presque distante. À force de repenser à la folle nuit que nous avons passée ensemble, j'ai décidé que notre histoire s'arrêterait là. C'est peut-être naïf de ma part, mais j'aimerais préserver notre amitié (un peu spéciale, certes) et protéger Martino des erreurs que je finirais par commettre. Bien sûr, ce serait merveilleux (et gratifiant) de continuer de faire l'amour avec lui, mais ça ne durerait pas. Vu mon incapacité à aimer qui que ce soit en ce moment, je risquerais uniquement de le blesser. Et il ne le mérite pas. Je n'ai pas envie de le décevoir, ni de jouer avec lui comme je le fais avec tous ces mecs dont je n'ai rien à foutre. C'est parce que je tiens à lui que je vais devoir l'éloigner de moi. Pour éviter de lui faire du mal. Il est si fragile…

Je suis en train de traverser le Tibre quand je reçois un SMS de lui.

Désolé, je serai en retard.
J'ai été retenu à la fac.
J'arrive dans une demi-heure.
J'espère que tu m'attendras.
:*

Je souris. Nous nous étions promis de ne jamais utiliser de smileys. Mais il a craqué. Alors allons-y gaiement !

Pas de problème. Je vais faire un tour.
À tout' ! :*

Après avoir flâné quelques instants dans les ruelles du Trastevere, je finis par tomber devant l'église de San Francesco a Ripa. Si j'entrais ? Ce serait l'occasion de la découvrir… et de trouver un peu de fraîcheur. Même si les heures les plus chaudes sont passées, les pavés et les façades des palais continuent de diffuser la chaleur qu'ils ont emmagasinée depuis ce matin.

Une fois à l'intérieur, j'attends que mes yeux s'habituent à la pénombre avant de remonter la nef. Mon œil est attiré par une sculpture d'une beauté à couper le souffle, cachée derrière une espèce de rideau, dans la lumière tamisée d'une petite chapelle. Je vais pour m'approcher quand une force mystérieuse s'empare violemment de moi. À côté de la chapelle, une plaque porte l'inscription : EXTASE DE LA BIENHEUREUSE LUDOVICA ALBERTONI PAR GIAN LORENZO BERNINI, 1674.

Incroyable, un Bernin que je n'avais encore jamais vu ! Ça me fait plaisir de l'avoir découvert comme ça, par le plus grand des hasards. Je suis sans voix. Quel chef-d'œuvre ! Allongée sur un lit sculpté dans le marbre avec une habileté ahurissante, la bienheureuse est frappée par un rai de lumière provenant d'une fenêtre invisible, ce qui lui confère une aura mystique vraiment palpable. Le plus étrange, c'est que le corps de la bienheureuse exprime une sensualité aussi intense, avec cette bouche entrouverte, ces yeux mi-clos, cette tête renversée en arrière et ces deux mains – l'une posée sur le ventre, l'autre juste sous le sein, à hauteur du cœur. Mais ce qui est le plus frappant, c'est ce visage sur lequel Bernin a saisi pour toujours le ravissement de Ludovica Albertoni, dans un équilibre parfait de plaisir et de douleur. La manière qu'a cette femme de s'abandonner tout entière à l'extase est si troublante ! D'accord, je ne pense peut-être qu'à ça en ce moment, il n'empêche : j'ai l'impression de lire comme de la jouissance sur le visage de la sainte… Et puis tout de même, ces vêtements qui s'agitent et qui se gonflent, comme si sa chair voulait jaillir pour s'unir à Dieu… À cet instant, je ressens presque physiquement la tension qui traverse son corps, le magma insondable qui anime cette pierre et que la main de l'artiste a fait vivre pour l'éternité. J'ai la nette impression que la bienheureuse Ludovica Albertoni éprouve quelque chose qui ressemble à s'y méprendre à un orgasme !

J'ai beau réfléchir à autre chose, je n'arrive pas à m'en aller et reste là à la regarder, fascinée. On dirait que cette femme en marbre veut me parler. Elle a quelque chose de fort à me dire, quelque chose comme l'idée que notre enveloppe charnelle et notre âme ne sont pas aux antipodes l'une de l'autre, mais qu'elles sont les deux faces de la même médaille. En expirant cet air chargé de l'odeur des cierges allumés, de cette cire qui se consume, je me sens moi aussi m'embraser. Dans le creux de mon ventre, du fond de mes entrailles.

Pendant encore quelques instants, j'essaie de saisir au vol cette intuition qui peine à prendre forme. Mais un SMS de Martino me ramène à la réalité. Il sera à Porta Portese dans cinq minutes.

J'ai enfin une vraie raison pour m'en aller. Je remets de l'ordre dans ma tête avant de me diriger vers la sortie, tête baissée, sans me retourner.

Nous nous asseyons à la terrasse d'un café. Il fait encore chaud, mais tous ces immenses palais nous offrent un peu d'ombre. Les tables alentour sont presque exclusivement occupées par des touristes. À en juger par la déco, on a tout de même l'impression que ce bar existait avant que le Trastevere devienne un quartier à la mode vanté par les guides touristiques.

Martino rayonne de bonheur. Ça me fait presque mal au cœur de regarder son sourire franc et ouvert. Nous parlons un peu de ses études, du mariage de Gaia… Bref, nous tournons autour du pot. La vraie raison de notre rendez-vous est ailleurs, nous le savons tous les deux. Néanmoins, c'est moi l'adulte – façon de dire –, alors c'est à moi d'aborder le sujet.

Je profite d'un blanc pour me jeter à l'eau :

— Écoute… Je voulais te parler de l'autre soir.

Martino acquiesce. Il a l'air bien sérieux, tout à coup. Les mains vissées à son verre de Spritz, il se met à touiller nerveusement ses glaçons avec sa paille.

— Ben… Il n'y a pas grand-chose à dire, lâche-t-il d'une voix rauque. Je sais que tu n'es pas amoureuse de moi.

Martino ose courageusement lever les yeux vers moi, avec l'air serein et déterminé d'un condamné montant de lui-même à l'échafaud. Il a tout compris de lui-même, je ne m'attendais pas à ça… Il se force alors à sourire, mais c'est uniquement pour me faciliter la tâche :

— J'ai adoré passer cette nuit avec toi, Elena. Mais je sais que c'était la première et la dernière fois…

À ces mots, mon cœur devient lourd. Je le sens

s'écraser comme une masse sur les pavés de la place mais trouve la force d'articuler :

— C'est mieux comme ça, crois-moi.

— Dis-moi juste une chose : s'il n'y avait pas ce problème d'âge, les choses seraient différentes, pas vrai ? me demande-t-il en fronçant les sourcils.

Tant d'innocence me fait chaud au cœur. Martino a beau essayer de jouer à l'adulte, il reste un petit garçon. Une chance, d'ailleurs.

Hélas, mes quelques années de plus ne me donnent pas réponse à tout…

— Comment le savoir ? dis-je en haussant les épaules. Ce qui s'est passé à Venise a été important pour moi aussi. Ce n'était pas juste une partie de jambes en l'air. Ça voulait dire quelque chose. Je ne l'oublierai jamais. Cela dit, si nous ne voulons pas tout gâcher, si nous ne voulons pas nous perdre, il vaut mieux qu'on s'arrête là.

Martino hoche la tête, comme un étudiant qui prend consciencieusement des notes.

— Je tiens énormément à toi, tu sais ? fais-je en lui passant la main dans les cheveux.

Voilà, j'ai dit ce qu'il y avait à dire. Martino n'essaie pas de me faire changer d'avis, et ça me soulage. Une fois debout, nous marchons côte à côte jusqu'à son arrêt de tram.

— Je t'appelle bientôt, promis.

La tête basse, Martino hésite avant de répondre. Il regarde ses All Star comme si étaient inscrits dessus les mots qu'il avait l'intention de me dire.

— Écoute, il vaut mieux qu'on attende un peu, d'accord ? finit-il par m'avouer. Je préfère qu'on ne se voie pas pour le moment.

Quelle gifle ! Mais en fin de compte, c'est mieux comme ça. Et moi qui voulais faire comme si de rien n'était… Tout ne peut pas redevenir comme avant d'un coup de baguette magique, Elena, alors arrête un peu d'être aussi bête et aussi égoïste ! Tant pis si tu souffres : fais-toi une raison.

— O.K. En tout cas, dis-toi que je serai toujours là pour toi…

Cette fois, c'est à moi de me forcer à sourire…

Un rapide au revoir, et Martino grimpe dans son tram presque sans un regard. Les portes se referment et le voilà qui s'éloigne.

File, Martino. Et si tu peux, oublie-moi.

De retour à la maison, je manque de percuter Paola qui finit de se coiffer devant le miroir de l'entrée. Tiens, tiens…

— Où tu vas comme ça ? je lui demande.

— J'ai un rendez-vous.

Traduire : un rencard. Ce qui m'étonne, c'est qu'elle ne m'en ait pas parlé. On se dit tout, d'habitude.

— Et tu ne me dis rien ?

— J'aurais bien aimé, mais je n'ai pas pu…, me fait Paola d'un air à la fois agacé et ébahi.

— Arrête, on habite ensemble !

— Oui, c'est juste dommage que tu ne sois jamais là… Et quand ça t'arrive, soit tu dors, soit tu es devant l'ordinateur à faire je ne sais quoi.

Ce n'est pas un reproche : c'est carrément une accusation ! L'espace d'un instant, j'ai peur que Paola ne veuille mettre un terme à notre colocation. Oh non, pitié, pas ça, pas maintenant !

— Bon, elle s'appelle Monique, on est du même âge, elle est française et travaille à la Villa Médicis, finit par m'expliquer mon amie avec un grand sourire.

Ouf, je respire ! Paola voulait juste un peu me provoquer, pour le moment, du moins…

— C'est tout ? Allez, je veux savoir ! dis-je en lui donnant un petit coup sur l'épaule.

Je fais bien d'insister : Paola finit par me raconter leur rencontre. Cette fameuse Monique est la responsable de l'accueil. Elle n'a ni fiancé ni mari et vit librement son homosexualité. Rien à voir avec Gabriella Borraccini, l'ex de Paola (et néanmoins ma prof de restauration), qui a gardé ça secret pendant des années !

— Pour être honnête, ça fait un petit moment qu'elle me propose qu'on dîne ensemble, mais j'ai toujours refusé, poursuit-elle. Et puis, ce soir, je me suis dit : pourquoi pas ?

Quand Borraccini l'a plaquée, Paola a accepté de souffrir avec un courage et une dignité que j'ai rarement rencontrés chez d'autres personnes.

Elle a refusé de flancher. Pas une seconde elle ne s'est apitoyée sur son sort. Elle a continué de faire ce qu'elle faisait avant. Seul son regard avait l'air légèrement éteint. Longtemps elle a vécu avec un poids mort – son cœur, qui s'était recroquevillé sur lui-même. Pendant des mois, elle est restée célibataire, sans jamais voir qui que ce soit. Il n'y avait pas moyen de la faire changer d'avis ! Malgré tout, elle a réussi à ne pas devenir aigrie, ce qui était loin d'être gagné.

Paola se rend-elle compte que son « Pourquoi pas ? » sonne comme la promesse d'une nouvelle vie ? Vu le regard timide qu'elle me lance, je dirais que oui : elle est de nouveau prête à être heureuse.

— C'est vrai, pourquoi pas ? lui dis-je en écho avec un petit sourire.

— Je sais que ça fait cliché, poursuit-elle en se regardant dans la glace, les yeux brillants, mais cette Monique est différente des autres femmes avec qui je suis sortie dans le passé. Même avec Gabriella, c'était toujours à moi de lui courir après, c'était toujours à moi de me battre pour passer un peu de temps avec elle. Monique, c'est tout le contraire : elle est aux petits soins avec moi. Je t'avoue que ça me perturbe un peu, je n'étais plus habituée à tant d'attentions.

— Ça m'a l'air très bien parti, lui dis-je en lui passant son sac. Je ne connais pas encore cette Monique, mais elle me plaît déjà !

Si Paola a quelque chose à apprendre, c'est bien d'accepter qu'on l'aime, sans faire d'histoires…

— Bon, tu me trouves comment ? me demande-t-elle en se tournant vers moi.

— Tu es parfaite !

L'instant d'après, Paola descend l'escalier en vitesse, laissant dans son sillage des effluves de Chanel n° 5.

Je referme la porte derrière moi. Me voilà seule. Du coin de l'œil, j'aperçois mon reflet dans le miroir. Je m'approche, afin d'observer mon visage plus en détail – prudemment, comme si je regardais une inconnue.

Paola va peut-être retrouver son nouvel amour, mais moi, qu'est-ce que je fais ce soir ?

Eh bien moi, je poursuis ma route, faite de détours et de raccourcis. Tiens, et si j'appelais Davide ? Je n'ai qu'à lui proposer d'aller prendre un verre. Et plus si affinités… On s'est rencontrés il y a un mois, à la salle de gym. Je sais juste qu'il est graphiste et qu'il a deux chiens. Mais ça me suffit amplement. L'essentiel, c'est qu'il ait plutôt assuré la fois où nous avons couché ensemble.

De toute manière, la dernière chose dont j'ai envie ce soir, c'est de rester là à ressasser.

Je sors à mon tour, en sachant bien que je ne trouverai pas l'amour. Mais je crois que je n'en ai pas besoin, après tout.

Davide m'a pratiquement jetée de son lit quand il s'est levé de bonne heure pour aller bosser. Encore dans le coaltar, j'ai pris deux bus pour revenir dans le centre-ville. Pour l'heure, je suis attablée au bar en bas de chez nous. Je n'ai plus qu'à avaler mon cappuccino en vitesse, remonter à l'appart et au dodo ! Hélas, les images de cette nuit me reviennent en mémoire. Bien malgré moi, je revois les mains de Davide explorer mon corps froidement, brutalement. Et puis je nous revois – lui, en train de s'époumoner, et moi, en train de haleter et de gémir. Enfin, de faire comme si. Cela dit, nous acceptons tous les deux ce petit jeu de bonne grâce, comme si ça nous semblait normal. Agréable, même. Finalement, ce que j'ai préféré hier soir, c'était encore de picoler et de goûter à l'herbe maison de Davide. Et pourtant, tout le souvenir de cette soirée m'apparaît confus et insipide, comme un dessin plongé dans l'eau.

En relevant le nez du fond de ma tasse, je m'aperçois soudain que quelqu'un me regarde de l'autre côté. Ces yeux sombres et magnétiques… Comment pourrais-je les oublier ? Lucrezia, ici ? Pas possible, je dois encore avoir la tête dans le gaz… Mais non, Lucrezia est bien là, elle a l'air de m'attendre. Mon cappuccino payé, je sors du bar à pas de loup. Pourvu que je me sois trompée, que ce ne soit pas elle ! Si ça se trouve, Lucrezia est là par hasard. Pas pour me voir !

— Elena !

Merde, elle vient vers moi. Et d'abord, comment est-ce qu'elle connaît mon prénom ? La dernière fois que nous nous sommes vues – la seule, d'ailleurs –, c'était à l'appartement de Leonardo. Dans mon souvenir, nous ne nous sommes même pas présentées !

— Je peux te parler une seconde ? me demande-t-elle.

Pendant qu'elle jette sa cigarette, j'en profite pour mieux la regarder. Elle est juste un peu plus grande que moi. Mais ce qui la rend aussi impressionnante (et ce qui me fiche presque la trouille), ce sont ses épaules larges et osseuses moulées par son tee-shirt léger. Elle m'a l'air encore plus fatiguée et plus abattue que le jour de notre rencontre. Elle a les joues creuses, de gros cernes sombres, mais sa beauté lunaire est intacte, même sous ce soleil d'été. Bien que je ne puisse pas le voir, je devine le tatouage qu'elle a dans le dos – ces deux L entrelacés, symbole indélébile de l'amour de Lucrezia et Leonardo.

Quoi qu'il en soit, je ne sais pas quoi penser de tout ça, ni quelle attitude adopter.

— Je ne vois pas de quoi il faudrait qu'on parle, dis-je alors en bougonnant.

— De Leonardo.

À peine a-t-elle prononcé ce nom – ce nom que je n'avais pas entendu depuis des mois, sauf dans mes rêves – qu'un silence de plomb tombe sur nous. Nous sommes rivales. Elle est la femme, moi la maîtresse. Je ne vois pas pourquoi ce qui nous sépare nous obligerait à discuter.

— Je sais tout sur vous deux, me dit-elle en plantant ses yeux dans les miens. Je l'avais compris tout de suite, depuis l'instant où tu as sonné à notre porte. Et puis Leonardo m'a tout avoué.

L'idée d'avoir été l'objet d'une confidence entre mari et femme me dégoûte. Mais, surtout, ça me fait un mal de chien. Qu'est-ce que Leonardo a bien pu lui dire ? Comment est-ce qu'il a réglé la question ? J'aimerais le lui demander, mais je ne m'en sens pas la force. La boule que j'ai dans la gorge m'empêche de parler. Si ça se trouve, ils ont estimé que j'étais un simple incident de parcours, une de ces aventures sans lendemain qui renforcent l'unité d'un couple, après coup.

— J'ai pardonné Leonardo pour ce qu'il a fait pendant mon absence. Mais maintenant, c'est différent…

Un éclair sinistre traverse son regard. Sa voix s'est faite plus grave encore.

— Vous vous voyez encore, tous les deux.

Ce n'est pas une question, mais une affirmation, on dirait.

— Quoi ? Ça fait des mois que je n'ai pas vu Leonardo !

Je ne peux pas m'empêcher d'éclater de rire : ce qu'elle me dit est tellement absurde !

Lucrezia m'étudie derrière ses cils épais. Elle ne me croit pas, c'est clair.

— Tu peux nier, comme Leonardo. Il veut me faire croire que tout va bien, mais je vois bien que ce n'est plus le même homme qu'avant. Il a toujours l'air absent. Il a la tête ailleurs...

Là, je dis stop. Il va vraiment falloir qu'elle arrête de me pomper l'air, je commence à en avoir ma claque.

— Et alors ? En quoi ça me regarde ? On ne se voit plus, je te dis. Et depuis un moment...

— Non, il faut que tu le laisses tranquille. Je veux reprendre ma vie d'avant, avec lui, poursuit Lucrezia, imperturbable. Mais pour ça, il faut que tu cesses de l'obséder.

C'en est trop. Je n'écouterai pas un mot de plus. Après m'avoir tellement fait souffrir, après avoir détruit mon existence en me prenant l'homme que j'aimais, cette femme ose m'accuser de lui voler son mari ! Non mais j'hallucine ! Mon cœur bat la chamade. Du calme, Elena, du calme. Lucrezia est quelqu'un d'instable, elle est peut-être en pleine crise. Il faut que je la raisonne, et vite.

— Écoute..., lui dis-je le plus calmement du monde. Si les choses vont mal entre vous, ce n'est en aucun cas ma faute. Règle ça avec ton mari, pas avec moi.

— Je n'ai aucun problème avec Leonardo. Mon seul problème, c'est toi.

L'éclair d'orgueil et de désespoir qui traverse soudain son regard me fait presque de la peine. La femme que j'ai en face de moi est amoureuse. Amoureuse et prête à tout pour récupérer son homme.

— Ah, j'ai encore un truc à te dire..., poursuit Lucrezia. Leonardo a eu tellement d'aventures dans sa vie. Ne t'imagine pas être différente des autres... Quoi qu'il arrive, il finira par se lasser et reviendra vers moi, comme toujours.

C'est vrai, je l'ai appris à mes dépens. Leonardo est revenu vers elle. Moi, j'ai retenu la leçon. Mais apparemment, elle ne l'a pas bien comprise.

— Parfait, lui dis-je en ravalant ma souffrance. Alors tout le monde est d'accord. Vivez votre vie et laissez-moi vivre la mienne ! Je n'existe plus. Oubliez-moi, pour toujours.

J'essaie alors de passer à côté d'elle pour traverser la rue, mais elle m'en empêche.

— Attends ! siffle-t-elle, les yeux débordant de colère. Je n'en ai pas encore fini avec toi.

Elle enfonce ses doigts maigres dans mon bras, tel un prédateur sur le point de torturer sa proie.

— Fous-moi la paix ! je hurle, à bout de nerfs.

J'arrive enfin à évacuer toute la colère qui me dévore le cœur. Je tire le bras pour me libérer, violemment. Trop violemment, car je trébuche sur le trottoir. Le pied en équilibre sur le rebord, je n'arrive pas à me rattraper. Et je tombe. J'ai juste le temps d'entendre un crissement de pneus et un cri d'effroi – le mien, ou celui de Lucrezia, je ne sais pas. Une voiture me percute de plein fouet. Un grand bruit de tôle résonne à mes oreilles tandis qu'une crampe terrible me saisit la jambe.

Puis les voix et les bruits s'estompent. Et tout se fait noir.

6

Où suis-je ? Comment suis-je arrivée là ? Mes paupières pèsent une tonne. Mâchoire ankylosée et bouche sèche. J'ai toutes les peines du monde à ouvrir les yeux. C'est le pire réveil de ma vie.

Une faible lumière filtre à travers la fenêtre. Nous sommes peut-être en fin d'après-midi, mais de quel jour ? J'ai l'impression d'avoir dormi pendant des mois... Je suis comme dans un autre monde, à mi-chemin entre le rêve et la réalité. Tout un tas d'images s'agitent dans mon esprit : des gens qui vont et viennent sans cesse autour de moi, des murmures, des ombres, la voix de mon père, ma mère en pleurs... et puis, par-dessus, le parfum de Leonardo, qui s'est évadé je ne sais comment de la prison de mes souvenirs, où je l'avais pourtant bien enfermé avant de jeter la clé. Je suis peut-être tombée dans le coma, ou alors j'ai eu des hallucinations. Et pourtant, je ne me suis pas droguée... Ah, ça y est ! La dernière chose dont je me souviens, c'est Lucrezia, et puis cette voiture. L'accident. Je suis à l'hôpital. Tout est tellement blanc, tellement propre. Sans parler de cette odeur âcre de désinfectant...

J'essaie de me lever, mais une sensation de vertige m'oblige à renoncer. Je retombe immédiatement sur mon oreiller. Raté.

— Elena...

Je la connais, cette voix douce et rassurante...

Dans mon champ de vision apparaît tout à coup le visage de Martino.

— Salut, je murmure, complètement à l'ouest.

Ce doit être le premier mot que j'articule depuis des jours.

— Qu'est-ce qui s'est passé ?

— Tu t'es fait renverser. En bas de chez toi, m'explique-t-il en me caressant le front. On t'a donné des sédatifs pour te faire dormir... Ne t'inquiète pas, tout va bien.

— Depuis combien de temps je suis là ?

— Un jour et demi. Tu as dormi presque tout le temps.

Je me tourne, histoire de reprendre peu à peu le contrôle de mon corps. J'ai l'impression que tous mes membres répondent à l'appel, sauf ma jambe droite. En levant un peu la tête de mon oreiller, je m'aperçois qu'elle est enveloppée dans un énorme bandage.

— Tu as une cheville foulée, deux ligaments brisés et quelques égratignures par-ci, par-là.

Heureusement, rien de grave, résume Martino en esquissant un sourire.

J'essaie de déglutir, mais j'ai la langue collée au palais.

— À boire, s'il te plaît…

Martino m'aide à me redresser en me calant le dos contre mes oreillers. Il me verse ensuite un peu d'eau et m'aide à boire.

— Tu es resté là tout ce temps ? je lui demande.

Ouf, ça va déjà mieux, je m'exprime plus facilement.

— C'est l'hôpital qui m'a prévenu, acquiesce-t-il. Ils ont regardé les derniers numéros que tu avais composés. Heureusement qu'ils n'ont pas contacté tes parents… Tu m'as fichu une sacrée trouille, tu sais ?

— Oh mon Dieu, je suis désolée…

— Chhh… L'important, c'est que tu ailles bien. Je me suis chargé d'avertir tes parents. Ils ont fait le déplacement depuis Venise.

— Mes parents ? Où… où sont-ils ?

— Chez toi, Paola les a hébergés. On s'est relayés, ils m'ont appelé dès que tu t'es réveillée.

Soudain, Martino se tait. Eh bien, il en tire, une tête ! Qu'est-ce qu'il peut bien vouloir me dire ?

— Mais euh… Avant, il y a quelqu'un qui aimerait te voir.

— Quelqu'un ?

— Oui, juste là, dehors.

— C'est qui ?

— Attends…

— Je ne risque pas de m'envoler, tu sais…

Je le regarde s'approcher de la porte et s'engager dans le couloir.

Quelques secondes plus tard, la silhouette d'un homme apparaît dans l'embrasure de la porte, une silhouette que je pourrais dessiner les yeux fermés. Cette ligne d'épaules, ce torse large…

Leonardo.

Je le regarde s'approcher de moi comme je regarderais un extraterrestre. Si ça se trouve, c'est juste une hallucination, un effet secondaire indésirable de mes sédatifs…

— Bienvenue parmi nous, me dit-il en souriant. Je t'attendais.

Comment ça, il m'attendait ? C'est tout lui, ça : en plus de débarquer dans ma vie sans demander la permission, il chamboule le petit monde que j'avais eu toutes les peines du monde à reconstruire…

Son parfum, ce mélange indéfinissable d'ambre et de mer, a tellement imprégné la chambre qu'il a recouvert cette odeur aseptisée d'hôpital. Je n'ai pas rêvé, alors : il était vraiment là quand j'étais dans le coma.

— Comment tu te sens ? me demande-t-il comme si on s'était vus la veille au soir.

— Un peu cabossée, mais je suis encore là… Une survivante, pour ainsi dire.

Je pense à l'accident, certes, mais aussi à ces derniers mois.

C'est fou, n'empêche... J'ai beau m'être demandé un million de fois comment je réagirais si je le revoyais, je n'arrive pas à dire si je suis heureuse ou folle de rage, flattée ou blessée à mort. En fait, j'ai juste l'impression d'être une loque. Je m'imagine émaciée, les cheveux sales, et je ne parle même pas de mon espèce de pyjama ridicule... Ça fait peine à voir. Je sais, c'est la dernière chose à laquelle je devrais penser en ce moment, mais si ça peut m'éviter de broyer du noir...

Par réflexe, je me touche les cheveux, enfin, si on peut appeler ainsi la masse informe et poisseuse que je sens sous les doigts. C'est bien ce que je craignais.

Leonardo s'assoit sur la chaise à côté de mon lit puis se penche vers moi, les coudes sur les genoux et les mains jointes, comme pour prier.

— Je suis désolé, Elena...

— Désolé pour quoi ?

— Pour ce qui s'est passé... Quelque part, je me sens responsable.

Ses yeux sombres deviennent tellement noirs et pénétrants que je dois détourner le regard pour respirer un peu. J'en ai presque le souffle coupé. Mon cerveau est encore un peu embrumé, mais je sens qu'il se remet en marche, doucement mais sûrement. Dans ma tête, une petite voix me murmure que Leonardo n'est là que par pitié, pour se donner bonne conscience.

— Tu n'as rien à voir avec ça. C'était juste un accident, je lui réponds d'un ton sec en fixant un point sur le mur en face de moi.

Un mélange de colère et de honte me ravage l'estomac.

Puis je trouve le courage de le regarder droit dans les yeux et de lui demander :

— C'est Lucrezia qui t'a dit ce qui s'est passé ?

— Non. C'est Martino qui m'a prévenu, hier matin. Il a cherché mon numéro dans ton répertoire. Tu l'avais effacé. Heureusement, tu avais gardé mes textos.

Soudain, je suis submergée par une bouffée de tendresse. J'ai beau l'avoir blessé, Martino a laissé sa jalousie de côté et appelé Leonardo pour moi, pour qu'il soit là à mon réveil. Il s'est même éclipsé pour nous laisser seuls ! On n'en fait plus, des grands romantiques comme ça ! Ce garçon mérite vraiment de rencontrer une femme aussi exceptionnelle que lui. Une autre que moi.

— Quand, hier, j'ai dit à Lucrezia que je viendrais te voir, m'explique-t-il tout bas, elle n'a pas eu le courage de me parler. Ce n'est qu'à mon retour de l'hôpital qu'elle m'a tout raconté…

C'est moi ou il se cherche des excuses ?

— Elle est redevenue très instable, ces derniers temps. Elle s'est mis dans la tête que je la trompais…

— J'ai vu ça, je réplique.

Est-ce qu'il aura saisi le sarcasme ? Je comprends que cette femme vive un drame personnel, mais je ne me sens pas prête à la pardonner. Leonardo n'a pas le droit de me demander ça, là, tout de suite.

— Entre elle et moi, c'est fini.

Quoi ? Je n'en reviens pas, il me dit ça comme ça, sans crier gare ! Comment suis-je censée réagir à cette nouvelle ? On ne peut pas dire que ce soit le meilleur moment pour ça. Sous mes yeux ahuris, Leonardo poursuit ses explications :

— On s'est violemment disputés, et elle a quitté l'appartement.

— Ah…, dis-je, complètement abasourdie.

— Quand on s'est remis ensemble, les choses n'ont pas tardé à se dégrader. Très vite, on s'est aperçus qu'on ne pouvait plus vivre sous le même toit. Elle est devenue d'une suspicion maladive, elle passait son temps à m'accuser de penser encore à toi. Dans son esprit tu m'avais fait quelque chose, comme jeté un sort. Je n'étais plus le même…

Il sourit, mais c'est un sourire triste.

— Je lui ai répondu qu'elle disait n'importe quoi, qu'elle était juste folle de jalousie. En fait, elle avait compris tout de suite ce que je refusais de voir. Que j'étais dingue de toi.

Sa main cherche la mienne, abandonnée sur le drap. Le contact de sa peau me fait légèrement tressaillir.

— Tu n'as jamais quitté mon cœur, Elena. C'est juste que je l'ai compris trop tard…

Mon cœur se met à battre à mille à l'heure. Je l'entends presque crier : *Faites-moi sortir d'ici ! C'est trop ! Je veux m'en aller !*

— Eh oui… trop tard, je répète, une boule dans la gorge.

À cet instant, je pense à tout ce qui m'a poussée à détester ce mec et à souhaiter qu'il sorte de ma vie. Qu'est-ce qui lui prend de vouloir effacer d'un coup d'un seul tout le mal qu'il m'a fait ?

Il s'apprête à poursuivre, mais voilà que la porte s'ouvre. Ma mère et mon père font irruption dans la pièce. Leonardo lâche ma main puis se lève et s'écarte.

Voir tout l'amour qu'ils me portent me bouleverse – il n'y a que nos parents pour nous aimer à ce point, sans rien demander en échange ! Malgré tout, je ne peux m'empêcher de réfléchir à ce qui vient de se passer. À aucun moment, Leonardo ne m'a oubliée. Est-ce que ça doit me rendre heureuse ? Ou me mettre encore plus en rogne ?

— Ma toute petite, est-ce que tu vas bien ? pleurniche ma mère en me prenant la tête entre ses mains. Tu es toute pâle…

Mais oui, maman. C'est juste que… d'abord, c'est une voiture qui me renverse, et maintenant, c'est une déclaration d'amour qui me fiche par terre, avec un an de retard pour couronner le tout !

Un faible sourire aux lèvres, j'essaie de lui consacrer toute mon attention. Laissons de côté le fait qu'elle m'ait appelée « ma toute petite » – dans d'autres circonstances, ça m'aurait mise dans une rage folle. Un peu à l'écart, mon père observe du coin de l'œil le mystérieux intrus. Je ferais peut-être mieux de faire les présentations... Ça promet.

— Papa, maman, je vous présente Leonardo. C'est... un ami.

Ma foi, c'est assez crédible... Par bonheur, Leonardo m'emboîte le pas et adresse à mes parents le plus tranquillisant des sourires.

Eh bien, ça me fait tout drôle de voir Elisabetta et Lorenzo Volpe serrer la main de Leonardo Ferrante ! Si on m'avait dit que j'assisterais un jour à une scène pareille... Après avoir échangé quelques mots, Leonardo quitte ma chambre sur la pointe des pieds mais ne sort pas sans m'avoir jeté un dernier regard, ainsi qu'un sourire. Il reviendra, c'est sûr...

Quelques minutes plus tard, Paola et Martino font à leur tour leur entrée dans ma chambre. Me voilà entourée d'attentions et d'amour. Je raconte à chacun comment s'est produit l'accident (en passant sous silence la présence de Lucrezia), leur dis comment je me sens, refuse toutes les douceurs, à boire ou à manger, qu'ils me proposent. Finalement, les visites se terminent. Enfin un peu de tranquillité ! Mon Dieu, même si je n'ai pas bougé de mon lit, je suis aussi crevée que si j'avais couru un marathon. Je m'endors aussitôt.

Le lendemain, un médecin grand et sec, dont le visage m'évoque vaguement un cheval, passe me voir. Il contrôle d'abord mes réflexes, puis s'assure que ma rétine n'a pas été touchée, avant de jeter un œil à toutes mes égratignures – j'en ai le long des bras, dans le dos, et même sur le front ! Pour finir, il s'occupe de ma jambe. J'ai la cheville gonflée. Le docteur l'observe attentivement, soigne mes blessures puis l'enveloppe dans un nouveau bandage.

— Quand est-ce que je pourrai marcher ? Bientôt, hein ? je lui demande avec anxiété.

Ça fait à peine deux jours que je suis ici et j'en ai déjà ras le bol. Ce n'est plus un lit, c'est une cage !

Le docteur m'explique que je devrai porter une espèce de gouttière et marcher avec des béquilles pendant environ trois semaines. Mais, ajoute-t-il, si je pouvais bouger le moins possible, ce serait mieux.

Pfff, génial… Le temps va me paraître long.

— Vous savez, mademoiselle, vous pouvez vous estimer heureuse. Ç'aurait pu être bien pire…

Drôle de façon de me remonter le moral…

— Disons que dans deux, maximum trois jours, vous pourrez rentrer chez vous.

Ah, en voilà, une bonne nouvelle !

Avec ma cheville ficelée comme un saucisson, je commence à me demander qui va s'occuper de moi. Mes parents insistent pour que je rentre avec eux à Venise, mais j'hésite. Je me vois mal passer un mois entier seule avec eux, incapable de faire quoi que ce soit, à la merci de la névrose culinaire de ma mère et des anecdotes théâtrales de mon père.

Moi qui espérais tant rester à la maison avec Paola, loin des fixettes des uns et des autres. Hélas, elle est partie à Florence sur ordre du directeur des restaurations de la Villa Médicis. Même à distance, il faut qu'il s'acharne sur moi, celui-là ! Quoi qu'il en soit, il est hors de question que je reste complètement isolée dans cet appartement. Je ne pourrais même pas monter l'escalier !

Gaia n'a pas donné signe de vie. Depuis son mariage, c'est silence radio. Je ne sais même pas si elle est au courant que j'ai eu un accident ! Ma mère a remarqué son absence. Voyant que ça faisait un petit moment que je ne parlais pas d'elle, elle m'a demandé pourquoi. J'ai donc dû lui rappeler que je pouvais difficilement l'appeler puisqu'elle était à l'étranger. Cela dit, même si Gaia me manque terriblement, je ne céderai pas à la tentation de lui passer un coup de fil. Jouer la carte de l'accident pour l'apitoyer ? Jamais ! J'ai encore une dignité… Du moins, je l'espère.

Les jours ont passé et l'heure est venue de sortir de l'hôpital. Je suis au fond du trou. L'idée de ce séjour en famille à Venise me désole, mais j'ai comme l'impression que la chose se précise dangereusement. Pourquoi est-ce que je ne pourrais pas rester ici avec mes voisines de chambre – des petites mamies de quatre-vingts ans qui se sont cassé le col du fémur en se prenant les pieds dans le tapis du salon ? Et puis comment vais-je faire sans toutes ces gentilles infirmières aux petits soins pour moi ? J'ai même fini par devenir accro à cette odeur étourdissante de chloroforme, c'est dire…

« Aujourd'hui, tu pars avec moi », m'a dit Leonardo. Partir avec lui, comment ça ? Depuis que je suis réveillée, il est venu me voir tous les jours. Mais nous n'avons pas reparlé du sujet qui fâche : « Ce qui s'est passé entre nous. »

Je le regarde d'un air perplexe. J'aimerais bien qu'il m'explique…

— Je retourne à Stromboli, là où je suis né. Je dois faire des recherches pour mon travail et, surtout, j'ai envie de respirer l'air de chez moi. Alors j'aimerais que tu viennes avec moi, pour qu'on passe du temps ensemble.

Ah si, j'avais bien compris. Que faire ? Le truc, c'est que sa proposition me semble à la fois absurde et incroyablement attirante.

— Ben, je ne sais pas…, lui dis-je d'un air hésitant. Si c'est pour être le boulet de service…

— Eh bien parfait ! Comme ça tu pourras rouler jusqu'en Sicile, tu ne crois pas ? me répond-il du tac au tac comme si ses yeux pesaient sur moi de tout leur poids.

— Attends... tu es sérieux, là ?

Mais oui, on dirait bien. Leonardo s'assoit sur le lit et me fixe de ce regard pénétrant auquel je suis incapable de résister.

— Tu vas être subjuguée par la beauté de cette île, je t'assure. Et puis, c'est l'endroit idéal pour se reposer. Une fois que ta jambe sera guérie, tu pourras décider de t'en aller ou de rester encore un peu avec moi.

— Écoute, tu ne dois pas te sentir obligé. Je n'ai pas besoin de ta pitié, lui dis-je, piquée dans mon orgueil.

Non mais franchement, à quoi ça rime cette histoire ? Le moins qu'on puisse dire, c'est qu'elle ne m'inspire pas du tout, son idée...

Leonardo n'a pas relevé ma remarque acerbe. Il n'a pas changé : lui seul a le droit de provoquer !

— Elena, si je te le demande, c'est parce que *moi*, j'en ai envie, point, m'explique-t-il en me caressant le front. Seulement, ça me ferait plaisir de t'avoir à mes côtés. Donne-toi le temps d'y réfléchir, au moins...

Stromboli ? J'y pense tout l'après-midi et toute la soirée durant, sans me décider pour autant. Aller là-bas avec Leonardo ? C'est de la folie !

C'est même tellement dingue que ça me tente énormément. Cela dit, ma raison a peut-être le droit de faire valoir son point de vue – j'ai passé ces derniers mois à essayer d'oublier ce mec, ce n'est pas un détail ! Et de fait, les bonnes raisons pour ne pas le suivre ne manquent pas. D'abord, je serai dépendante de lui, ce qui me mettra mal à l'aise. Et puis surtout, quelle sera la nature exacte de notre relation ? On sera quoi, des amis qui prennent soin l'un de l'autre, des amants ? Bref, j'aimerais bien savoir ce que Leonardo veut de moi et ce que ce voyage signifierait pour nous !

Mon séjour à l'hôpital touche à sa fin, et je ne me suis toujours pas décidée.

Ma famille est venue me chercher. Mais, très vite, les voir jouer leur numéro de parents angoissés commence à me taper sur le système : « Comment tu te sens ? Tu as pris ton petit déjeuner, quand même ? Tu n'as rien oublié dans ton armoire ? »

— Tiens, me dit ma mère en me tendant une barquette d'où s'échappe une délicieuse odeur de tarte. Je l'ai faite ce matin. Paola m'a très gentiment laissée utiliser sa cuisine.

— C'est gentil, maman, mais j'ai déjà mangé, je t'ai dit. C'est quand même bizarre : chaque fois que quelqu'un va à l'hôpital, il faut à tout prix lui apporter de quoi manger…

— Même pas une petite part ?

Qu'est-ce qu'elle m'énerve, à ne rien comprendre !

— Non, je t'assure. Mais merci d'avoir pensé à moi.

— Allez, juste pour goûter…

À cet instant précis, ma décision est prise. Trois semaines de régression infantilisante ? Désolée, mais non. Je me vois mal survivre à cette overdose d'amour parental. Dans le meilleur des cas, je m'en sortirais avec vingt kilos de plus et une dépression nerveuse. Désormais, je sais exactement ce que je dois faire.

— Écoutez, je dois vous dire quelque chose…

Mon père et ma mère se tournent vers moi, pendus à mes lèvres. Après avoir pris une grande inspiration, je leur annonce le plus gentiment possible :

— Je ne rentre pas à Venise avec vous.

— Hein ? font-ils en chœur.

— Leonardo, vous savez, l'ami que je vous ai présenté… eh bien, il m'a proposé de faire ma convalescence chez lui, à Stromboli, et je pense dire oui.

— Mais… tu es sûre ? Qui s'occupera de toi ? demande ma mère.

— C'est quelqu'un de fiable ? Depuis combien de temps tu le connais ? renchérit mon père.

Je réponds à leurs questions de la façon la plus rassurante possible. Ils doivent être vexés : je crois qu'ils avaient pris goût à l'idée de me garder quelque temps pour eux. Mais ils respectent trop ma vie privée pour essayer de me faire changer d'avis. Ils sont hyper-protecteurs, oui, mais possessifs, certainement pas.

Ils se résignent donc à rentrer sans leur fille adorée. Avant leur départ, je leur fais un énorme câlin, en leur assurant de nouveau que tout ira bien et qu'ils ne doivent pas s'inquiéter pour moi. Maintenant que ma décision est prise, je me sens étrangement sereine.

Une fois seule, j'attrape mon téléphone sur ma table de nuit et compose de tête ce numéro que je n'avais plus fait depuis longtemps.

— Leonardo, c'est moi… Ta proposition tient toujours ?

7

L'aube disparaît lentement, et cède la place au jour, dans une immense étendue couleur azur. Au-dessus de nos têtes, il y a le ciel, encore rayé de rouge, et en dessous, la mer, d'un bleu de plus en plus intense.

Nous avons embarqué à Naples et voyagé toute la nuit. La lumière incertaine du matin caresse nos yeux encore bouffis de sommeil. Depuis le pont du bateau, nous apercevons, au loin, l'île de Stromboli. Plus nous nous en approchons, plus je la sens m'appeler. J'ai du mal à croire que je pourrai y résister…

Voilà une semaine que j'ai eu mon accident. Je dois encore m'habituer à mon bandage, à cette jambe que je traîne comme un poids mort. Je continue à avoir des crampes horribles, mais d'ici une quinzaine de jours, je serai guérie – enfin, c'est ce que m'ont dit les médecins. En attendant, il ne me reste plus qu'à apprendre à me servir de mes béquilles. Quelque part, c'est peut-être pire que d'avoir le permis : à chaque instant, je risque de perdre l'équilibre et de me fracasser contre je ne sais quoi.

Heureusement, je ne suis pas seule. Leonardo est là, avec son corps solide et musclé en cas de besoin.

Mais dans le fond, qu'est-ce qui m'a poussée à partir avec lui, franchement ? Je n'aurais pas dû l'écouter, c'est sûr… Cet homme m'a brisé le cœur, j'aurais dû lui dire non de toutes mes forces ! Qu'est-ce qui m'a pris d'agir sur un coup de tête comme ça, de faire un tel saut dans le vide ? Si j'ai dit oui, c'était peut-être dans un moment de faiblesse, parce que je me sentais atrocement vulnérable. Moi qui avais réussi à mettre de la distance entre nous… Et pourtant, le désir de savoir ce qui se serait passé *si*… l'a emporté. Comme toujours, dès qu'il s'agit de Leonardo, je prends des décisions qui m'étonnent moi-même. Ma propre vie m'échappe, prisonnière d'une force incontrôlable !

Peut-être sortirons-nous déchirés de ce séjour ensemble, peut-être saurons-nous trouver un nouvel équilibre, peu importe. Ça ne sert à rien de se poser ce genre de questions maintenant. Il faut que je vive cette aventure. Savoir que je ne n'ai plus rien à perdre me rend plus légère. Les dés sont jetés.

Assis à mes côtés sur les sièges du pont,

Leonardo pose sa main sur ma nuque. Ce bref contact me rappelle à quel point nous avons pu être proches. Il ne l'a pas oublié, lui non plus.

Depuis notre départ, nous nous sommes rapprochés, doucement mais sûrement, à travers des gestes, à travers des mots. Les premiers temps, il fallait bien que quelqu'un m'aide à me tenir. Normal, avec ma patte folle… Et puis peu à peu, tout est devenu de plus en plus naturel et spontané, comme si nos corps avaient gardé le souvenir de l'autre…

Nous avons passé la nuit à discuter. À mon grand étonnement, j'étais en confiance, j'avais envie de partager mon ressenti de toute cette histoire. Je commence à croire que nous sommes liés par quelque chose qui va au-delà d'une relation normale. Alors autant me faire une raison.

Leonardo a voulu que je lui raconte ces derniers mois dans les moindres détails. Je lui ai tout dit, sans fausse pudeur : mes excès, mes nuits de folie, mes amants inutiles… Si je l'ai fait, c'était pour bien lui montrer à quel point j'étais libre, histoire qu'il sache que ma vie a continué, même sans lui. Au fond de moi, j'espérais secrètement le rendre jaloux. Lui s'est contenté de me regarder avec un demi-sourire, sans rien dire, d'un air impénétrable.

Il n'empêche, j'ai quand même passé sous silence le fait que la dernière fois que j'ai eu un orgasme, c'était avec lui… Mais comment pouvais-je lui avouer que mes aventures d'un soir n'étaient qu'une façon de tuer le temps, toutes plus frustrantes les unes que les autres ?

En désespoir de cause, j'ai nonchalamment changé de sujet – cela aura-t-il fait illusion ? – et commencé à lui poser des questions sur son travail. Leonardo m'a confié qu'il voudrait écrire un livre de recettes inspirées de sa terre natale. C'est aussi pour ça qu'il retourne à Stromboli : pour redécouvrir les saveurs de son enfance, les secrets des traditions de l'île. J'ai alors failli lui demander si Lucrezia était au courant pour moi. Et puis j'ai renoncé.

Une brise légère me frôle le visage. C'est tellement bon de sentir cet air vivifiant courir dans mes cheveux, de respirer l'odeur de la mer ! Me voilà prête à graver pour toujours dans ma mémoire les images de Stromboli, ses formes séduisantes et ses couleurs aveuglantes. Ça y est, je commence à entrevoir une enfilade de petites maisons blanches. Vu d'ici, on dirait plein de petits cubes posés les uns à côté des autres... Je distingue ensuite le port et la grève de sable noir. Et puis il y a *lui*, ce gigantesque cône de terre grise qui menace le ciel, en crachant des volutes de fumée.

Je me tourne vers Leonardo, les yeux débordant de gratitude et d'émerveillement.

— Le volcan, il est toujours comme ça ?

— *Iddu ?* sourit-il en le désignant du menton.

Ici, c'est comme ça qu'on l'appelle. À Stromboli, c'est lui qui commande, mais c'est un bon géant.

— Pour tout te dire, il me fiche un peu la trouille.

C'est la vérité : de ce volcan irradient une telle énergie, une telle puissance qu'on se sent impuissants et désarmés face à lui.

Leonardo me caresse le visage pour me rassurer :

— Regarde, me fait-il en pointant l'index vers le ciel, il nous souhaite la bienvenue. Toute cette fumée, c'est sa façon à lui de nous dire bonjour. Il fait ça grosso modo toutes les heures. Il tousse, si tu veux, histoire de nous rappeler qu'il est là, même s'il ne fait pas de bruit.

— Bon...

Je lève un sourcil d'un air circonspect. Pas très convaincant, tout ça...

— Fais-moi confiance, quand tu auras appris à le connaître, tu finiras par l'aimer.

Cette journée de mai a un parfum d'été et de vacances. L'île m'appelle à elle, ses bras de terre grands ouverts. Mais suis-je vraiment prête à lâcher prise ? Que vais-je bien pouvoir trouver sur cette île ? En moins d'un an, je suis devenue quelqu'un d'autre – une Elena repliée sur elle-même, préférant mourir plutôt que s'attacher, seule contre le monde entier et capable de tout pour oublier le vide qui la ronge. Il faut néanmoins que j'abaisse un peu ma garde. Si je veux profiter de mon séjour ici, je dois accepter de dépendre de quelqu'un – Leonardo, en l'occurrence.

Par bonheur, à peine ai-je débarqué que toutes ces réflexions me sortent de l'esprit. Une profonde tranquillité m'envahit. Mon cœur bat plus lentement, et je me sens plus légère. L'air qu'on respire ici est différent : il est plus pur et chargé de parfums de fleurs et d'encens. J'ai l'impression d'être hors du temps. Mes angoisses et mes peurs n'auront aucune prise sur moi, pas ici, j'en ai la certitude.

— La maison n'est pas loin, me dit Leonardo, ma valise à roulettes dans une main, son gros sac décousu dans l'autre. Mais on ne fera pas le chemin à pied, rassure-toi…

J'avise alors une série de vieux triporteurs de toutes les couleurs.

— Euh… Ça veut dire que je vais devoir monter sur un de ces vieux machins ?

— Il n'y a pas de voitures, ici, fait-il en ouvrant grands les bras.

La grimace comique qui se dessine sur son visage étire les petites rides d'expression de chaque côté de ses yeux. Ces yeux qui gardent une lumière si mystérieuse, même quand ils rient.

— Ça commence bien…, dis-je d'un ton un peu acide.

Mon Dieu, comment vais-je faire pour grimper là-dedans sans me faire mal ?

— Tu peux t'estimer heureuse, tu sais ? Jusqu'à il n'y a pas si longtemps, on se déplaçait à dos d'âne exclusivement, me fait-il remarquer en chargeant nos bagages dans la benne, ses biceps moulés par son tee-shirt.

Il tend ensuite un billet à notre chauffeur, un petit homme maigre à la peau tannée par le soleil qui le remercie d'un sourire édenté. Il s'appelle Giuseppe. À les entendre échanger quelques mots dans un dialecte qui ressemble à de l'arabe, je crois qu'ils se connaissent.

Après les valises, Leonardo s'occupe de moi. Il me soulève par un bras comme un paquet (pas trop lourd, j'espère) et me fait monter à l'arrière du triporteur, où se trouvent deux moelleux sièges en mousse.

— À Piscità ? demande Giuseppe avant de mettre le moteur en route.

J'ai au moins saisi le nom de la ville où nous allons, c'est déjà ça.

— Ben oui. La maison est toujours là-bas, rétorque Leonardo.

C'est drôle, son accent n'est plus tout à fait le même : il s'est calqué sur le rythme local.

Pied au plancher, Giuseppe traverse le labyrinthe de ruelles avec une désinvolture inquiétante. J'ai l'impression d'être sur un manège de fête foraine. Pour la délicatesse, on repassera…

Le village est presque désert. Il faut dire que nous sommes en basse saison : les hordes de touristes ne sont pas encore arrivées. Partout règne un silence rare. Le parfum enivrant de cette île me poursuit sans relâche. Tous ces hibiscus, ces bougainvilliers, ces cactus, ces lauriers, ces citronniers, ce sable noir et ces maisons blanches, ce vent doux qui va droit au cœur… L'agitation de Rome et le tumulte de Venise s'estompent dans mon souvenir.

Tandis que nous approchons de la maison de Leonardo, j'ai fugacement l'impression de revivre (mais dans un feu d'artifice de couleurs, cette fois) une scène de *Stromboli*, le chef-d'œuvre de Rossellini. Plus d'un demi-siècle après le tournage du film, rien ne semble avoir changé. À cet instant, je me sens un peu comme Karin, le personnage d'Ingrid Bergman : une réfugiée, une étrangère… À nos côtés, il y a aussi un homme né sur cette île. Pour elle, c'est Antonio, son mari jaloux et tyrannique. Pour moi, c'est Leonardo, mon… mon quoi, d'ailleurs ?

Du calme, Elena, tu as tout le temps pour trouver la réponse, rien ne presse.

Le temps de saluer notre chauffeur, Leonardo m'emmène chez lui. C'est une vieille bâtisse, sans doute là depuis des siècles. Comme les autres bâtiments de l'île, elle a des murs tout blancs et des fenêtres peintes en bleu.

Leonardo s'arrête devant le portail et la regarde, l'air absorbé.

— C'est dans cette maison que je suis né et

que j'ai grandi. Rien n'a bougé depuis que je suis parti.

— Depuis combien de temps tu n'es pas revenu ?

— Des années, mais en réalité, c'est comme si une partie de moi était toujours restée ici, attachée à ce lieu, m'explique-t-il en passant la main sur le mur d'enceinte en pierres brutes, comme pour réveiller un animal endormi.

Nous traversons le jardin, où un vieux grenadier trône parmi quelques citronniers. Je m'arrête pour l'observer tandis que Leonardo dépose nos bagages devant l'escalier raide qui mène à l'étage. Il ne compte tout de même pas me faire monter ça ?

— On va s'installer au premier, comme ça tu pourras toujours voir la mer depuis la terrasse, me dit-il.

— Parfait ! Ma cheville te remercie du fond du cœur.

Sans même m'adresser un regard ou un mot, Leonardo m'arrache mes béquilles et les pose contre un mur avant de me prendre dans ses bras puissants. Je me sens aussi légère qu'une enfant. À force, je me suis presque habituée à ce qu'il me transporte comme ça… Accrochée à son cou, je profite du voyage tandis que, marche après marche, apparaît devant mes yeux un panorama à couper le souffle.

Une fois en haut, Leonardo pousse la porte

entrouverte d'un léger coup de pied. Sur le mur est dessiné une espèce de cœur bleu surmonté d'une croix – une feuille stylisée, peut-être ? Cet étrange symbole m'intrigue, il a quelque chose de primitif et sacré.

— Oh, c'est joli, ça ! C'est quoi, un cœur ?

— Ce n'est pas un cœur, me fait-il avec un sourire. C'est une câpre, l'emblème de l'île. Ce soir, je t'en ferai goûter. Ce sera comme si tu n'en avais jamais mangé !

Nous nous retrouvons dans une grande cuisine qui embaume les épices. Avec cette table au centre de la pièce, ces quelques meubles anciens, sombres et solides, disposés contre les murs blancs, c'est sans doute le cœur de la maison. Dans un coin se trouve une grande cheminée noircie. Je ressens une agréable sensation de fraîcheur sur ma peau : ces murs épais en pierre brute isolent et abritent du monde extérieur.

Leonardo m'installe sur une chaise en bois avec un siège en paille.

— Je vais chercher le reste des affaires.

— Tu ne m'en voudras pas de ne pas te donner un coup de main…

Je jette un regard curieux autour de moi. En plus de la cheminée, la pièce contient un vieux four à bois, encore en état de marche, j'imagine. Face à moi, j'aperçois une terrasse en arcade avec des bancs en pierre peints en bleu.

Quelques instants plus tard, Leonardo est de

retour avec nos valises. Il est accompagné d'une vieille dame toute menue et un peu voûtée. Ses cheveux gris sont attachés en chignon.

— Voici Nina, me lance Leonardo en passant devant elle. C'est elle qui a tout préparé en vue de notre arrivée.

Nina s'avance vers moi. Avec ses petits yeux d'un bleu intense, sa bouche fine et son front creusé de rides, elle a un visage très original. Deux grands anneaux en or pendent à ses oreilles.

— Enchantée, fait-elle en m'attrapant de ses mains dures et rugueuses.

— Tout le plaisir est pour moi. Je m'appelle Elena.

Je tente de me lever de ma chaise, mais je dose mal mon élan et manque de tomber.

— Ne bouge pas, il ne faut pas que tu te fatigues, me dit-elle d'une voix infiniment douce.

— Nina était ma gouvernante, m'explique Leonardo. C'est elle qui m'a élevé quand j'étais gamin.

— Il m'en a fait voir, ce *picciriddu*, soupire-t-elle en le regardant avec les yeux d'une mère. Il était comme le vent, impossible de le faire tenir en place !

Je souris. D'une certaine manière, c'est encore le cas.

— Vous avez toujours habité ici ?

— Oui, me répond-elle calmement, comme

si vivre sur cette île perdue était la chose la plus naturelle du monde.

— Et… vous n'avez pas peur du volcan ?

— *Iddu* est comme un dieu : il fait ce que bon lui semble… mais les gens d'ici n'ont pas peur de lui.

— Il faudra que je fasse comme les gens d'ici, alors.

— N'y pense pas, tout simplement, me rassure-t-elle.

En une phrase, Nina vient de résumer toute la sagesse et toute la résignation des habitants de cette île.

— J'ai deux ou trois choses à régler, poursuit-elle en se tournant vers Leonardo. Si tu as besoin de moi, tu sais où me trouver.

— Merci, Nina, lui dit-il en lui faisant une bise pleine de tendresse.

Après un bon déjeuner et une longue sieste, je sors avec Leonardo sur la terrasse profiter de la lumière du ciel un peu avant le coucher du soleil. Une enfilade de colonnes blanches soutient une tonnelle ornée de magnifiques bougainvilliers roses. Nous nous asseyons sur l'un des bancs pour observer la mer, la peau caressée par le vent léger.

— Nina habite seule dans une de ces maisons, là-bas, m'explique Leonardo en levant le menton en direction du village.

— Elle est très gentille, je réponds. C'est vraiment elle qui t'a élevé ?

— Oui, sourit-il, comme chatouillé par d'autres souvenirs. Mon père était cordier, il vendait ses filets aux pêcheurs du coin. Ma mère, elle, était couturière. Ils me confiaient à Nina toute la journée. Quand elle ne m'emmenait pas ramasser des câpres, je passais des heures entières à la regarder préparer à manger. Les hommes de sa famille étaient tous pêcheurs, comme la majorité des habitants de cette île, il y avait toujours du poisson frais chez eux.

— C'est comme ça que t'est venue ta passion pour la cuisine, alors ?

— Sans doute, oui. C'était un vrai spectacle. Pour moi, Nina était comme une magicienne. De tout mon cœur je voulais être son petit apprenti, j'avais envie d'apprendre tous ses trucs, tous ses secrets !

Là-dessus, il m'indique le grenadier, juste au-dessous de nous.

— Tu vois cet arbre ? Quand il donnait ses fruits, ma mère les cueillait et les lui apportait. Avec, elle préparait une liqueur délicieuse, la meilleure que j'aie jamais goûtée. Mes parents ne voulaient pas que j'en boive parce que j'étais trop petit mais elle m'en donnait en cachette de temps en temps.

Je suis hypnotisée par ce que Leonardo me raconte. Il ne m'avait jamais parlé de lui aussi naturellement. On dirait qu'il a soudainement vaincu sa pudeur. J'aimerais qu'il continue, encore et encore… Mais une question me brûle les lèvres :

— Et tes parents… ?

À ces mots, son visage s'assombrit.

— Ils sont morts en même temps, à quelques semaines près, m'avoue-t-il. Ils étaient malades tous les deux. C'était il y a sept ans.

Un bref silence s'installe entre nous. Leonardo m'indique ensuite un rocher couleur d'ambre, solitaire et imposant, qui se dresse près du rivage.

— Tu vois ce rocher ? On l'appelle Strombolicchio. C'était un volcan. Selon la légende, ce serait le bouchon de Stromboli. Il aurait fini au beau milieu de la mer il y a des milliers d'années au cours d'une violente éruption.

— Et on ne pourrait pas le remettre à sa place ?

Leonardo secoue la tête avec un sourire.

— Attends… Je rêve ou il y a un phare, tout là-haut ? je demande en plissant les yeux.

— C'est bien un phare. Jusque dans les années 1950, il était contrôlé manuellement par un gardien. Maintenant, il fonctionne à l'énergie solaire.

— Et on peut le visiter ?

— Ça te plairait bien, hein ? me fait-il, l'air complice.

— Tu penses !

— Il y a juste un petit escalier de rien du tout

qui mène au sommet. À peine plus de deux cents marches…

Quand il approche son visage du mien, je sens un nœud me serrer l'estomac.

— Si tu te sens…

— Je comptais sur toi pour me porter dans tes bras, lui dis-je d'un ton provocateur.

— Oublie ça, me répond-il, ses yeux plongés au fond des miens.

Sans crier gare, il m'enlace alors de ses bras puissants. Collée contre son torse, je sens ses mains dans mes cheveux, frôlée par son souffle chaud.

C'est la première fois que nous nous retrouvons aussi près l'un de l'autre. Mais finalement, rien n'a changé. Je me sens bien, à ma place. Mes muscles se détendent et je respire cette odeur que j'adore.

Leonardo me caresse la nuque du bout des doigts.

— Dès que je t'ai vue à l'hôpital, j'ai eu envie de t'embrasser, me murmure-t-il à l'oreille. Et là, je vais le faire, je te préviens.

Il me prend alors la tête entre les mains.

— Maintenant, si tu y vois un inconvénient, tu peux me le dire, me lance-t-il en s'approchant de ma bouche. Mais ne t'imagine pas que je vais renoncer.

Ses lèvres touchent imperceptiblement les miennes, presque par hasard. Même si je voulais l'en empêcher, je n'y arriverais pas. Je suis paralysée par le désir. Leonardo me tient le menton entre ses mains, comme un fruit qu'il voudrait goûter. Il commence à me mordre délicatement les lèvres, puis entrouvre les siennes pour me faire sentir sa langue. Le voir s'offrir et se retirer me met au supplice ! Il se décide enfin à plonger dans ma bouche et m'inonde de sa saveur chaude et humide. Je le laisse entrer en moi avant de m'emparer de lui – avec la langue, avec les lèvres, avec les dents.

Je le désirais de tout mon cœur, ce baiser. Je ne voulais pas l'admettre, c'est tout.

Il m'éloigne légèrement de lui pour chercher mes yeux.

— Tu m'as tellement manqué, Elena, chuchote-t-il en passant son pouce sur mes lèvres.

Il m'embrasse ensuite sur le nez, dans le cou, dans le dos. Je retrouve la sensation de sa barbe sur mes lèvres, de sa boucle d'oreille contre mon cou. Son parfum envahit mes narines, ses cheveux touffus courent sur ma peau. Tout mon corps se réveille.

— Viens, on rentre, dit-il en me tendant la main.

Comment refuser ?

À cet instant, le soleil frôle la surface de l'eau, enflammant le ciel de mille teintes de rouge et de rose. Tandis que le dernier rayon de soleil plonge dans la mer, nous nous dirigeons bras dessus, bras dessous vers notre première nuit ensemble.

Assise sur ma chaise habituelle, j'attends que Leonardo finisse de prendre sa douche. Tant que j'aurai ce bandage, je serai obligée de me laver par morceaux, avec quelques acrobaties. J'ai hâte de me débarrasser de ces vêtements trempés de sueur et de me mettre au lit avec Leonardo. Devoir attendre rend la chose encore plus douce et plus excitante…

Ah, ça y est. L'eau a arrêté de couler. Il va sortir de la douche, essuyer son corps, sécher sa barbe et ses cheveux et enrouler sa serviette autour de sa taille. Ensuite, il se regardera dans le miroir, avec un sourire plein d'assurance, puis se mettra une goutte de parfum. Quand il aura enfilé ses tongs en cuir, il traversera enfin le couloir torse nu, en sifflotant.

Incroyable, mon souhait est en train de s'exaucer : ses pas résonnent dans le couloir.

Leonardo apparaît dans l'embrasure de la porte, comme une statue grecque en chair et en os. Il vient vers moi et, sans mot dire, me prend dans ses bras.

— Tu m'emmènes où ? je lui demande.

— Dans la salle de bains, c'est ton tour, me répond-il le plus naturellement du monde.

— Je peux me débrouiller toute seule !

— Je sais, mais ce sera plus drôle si je te donne un coup de main.

Leonardo m'installe tout près de la baignoire. En attendant qu'elle se remplisse, il m'enlève ma robe en coton. Me voilà en culotte et soutien-gorge. J'ai un peu honte : avec ma jambe gonflée, j'ai l'impression d'avoir un corps disproportionné. Et je me sens tellement empotée !

— Tu es magnifique, Elena, me susurre-t-il en me caressant du regard.

Tandis qu'il m'embrasse, ses mains glissent le long de ma colonne vertébrale avant de dégrafer mon soutien-gorge. Il m'attrape ensuite les fesses et m'enlève lentement ma culotte. Après avoir contrôlé la température de l'eau, il me soulève et me plonge dans la baignoire désormais pleine en veillant bien à ne pas mouiller ma jambe bandée. À peine suis-je au contact de l'eau que mon esprit se libère.

Leonardo imprègne une éponge naturelle d'un peu d'huile parfumée et se met à me masser délicatement le cou, la poitrine, les mains. Je ferme les yeux. Je ne sens que ses mains, ses mains qui prennent soin de moi. Assise dans cette baignoire, je me laisse aller. Mon corps malmené ne me tourmente plus : il s'est remis à vibrer.

L'eau parfumée glisse doucement sur ma peau. Guidée par ses mains expertes, l'éponge s'attarde sur mes seins, dessine des ronds autour de mes tétons puis glisse le long de mon ventre, de mes jambes et remonte enfin vers mon sexe. Ces gestes pourtant si doux et si délicats attisent en moi un véritable incendie. J'ouvre grands les yeux et croise les siens. Tout son visage crie son désir : ses pupilles dilatées, son regard de rapace et son sourire sensuel. Il finit par me donner l'éponge et me pose la main sur les seins pour que je me les masse. Ses doigts replongent ensuite entre mes jambes : ils me caressent, ils me cherchent, jusqu'à ce qu'une vague de plaisir se soulève dans le creux de mon ventre. Lui seul sait comment me faire jouir.

Les mains agrippées au rebord de la baignoire, je me laisse envahir par ce plaisir enivrant sans quitter Leonardo des yeux. Notre excitation monte d'un cran.

Lui se mord les lèvres. Il y a une telle intensité dans son regard… Aussitôt, il se penche vers moi, puis m'embrasse et m'aide à sortir.

Après m'avoir enveloppée dans une serviette, il me prend dans ses bras et m'emmène dans la chambre pour m'installer sur le lit. Je l'attrape par la taille et embrasse ses abdominaux musclés. D'un geste décidé, je le débarrasse ensuite de sa serviette. Son sexe en érection s'offre alors à mon regard. Je commence à l'embrasser et à le lécher. Je suis aussi à l'aise que lui pouvait l'être tout à l'heure, sur la terrasse. Ses fesses et ses jambes se contractent. C'est une vraie boule de nerfs. Je finis par entrouvrir les lèvres pour le prendre dans ma bouche. Il a si bon goût – un goût de fleurs sauvages et de mer. La bouchée collée à sa peau, je vais et je viens lentement. De ma langue, je caresse l'extrémité de son sexe avant de le lécher entièrement.

Leonardo se cambre et s'enfonce complètement en moi en poussant un profond gémissement, jusqu'à ce que, tout à coup, il retire son sexe.

Tandis qu'il m'aide à m'allonger, j'aperçois au plafond une suspension réalisée avec des coquillages accrochés au bout d'un fil, qui résonnent au souffle du vent.

Leonardo s'allonge à mes côtés, embrasse mes cheveux, mon visage, mes seins. Sa barbe me chatouille. L'espace d'un instant, je parviens à faire le vide. Mais… Et si je n'arrivais pas à me laisser aller, à me donner à lui, comme avant ? Ce serait horrible… Allez, Elena, arrête de penser à ça, ce n'est pas le moment ! Pour le moment, il n'y a que sa bouche sur mes tétons : Leonardo les suce de toutes ses forces, comme pour y goûter un délicieux nectar, avant de chercher le grain de beauté en forme de cœur que j'ai sous le sein gauche.

— Tiens, il est encore là, celui-là…, dit-il en déposant dessus un délicat baiser.

Il continue à m'embrasser comme s'il suivait une ligne imaginaire qui descendrait jusqu'à mon bas-ventre. J'écarte les jambes pour le laisser y plonger ses lèvres et sa langue. Mon sang s'enflamme, mon cœur s'emballe et mon sexe déborde d'envie. Leonardo gémit, son corps irradie une espèce de vibration qui me submerge de désir.

Et, de nouveau, il s'empare de mes lèvres – les siennes ont le goût de ma chair, de mon plaisir – avant de se glisser entre mes jambes, qu'il enroule autour de ses hanches. Son sexe frôle le mien.

— Maintenant, Elena, je vais te faire l'amour. C'est plus fort que moi, chuchote-t-il en me pénétrant lentement. J'ai envie de toi. Tout le reste n'a aucune importante.

C'est une sensation sublime, que j'avais presque oubliée. Nos corps se mélangent à la perfection. Leonardo va et vient en moi – doucement, d'abord, puis de plus en plus vite. Dans la chambre silencieuse ne résonnent que nos respirations haletantes, qui recouvrent tout – le bruit du vent, la voix de la mer, les murmures du volcan, le tintement des coquillages.

Même si je désirais Leonardo de toutes mes forces, je me rends compte que jouir à nouveau ne sera pas si facile. Mon rythme cardiaque s'accélère, mon corps tressaute, mais je n'arrive pas à retrouver ce plaisir profond que j'ai perdu depuis si longtemps.

— Laisse-moi faire, Elena. Ne pense à rien…

J'essaie, mais je n'y arrive pas. Je suis bloquée, inhibée, piégée à l'intérieur d'un corps et d'une âme que je ne parviens pas à faire vibrer comme je voudrais. Je garde encore un fond de douleur qui n'a jamais lâché mon cœur et qui me torture encore plus que ma jambe, une souffrance qui asphyxie mes sens et m'empêche de venir.

Tous ces amants, toutes ces aventures d'une nuit n'ont servi à rien, à part m'apprendre à simuler. En désespoir de cause, je me résigne à ça. Je fais semblant pour lui, pour son plaisir, pour lui offrir ce que je ne sais plus éprouver.

Je sens son orgasme monter. Il va jouir. Ses mains se crispent autour de mes bras, ses mouvements se font plus rapides. Après un dernier coup de reins dévastateur, il se retire et jouit sur ma poitrine en poussant un hurlement rauque, avant de s'écrouler à côté de moi.

Je respire profondément, comme pour défaire le nœud qui me serre la gorge. Je gamberge, sans trouver la force de parler. Avec un peu de chance, ça a marché, il ne se sera rendu compte de rien ; je lui aurai fait croire que j'étais bien là, avec lui.

Leonardo se tourne alors vers moi et me regarde comme s'il voulait lire à travers moi.

— Tu n'as pas joui, lance-t-il soudainement.

Comment est-ce qu'il a deviné ?

— Mais non, qu'est-ce que tu racontes ?

— Elena, je t'ai déjà vue jouir, déclare-t-il en faisant courir un doigt sur ma joue. Ce n'était pas un véritable orgasme.

Il ne me reproche évidemment rien, mais cela suffit pourtant à me faire devenir rouge tomate.

Leonardo n'est pas comme les autres. J'aurais dû le savoir. Avec lui, impossible de faire semblant.

— Je suis peut-être juste fatiguée, lui dis-je pour donner le change. C'est sans doute le voyage. Et puis ce bandage me gêne…

J'aimerais me trouver d'autres excuses. Ce qui m'arrive est tellement dur à admettre…

— Chhh… Viens là, me dit-il.

Il m'attire vers lui puis me tourne sur le ventre pour pouvoir poser le menton sur mon dos.

— Tout va bien. Ne dis rien.

Heureuse de m'abandonner à son étreinte, je ferme les yeux. Je sens son haleine m'effleurer la nuque et la chaleur de son corps se mêler à la mienne. Je me laisse silencieusement bercer par la mélodie des coquillages au-dessus de nos têtes en attendant que le sommeil s'empare de moi.

Non, tout ne va pas bien. Je dirais presque que tout va mal, si j'étais honnête. Mais il y a ce moment d'amour, et c'est déjà beaucoup…

8

Avec sa nature sauvage et ses couleurs crues, Stromboli me fascine. Si j'avais mes instruments de travail, je m'arracherais les cheveux en essayant de restituer le noir profond de la terre, le bleu lumineux de la mer et le blanc éclatant des maisons. Ça n'a l'air de rien, mais c'est un vrai miracle : cette île m'a redonné l'envie de peindre. Un besoin irrésistible de jouer avec mes yeux et mes mains, de salir mes vêtements et ma peau, de sentir l'odeur de la peinture fraîche s'est emparé de moi. Moi qui croyais l'avoir perdu pour toujours… Eh bien non, le revoilà, encore plus fort qu'avant !

Une semaine s'est écoulée depuis notre arrivée. Jour après jour, j'apprends à connaître cet endroit : les grondements de la terre, les parfums des fleurs, le silence absolu, les rues plongées dans le noir quand vient la nuit… C'est une expérience unique de se promener dehors avec pour toute lumière le clair de lune et les lueurs du volcan. Stromboli est un autre monde, un monde qui m'attire et me surprend constamment. Comme Leonardo.

Je l'attends sur la terrasse, justement.

Le soleil est déjà haut et la mer ressemble à un extraordinaire tapis d'écailles dorées. Il fait très chaud, mais c'est une chaleur agréable, pas la fournaise qui doit sévir ici au mois d'août. Je sens même une petite brise me chatouiller la peau !

Ce matin, Leonardo est parti à l'aube. « Je vais au port voir les pêcheurs », m'a-t-il chuchoté à l'oreille alors que j'étais encore à moitié endormie.

Je ne me souviens pas s'il m'a embrassée. S'il l'a fait, il a dû me déposer un petit bisou sur la joue, rien de plus. C'est officiel : depuis notre première (et unique) nuit d'amour, Leonardo m'évite. Le lendemain, un peu gênée, je lui ai avoué que ma difficulté à atteindre l'orgasme n'avait rien d'épisodique, et que ça faisait un petit moment que je la traînais derrière moi. Depuis que nous nous étions séparés, à vrai dire. Hélas, ça n'a pas eu l'air de l'inquiéter. Il s'est contenté de me rassurer en me donnant un baiser sur le front : « Tout rentrera dans l'ordre, arrête de te prendre la tête avec ça. » Puis il a changé de conversation.

Après cet épisode, nous n'avons plus fait l'amour, mais surtout, j'ai la nette impression que Leonardo est devenu presque indifférent. Il ne me touche plus, ou alors, comme un frère. J'essaie de le séduire, mais ça ne lui fait ni chaud ni froid. Que dois-je en conclure ? Que je ne lui plais plus, subitement ? Que mon incapacité à jouir lui a fait perdre tout désir pour moi ?

Je n'ai pas eu le courage de le lui demander. Avant, j'aimerais l'étudier un peu, pour savoir si, effectivement, je ne l'attire plus, ou s'il s'agit juste d'un de ses jeux cruels dont je suis un simple pion, comme toujours. En fin de compte, cette étrange distance entre nous s'est transformée en une sorte de défi tacite que j'ai accepté, même si je peine à en saisir le sens.

Pour ce qui me concerne, je ne me suis absolument pas lassée de Leonardo – voilà, hélas, ma seule certitude. Je le désire de plus en plus chaque jour. Il semble d'ailleurs faire exprès de me provoquer, en flânant torse nu dans la maison, tel un Neptune moderne en tongs et bermuda, la peau dorée par le soleil, la barbe et les cheveux en bataille fleurant bon la mer. Quant à ses yeux, on pourrait s'y perdre… L'île a brutalement exalté sa sensualité ; et moi, je suis obligée de réprimer ma folle envie de l'embrasser, de le toucher et de le posséder. S'il ne s'agissait pas de lui, je l'aurais fait depuis longtemps. J'ai appris à être très directe avec les hommes, à prendre l'initiative sans réfléchir – après tout, on se fout de savoir qui doit faire le premier pas… Le problème, c'est que, avec Leonardo, rien ne peut être simple : notre langage de séduction est beaucoup plus complexe. Il y a des messages à déchiffrer et des stratégies à inventer.

Le paradoxe, c'est que, même s'il a refusé de se donner à moi, Leonardo s'est montré plus attentionné que jamais. Il m'a cuisiné toutes sortes de petits plats avec les ingrédients que prodigue cette terre. Il n'y a pas à dire, je suis traitée comme une reine. Hier, par exemple, il est rentré d'une de ses pérégrinations gastronomiques avec un cadeau pour moi. Je ne m'y attendais pas : ce n'est pas spécialement le genre d'homme à rentrer à la maison avec un truc à offrir. À l'intérieur d'un sachet en satin blanc, j'ai trouvé un bracelet de cheville en argent de toute beauté. « C'est une création d'Alfio, un artisan du coin. On se connaît depuis qu'on est mômes », m'a-t-il expliqué avec un sourire satisfait. Le regarder me l'attacher m'a littéralement embrasé le corps. Leonardo m'a ensuite caressé le mollet et s'est penché pour m'embrasser le cou de pied. Je me suis effondrée, terrassée par les frissons brûlants qui se sont propagés le long de ma jambe. Mon sexe était humide de désir. Impuissante, j'ai attendu que Leonardo continue… Mais non, rien. Il s'est reculé, me laissant insatisfaite et un peu troublée. Pourquoi s'amuse-t-il à me torturer comme ça ? En tout cas, je ne résisterai pas longtemps…

Une fois dans la cuisine, je me prépare un jus

de fruits frais avec de l'orange et du citron. Ces agrumes à peine cueillis ont un goût délicieux. Moi qui détestais ça, je ne peux plus m'en passer, maintenant !

Quelques instants plus tard, Leonardo arrive avec à la main un filet de pêche d'où sort un amas informe d'algues et d'aiguilles.

— Oursins pêchés d'aujourd'hui ! s'exclame-t-il joyeusement en posant le tout dans l'évier.

Je m'approche, curieuse de voir ça de plus près.

— Ils sont tout frais, poursuit-il fièrement. C'est Gaetano qui me les a donnés.

— Le type de l'autre jour ?

Je repense tout à coup à un homme avec des cheveux poivre et sel qui lui arrivaient jusqu'aux épaules, une barbe grise frisée et de grandes mains qui tissaient des filets de pêche.

— Lui-même, acquiesce Leonardo avec un sourire. Gaetano est le fils de Nina, il pêche depuis qu'il a dix ans.

— À les voir comme ça, ils n'ont pas l'air très ragoûtants, dis-je en jetant un œil méfiant à ces fameux oursins.

Recouverts d'aiguilles acérées, ils sont aussi gros qu'une balle de tennis.

— Tu n'en as jamais goûté ? me demande-t-il d'un air abasourdi. Tu plaisantes, là ?

— En fait, une fois, c'est un oursin qui m'a goûtée. C'était en Ligurie, j'avais à peu près quatorze ans. J'en ai encore mal...

— Ce sera beaucoup plus agréable ce soir, tu verras…, me lance-t-il en souriant.

Hé hé, ça m'a tout l'air d'une proposition indécente… Enfin, c'est ce que j'ai envie de croire. Pour toute réponse, je lui dis que je me réjouis d'être à ce soir. Alors, je sens soudain sa main courir le long de mon dos, glisser sur mon paréo en soie et s'arrêter juste au-dessus de mes fesses. Mon sang est en ébullition. Oh mon Dieu, j'ai tellement envie de l'embrasser, là, maintenant. Et tellement envie d'aller plus loin…

Hélas, une fois de plus, Leonardo se recule. Et se met à peler une orange.

— Il te va très bien, ce bracelet, commente-t-il d'un ton désinvolte. Mais tu devrais le porter à l'autre jambe.

— Hein ? Tu rigoles ? Tu as vu l'état de ma cheville ?

— Je voulais dire : quand tu seras entièrement rétablie.

— Et pourquoi à droite ?

— Parce que c'est un signe de fidélité envers la personne qu'on aime, s'exclame-t-il d'une voix malicieuse.

Quoi ? Où est-ce qu'il veut en venir, là ?

— Tu essaies de me dire un truc ? je demande en haussant un sourcil.

— Écoute, je ne vais pas te faire un dessin : à partir de maintenant tu m'appartiens, point barre, me répond-il le plus naturellement du monde en avalant un quartier d'orange.

Je ne devrais plus m'étonner, à force. Leonardo est comme ça : il dit des choses importantes – celles qui changent tout – comme il raconterait une blague. Il porte le coup de grâce toujours par surprise. Moralité : à part afficher un air détaché, je ne sais jamais trop quoi faire...

— Alors ça veut dire aussi que tu m'appartiens, point barre, je réplique.

Les bras croisés, j'essaie d'imiter sa nonchalance.

Leonardo retrousse ses lèvres charnues en un sourire sans cesser de mâcher son orange. Mon Dieu, retenez-moi ou je vais les dévorer, là, tout de suite. Résiste, Elena, résiste. Quand je fais mine de m'approcher, il se tourne vers l'évier et m'échappe à nouveau. Je reste là comme une andouille à regarder son dos. Est-ce que quelqu'un pourrait me dire ce que je dois faire ?

Stop. Il est temps de réagir. Opération séduction. Je m'adosse à la table en me tenant au rebord et lui demande, de ma voix la plus sexy :

— Tu me resserres mon bracelet, s'il te plaît ? Je n'y arrive pas...

Leonardo se retourne, s'approche. Je lève le pied en lui frôlant la cuisse. Il l'attrape puis, d'un geste expert, s'exécute en deux temps, trois mouvements.

— Et voilà.

Sa voix est douce et pleine d'assurance. Je me trompe ou ça le fait vaguement rigoler ? Je sens son haleine me caresser la cheville. Leonardo, pourquoi tu ne m'embrasses pas ? Je veux encore sentir ta langue sur moi…

Il m'adresse un regard plein de promesses mais finit par lâcher mon pied en le reposant doucement par terre.

— On va faire un tour à la plage ? propose-t-il en se massant le menton.

Bon sang, ce simple geste me met tout le corps en ébullition. On ne pourrait pas plutôt aller dans la chambre et faire l'amour ? En désespoir de cause, j'attrape brutalement mon sac et le jette sur mon épaule.

— O.K., dis-je avec un rictus, allons-y.

La Spiaggia Lunga est magnifique. C'est sans doute la plus belle de l'île : sur cette plage immense, d'innombrables petits galets noirs et brillants font face à une mer d'un bleu limpide. Il n'y a personne ce matin, si ce n'est quelques jeunes et, tout au bout, un peu à l'écart, un couple de nudistes.

Ça y est, j'arrive enfin à marcher sans béquilles – non sans mal, cela dit. J'avance au ralenti, bien sûr, et suis obligée de m'arrêter tous les cent mètres. Malgré tout, je fais de sacrés progrès. J'ignore si c'est grâce au climat de l'île, à l'énergie qu'on respire ici ou à Leonardo, toujours est-il que plus les jours passent, plus mon état s'améliore.

Le sable noir diffuse une chaleur incroyable. Marcher sur ces petits cailloux chauffés par le soleil ne me fait presque pas mal. Leonardo, lui, est parti piquer une tête. Après quelques longueurs, il revient s'allonger à mes côtés. Avec sa peau mouillée, ses cheveux ébouriffés et son air mystérieux, il est beau comme un dieu. Sa main caresse distraitement les galets sombres. Chacun de ses gestes me donne le frisson. Il va falloir que je trouve un truc pour désamorcer la tension sexuelle qui me chamboule depuis des jours, et vite.

— Tes recherches pour ton bouquin, ça avance ? je lui demande.

— Très bien ! s'exclame-t-il avec un sourire, l'air content de lui. Ce matin, j'ai vu des gens au port. On a un peu discuté et j'ai piqué une nouvelle recette : la *pasta al fuoco*, dans une variante que je ne connaissais pas.

— Mmmh, ça donne faim en tout cas…

Là, je marque une pause, avant de murmurer :

— Tu sais, je pensais à un truc…

— Quoi ? me fait-il, intrigué, en se redressant légèrement.

— J'aimerais illustrer tes recettes, lui dis-je avec assurance. Peut-être avec des aquarelles, histoire de changer des photos…

— Super idée, Elena, j'adore ! s'exclame-t-il avec une petite lueur dans le regard.

— Dommage que je ne puisse pas commencer tout de suite. Je n'ai rien pour peindre, dis-je la mine chiffonnée. Il n'y a pas de marchand de couleurs, ici ?

— Je ne crois pas, me répond-il en ouvrant les bras. Pour trouver ça, il faudrait aller à Messine, j'en ai bien peur.

— Pas grave. Je peux toujours faire des croquis. Je m'occuperai du reste à Rome.

— Si on retourne à Rome…

— Comment ça ?

— Pas mal de gens n'arrivent pas à quitter cette île, tu sais.

— Oui, comme Ingrid Bergman, dis-je en riant. Mais c'est juste un film, et qui ne date pas d'hier, en plus !

— Ah bon, ça ne te plairait pas de vivre ici pour toujours ?

— Au contraire, ça me plairait beaucoup, je soupire en regardant droit devant moi.

Et c'est vrai. Il ne me manque rien – j'ai juste besoin qu'il me désire à nouveau.

Le soir, de retour de ce merveilleux après-midi au bord de la mer, Leonardo prend les commandes de la cuisine, son royaume, et peut enfin laisser libre cours à sa créativité.

— Alors, on les mange comment, ces oursins ? je demande en me penchant sur l'évier pour les observer de plus près.

— Je vais préparer les spaghettis comme Nina me l'a appris, m'annonce Leonardo en se nouant un foulard en lin noir autour de la tête. Les pâtes aux oursins, c'est sa grande spécialité. Figure-toi qu'aujourd'hui elle a enfin accepté de me dévoiler le secret de sa recette, mais il a fallu que j'insiste, et pas qu'un peu ! Tu te rends compte ? Ça va faire dix ans que je la lui demande. Jusqu'ici, elle la gardait pour elle, la petite cachottière. Et dis-toi que c'est parce qu'elle a su que je voulais t'en faire qu'elle s'est décidée à lâcher le morceau. En tout cas, on peut les manger comme ça, tout crus.

Avec un regard assassin, Leonardo attrape un oursin à mains nues puis l'ouvre en deux avec une délicatesse extrême.

— Mais c'est magnifique, ces petites bêtes, dis-je en admirant les coraux disposés en étoile.

Leonardo en attrape un bout avec les doigts.

— Goûte, me dit-il en l'approchant de ma bouche.

Mon cœur commence à s'emballer. Les lèvres entrouvertes, je saisis le morceau qu'il me tend avec les dents et le laisse fondre sur ma langue. C'est un goût nouveau, puissant et salé, qui séduit instantanément mes papilles.

— Exquis, je murmure, les yeux mi-clos, en laissant cette saveur inédite glisser doucement au fond de ma gorge.

À cet instant, nos regards se croisent. Une énergie violente, lourde d'attentes, s'installe entre nous. Le désir qui me dévore de l'intérieur vient de se réveiller. Cette nuit, cet homme sera de nouveau à moi, je m'en fais le serment.

Leonardo engloutit le reste de la bête avant d'ouvrir les autres à l'aide d'un couteau et d'en vider le contenu dans un bol. On dirait qu'un fluide magique anime ses mains tant ses gestes semblent naturels. D'une main experte, il verse un peu d'huile d'olive en dessinant un double S au fond de la poêle. Il ne cuisine pas : il est en train de peindre un tableau avec les saveurs qu'il visualise dans sa tête. C'est un peintre, un alchimiste, un maître du goût. Plus je l'observe et plus il m'ensorcelle. Le feu allumé, il laisse l'huile se répandre jusqu'à former un cercle, puis ajoute une gousse d'ail, deux piments entiers et quelques cuillerées d'œufs d'oursin. Il flambe le tout avec un fond de vin blanc qui colore l'air d'une flamme bleu argenté qui disparaît en un éclair.

— Tu veux jeter les spaghettis ? propose-t-il en indiquant la casserole qui bout sur le feu d'à côté.

— O.K., dis-je en ouvrant le paquet.

Soudain, je suis prise d'un doute.

— Je les coupe en deux ou pas ?

Si je me souviens bien, c'est comme ça que faisait ma mère, mais on ne sait jamais. Avec un chef de renommée internationale, on n'est jamais à l'abri de faire une bourde monumentale.

— Non, me répond Leonardo sans s'offusquer ni me faire culpabiliser d'avoir très probablement dit une énormité. Prends les spaghettis et place-les au centre de la casserole.

Je m'exécute sans discuter. Leonardo se tient derrière moi, ses mains guident les miennes, son sexe effleure mes fesses, sa bouche est tout près de mon oreille.

— Et maintenant, laisse-les tomber, c'est tout.

C'est parti. Le paquet de spaghettis s'ouvre comme une fleur, aspiré par l'eau bouillante.

— Parfait, murmure Leonardo en me caressant les cheveux de ses lèvres.

Je suis littéralement en train de fondre, tout mon corps s'enflamme, au secours !

— Un peu de malvoisie ? me demande-t-il en remplissant deux verres.

— Oh, merci, *chef*...

S'il reste insensible à ma voix sensuelle et mes yeux de biche, j'abandonne.

— Tu ne serais pas en train de me faire du plat, par hasard ? me lance alors Leonardo en penchant la tête sur le côté.

— Oui, chef !

J'essaie de répondre d'un ton sec, comme les assistants de Leonardo, mais j'ai du mal à garder mon sérieux...

— Ça t'ennuie ?

— Je ne sais pas..., soupire-t-il en dissimulant un sourire. Il faudra que je te prépare quelque chose de spécial...

Un frisson me remonte le long de la colonne

vertébrale. L'atmosphère commence à devenir irrespirable. Je ne te laisserai pas gagner cette fois, mon petit chef adoré. J'ai déjà un coup d'avance sur toi. Je sais ce qui va te faire craquer.

— Excuse-moi, je passe une minute à la salle de bains, dis-je en posant mon verre sur la table.

— On passe à table dans cinq minutes ! me crie-t-il en goûtant un spaghetti.

— Oui, oui, je reviens tout de suite.

De toute façon, ce que je compte faire ne va pas me prendre trois heures…

Je gagne la salle de bains à pas menus, et sans béquilles, s'il vous plaît ! Mon ombre se projette sur les dalles de carrelage en granit bleu. L'heure est venue de laisser parler l'autre Elena, celle qui s'est tue pendant si longtemps : la femme qui ose et qui agit comme bon lui semble. Il est grand temps de la présenter à Leonardo. Je suis certaine qu'il ne pourra pas lui résister. Les mains posées sur le lavabo, je me regarde dans la glace : j'ai les yeux qui brillent et les joues légèrement empourprées. C'est un jeu plutôt pervers, mais ça m'excite terriblement. Après avoir pris une grande inspiration, je retire ma culotte de sous ma robe. Mon sexe est déjà humide de désir, je le sens. Et ce désir, seul Leonardo pourra le satisfaire.

Je retourne en cuisine, l'air de rien. Leonardo a mis la table sur la terrasse et disposé des bougies et des fleurs de bougainvilliers un peu partout sur la table.

— Comme c'est beau ! je m'exclame en écarquillant les yeux.

— Et tu n'as encore rien vu…, renchérit-il.

L'instant d'après, il sort de la cuisine avec un plat fumant entre les mains et un grand sourire satisfait aux lèvres. Il a enlevé son bandeau. Après avoir posé notre repas au milieu de la table, il commence à me servir.

— Allez, Elena, installe-toi.

— Pas trop pour moi, s'il te plaît.

C'est qu'à cet instant précis, ce n'est pas de spaghettis que j'ai envie…

Leonardo dépose devant moi une pleine assiette de pâtes.

— Dis-le tout de suite, si tu veux me faire faire une overdose ! je m'exclame avec une grimace résignée.

Déjà que cette abstinence sexuelle risque de me tuer…

— Ça va te plaire, tu vas voir. Tu voudras même en reprendre, me murmure-t-il d'une voix grave et séduisante.

Il finit par s'asseoir à son tour et me verse un peu de vin. L'intensité de son regard me met dans tous mes états. Je me couvre aussitôt les cuisses avec ma serviette. Pas question de lui dévoiler mon jeu tout de suite…

Allez, je goûte.

— Alors ? me demande-t-il. C'est comment ?

Je prends le temps de savourer ma première bouchée avant de l'avaler.

— Tu veux que je te dise la vérité ?

— Pas de mensonges entre nous, tu le sais.

Les yeux mi-clos, je réponds avec un petit gémissement :

— C'est juste… l'extase absolue.

Leonardo rejette la tête en arrière et s'esclaffe. J'adore le faire rire.

— Les câpres, c'est la signature de Nina, m'explique-t-il.

J'en prends une dans mon assiette et la porte à ma bouche. J'ai comme l'impression d'avoir les joues en feu.

Leonardo, lui, préfère se concentrer sur son assiette. Manifestement, tout ça l'indiffère… Il veut que je devienne dingue ou quoi ? C'est le moment de passer à l'action. Et hop ! Je laisse habilement tomber ma serviette tout près de ses pieds.

Je fais mine de la ramasser, mais il m'en empêche :

— Laisse, me dit-il.

Yes. Ça a marché. Je me dépêche de remonter ma robe sur mes cuisses avant d'écarter légèrement les jambes. Mon sexe mouillé vibre de toutes ses forces.

Leonardo se relève et me tend gentiment ma serviette.

— Tiens.

Est-ce qu'il est surpris ? Excité ? Amusé ? À voir sa tête, impossible à dire !

Et, le pire, c'est qu'il reprend sa fourchette comme si de rien n'était !

— Alors comme ça, tu as décidé de me provoquer, finit-il par me dire, comme s'il pensait tout haut.

— Oui, et je n'ai pas l'intention de m'arrêter là, je réponds d'un ton frondeur.

Au même instant, je tends un pied sous la table et commence à lui frôler la jambe. Lentement, je remonte jusqu'à me glisser entre ses cuisses. Son sexe est dur, je le sens à travers son pantalon. Après avoir bu une gorgée de vin, je me passe la langue sur la lèvre supérieure.

Nos regards se croisent, d'un air de défi. Je l'entends respirer profondément, les yeux fermés. Quand il les rouvre, je m'aperçois qu'il a les pupilles dilatées. Parfait, lui aussi a son point faible… Le voir dans cet état ne fait que m'exciter un peu plus. J'ai envie de cet homme, et je vais l'avoir… Mais soudain, il attrape mon pied et l'écarte. Qu'est-ce qui lui prend ?

— Arrête ça, Elena, me prévient-il d'un air à la fois sévère et plein d'envie.

C'est la première fois qu'il me regarde comme ça. Alors autant jouer franc jeu.

— J'ai envie de faire l'amour avec toi.

— Moi aussi.

— Alors pourquoi est-ce que tu m'évites comme ça ?

— Parce que je n'ai pas envie d'être le seul à prendre mon pied.

— Hein ?

Les yeux écarquillés, je manque de tomber de ma chaise. Et j'explose :

— Tu n'as plus envie de moi parce que je n'arrive pas à avoir un orgasme ?

— Elena, j'essaie de te réapprendre à jouir.

— Ah oui ? C'est pour ça que tu m'empêches de m'envoyer en l'air ?

— Exact, confirme-t-il. Tu m'as dit toi-même que tu as eu une overdose de sexe ces derniers temps. Ton corps a besoin de se retrouver.

Je pique du nez dans mon assiette. J'aimerais qu'il se taise. Je déteste l'entendre avoir raison ! Hélas, il n'en a pas encore fini :

— Ce n'est pas en baisant à tout va que tu réussiras à prendre du plaisir.

Sa voix s'est soudainement adoucie. On y sent même une certaine tendresse.

— J'imagine que le docteur Ferrante a le remède miracle à mon problème, je lui rétorque d'un ton sarcastique.

— Il n'y a pas de remède miracle. Il faut essayer, c'est tout.

— Moi, je trouve ça juste débile que tu me traites comme tu le fais. J'ai passé l'âge d'être punie, tu ne crois pas ?

— Je ne vois pas ça comme une punition mais plutôt comme une libération, poursuit-il. Toujours satisfaire ses envies, ce n'est pas la même chose qu'éprouver du plaisir. On doit parfois passer par la privation – et parfois par la souffrance – pour arriver à jouir.

À cet instant, je suis partagée entre le besoin de lui faire confiance et l'envie de me révolter. Au plus profond de moi, j'espère que Leonardo saura me guérir. Et pourtant, je me sens tellement humiliée et tellement frustrée de lui montrer mes faiblesses !

Les bras croisés, je finis par lui lancer :

— Ça te ressemble bien, cette façon de décider de tout, tout seul. Ce que je peux ressentir, tu t'en fous ?

— Bon, d'accord, j'ai voulu un peu m'amuser à tes dépens. J'ai peut-être dépassé les bornes, ça te va ? En même temps, tu sais que j'adore te provoquer…

Histoire de calmer le jeu, Leonardo dégaine un de ses sourires diaboliques, puis s'approche pour me caresser la joue.

— Pour moi aussi, c'est dur, qu'est-ce que tu crois ? fait-il en se mordant la lèvre, ses yeux plongés au fond des miens.

Ah oui ? On va voir ce qu'on va voir. S'il croit que je vais me laisser faire…

— Et si je te disais que je ne suis absolument pas d'accord ?

— Eh bien parfait ! s'exclame-t-il en ouvrant grands les bras. Je relève le gant.

Passé la surprise, je me rends compte que je n'ai pas beaucoup d'alternatives : je ne peux quand même pas le forcer à me faire l'amour s'il n'en a pas envie. Alors, pour le moment, il s'agit de ne pas perdre la face :

— Ne me sous-estime pas, Leonardo ! Tu m'as prise en défaut sur ce coup-là, mais tu vas attendre un peu…

En réalité, je me dégonfle comme un soufflé trop cuit. En désespoir de cause, je finis par soupirer :

— Écoute… Dis-moi au moins jusqu'à quand ça va durer.

— Va savoir… Ça ne dépend que de toi, tu sais ?

— Est-ce que je peux au moins avoir un câlin ? je lui demande, complètement effondrée.

Il faut croire que c'est quand je suis au fond du trou que mon sens comique se réveille. Avec un grand éclat de rire, Leonardo me serre contre lui. Bercée par ses bras musclés, je profite de cet instant en respirant intensément son parfum. Un an… J'ai attendu Leonardo en silence pendant un an, et maintenant que je l'ai face à moi, il ne peut plus être à moi ! Je le déteste, et je l'aime aussi. Je n'ai jamais cessé de l'aimer, à vrai dire.

Penché sur mon oreille, Leonardo m'écarte une mèche de cheveux et me chuchote :

— Ça va mieux, maintenant ?

— C'est juste que j'ai tellement envie de toi, Leonardo, je réponds en posant mon front contre le sien.

— Moi aussi j'ai envie de toi, Elena, mais j'attendrai tout le temps qu'il faudra.

Il m'attrape alors par le menton et m'embrasse doucement.

— Avant de te rencontrer, je brûlais la vie par les deux bouts. J'avais envie d'arracher à la vie tout ce qu'elle pouvait m'offrir : le plaisir des sens, la satisfaction d'être le meilleur chef de ma génération, chaque moment de bonheur. Et puis tu es arrivée, et j'ai compris qu'on peut aussi recevoir, parfois.

J'ai soudain l'impression d'imploser et de renaître en même temps, comme dans une transformation chimique. Je m'abandonne à son étreinte, à sa peau parfumée. Mais, cette fois, je n'ai pas perdu la partie.

La lune, qui reflète dans la mer son profil lumineux, nous sourit tandis que le phare de Strombolicchio s'illumine d'une lumière blanche.

Nous appartenons à cette île, Leonardo et moi.

9

Comme tous les matins depuis notre arrivée sur l'île, Leonardo est parti dès l'aube en quête de nouveaux secrets gastronomiques. Doucement mais sûrement, son livre de recettes prend forme, si j'en crois la quantité de feuilles remplies de notes qu'il laisse traîner un peu partout dans la maison. Il consigne chaque détail avec une précision maniaque : la qualité des ingrédients, les méthodes de cuisson, la présentation des aliments, le tout émaillé de termes techniques dont le sens m'échappe parfois un peu, comme « écumer », « dresser », « lever » et autres « court-bouillon » et « canapé ». Quand il m'arrive de l'épier en train d'écrire, Leonardo s'amuse toujours de ma curiosité et de mon air intrigué. Pour être honnête, la cuisine n'a jamais été mon fort – ça ne m'a même jamais intéressée. Seulement voilà, j'ai décidé de remédier à ça et d'apprendre au moins le b.a.-ba. Je me vois mal illustrer ses recettes sans savoir comment elles se préparent !

Pour le moment, mes efforts ont été couronnés de succès : j'ai réussi à réaliser deux croquis au crayon : les spaghettis aux oursins et une soupe de poisson qu'on appelle la *gnotta*. Pas mal. Pour un coup d'essai, je suis plutôt satisfaite, et pourtant, je suis toujours très exigeante avec moi-même. Évidemment, si j'avais mes aquarelles… En tout cas, vivre sur cette île m'a appris une chose importante. Ça ne sert à rien de vouloir tout, tout de suite ; il faut savoir être patient. Attendre, ce n'est pas perdre son temps : c'est avoir une occasion précieuse de se préparer à ce que l'avenir nous réserve. Cet endroit m'a fait comprendre que tout se mérite. Ici, la vie se réduit à l'essentiel ; les choses se font attendre : les fruits de la terre, les bateaux qui viennent du continent, remplis de marchandises et de personnes, les éruptions du volcan.

Par ailleurs, quelqu'un m'attend : Leonardo. Ce n'est qu'ici, sur cette terre ensorcelante, que nos deux êtres réussiront à ne plus faire qu'un. Mais ce ne sera pas facile, s'il continue à garder ses distances…

Cette question me tourmente, elle me hante chaque seconde. Depuis que nous avons eu cette grande conversation, Leonardo et moi, nous avons conclu un accord tacite : celui de résister au désir que nous éprouvons l'un pour l'autre. Le problème, c'est que plus nous nous résistons, plus nous nous désirons. Pour l'heure, nous explorons les frontières de ce sentiment, nous tendons encore et encore une corde qui finira tôt ou tard par se rompre. Reste à savoir quand et comment.

Tranquillement installée sur la terrasse pour le petit déjeuner, je bois une gorgée de jus de fruits avant d'engloutir un autre *nacatulo*. Il n'y a que dans les îles Éoliennes qu'on trouve ces biscuits garnis d'amandes, d'écorce d'orange et de cannelle. Pas très léger, certes, mais je pourrais en manger des tonnes tellement j'en raffole !

— On peut entrer ?

Une voix de femme résonne doucement depuis l'entrée. Quand la porte de la maison ne reste pas grande ouverte, elle n'est jamais fermée à clé, pas même la nuit – c'est la coutume, ici.

Je quitte la terrasse avec la lenteur qui me caractérise désormais. Dans le séjour, j'aperçois Nina. Elle tient un panier en osier rempli de serviettes propres dans une main et une bouteille au contenu mystérieux dans l'autre.

— Bonjour, lui dis-je d'un ton guilleret.

— Bonjour, Elena, me répond-elle avec un grand sourire tout en déposant sa corbeille par terre. Voilà quelques petites choses pour vous, toutes propres.

— Merci mille fois, il ne fallait pas vous donner autant de peine.

Depuis notre arrivée, Nina n'a pas arrêté de se mettre en quatre pour nous. Elle est vraiment adorable. Mais, à force, sa gentillesse finit par me mettre mal à l'aise.

— Ne t'inquiète pas, ça me fait plaisir, vraiment, me rassure-t-elle.

Une vive lumière illumine ses yeux bleus.

— J'ai aussi apporté ça, dit-elle en posant la bouteille sur la table. Il faut absolument que tu goûtes.

— C'est quoi ?

— De la liqueur de grenade.

— Génial ! C'est cette fameuse liqueur dont vous êtes la seule à connaître la recette ? Leonardo m'a dit que c'était absolument divin !

— Leo exagère toujours, s'exclame-t-elle d'un air amusé en secouant la tête.

C'est tellement mignon de l'entendre l'appeler comme ça. Quand Nina parle de lui, son visage rayonne.

— Non, non, vous n'exagérez pas du tout, lui dis-je d'un air convaincu. L'autre soir, il m'a préparé votre recette de spaghettis aux oursins. C'était juste extraordinaire !

— Merci, ma chérie, s'exclame-t-elle avec un large sourire. Mais ça fait belle lurette qu'il m'a dépassée en matière de cuisine.

— En tout cas, Leonardo m'a confié qu'il ne serait jamais devenu le grand chef qu'il est sans vous. Il m'a beaucoup parlé de son enfance. Vous avez tellement compté pour lui…

Nina pousse alors un soupir et secoue la tête, comme perdue dans ses pensées.

— Tu ne peux pas imaginer combien je suis heureuse qu'il soit là. Ça faisait des années qu'il n'était pas revenu. Les dernières fois, il avait toujours l'air sombre, tourmenté. Je peux t'avouer quelque chose ? me demande-t-elle en me regardant soudainement droit dans les yeux. Elle ne me revenait pas, cette Lucrezia. Elle avait le diable au corps, la pauvre petite.

Elle lève alors des yeux émus vers le plafond.

— Leonardo l'a tellement aimée, mais ils n'étaient pas heureux ensemble. C'est terrible, mais c'est comme ça, m'explique-t-elle en me caressant tendrement la joue de sa main calleuse. Alors que toi, tu es si douce... Quand il est avec toi, il est en paix avec lui-même, il est aussi insouciant que lorsqu'il était enfant.

Je lui souris d'un air à la fois béat et gêné. Espérons qu'elle voie juste !

— Par contre, laisse-moi te donner un conseil, poursuit-elle d'un ton subitement grave et sérieux. Ne te laisse pas impressionner par son caractère. Leo fait les choses comme bon lui semble. Il est capricieux et despotique, mais, au fond de lui, il n'a pas vraiment envie qu'on s'occupe de lui en permanence. Il n'a pas envie de vivre aux côtés de quelqu'un qui lui passe ses quatre volontés. Pour le garder, il faut que tu lui montres que tu as du caractère, que tu sais prendre des décisions même sans lui !

Ce moment de complicité entre femmes

commence à me gêner. Je suis pendue aux lèvres de Nina.

— Leonardo a toujours été comme ça, depuis qu'il est petit, continue-t-elle. Tout ce dont il a envie, il le lui faut, têtu comme il est. Pourtant, ce qu'il adore, c'est être surpris. Il sait parfaitement ce qu'il veut mais il préfère encore davantage ce à quoi il ne s'attend pas.

Alors là, chapeau… Je n'aurais pas été capable de brosser le portrait de Leonardo avec autant de lucidité et de précision. Et pourtant, j'ai passé des mois à morfler à cause de lui ! Il n'empêche : Nina vient de me donner une petite idée… D'un coup, ça vient de faire tilt : le seul moyen de prendre Leonardo à son propre jeu, c'est de refuser de suivre ses règles.

Avant de partir, Nina jette un œil à ma jambe : plus d'attelle !

— Ça va mieux à ce que je vois, se réjouit-elle.

— Oui, il était temps ! dis-je en poussant un soupir de soulagement. Encore vingt-quatre heures et je pourrai me débarrasser de ce bandage… C'est le docteur Crisafulli qui me l'a dit.

— Oh, c'est un homme qui connaît son métier, me rassure-t-elle. Il prépare ses soins avec les plantes qui poussent sur l'île. Tu es entre de très bonnes mains.

Une fois Nina partie, je reste dans la pièce à réfléchir. Elle vient de me donner un précieux conseil. Il ne me reste plus qu'à le mettre en pratique. Reste à savoir comment.

Le grand moment est arrivé. J'ai hâte que Leonardo revienne à la maison : ce soir, c'est lui qui va m'enlever mon bandage. Le docteur Crisafulli lui a expliqué comment procéder et lui a par ailleurs suggéré de couper quelques feuilles de l'aloès du jardin pour faire des cataplasmes rafraîchissants. Il m'a également recommandé de ne pas forcer mes muscles pendant les sept prochains jours, mais peu importe, je suis aux anges. Je vais enfin me libérer de ce corps étranger que je traîne depuis des jours. Et pouvoir me baigner dans ces eaux irrésistibles !

Je m'en remets aveuglément à Leonardo, encore que j'aie plus confiance en ses mains expertes qu'en son cœur et sa tête…

Me voilà donc assise sur une chaise en bois de la cuisine, Leonardo agenouillé face à moi, l'air rassurant et concentré. Il commence à dérouler le bandage en partant du genou puis descend sans se presser jusqu'à la cheville. Lentement, ma peau se réveille au contact de ses doigts…

— Enfin libre ! s'exclame solennellement Leonardo avant de commencer à me masser.

— Le rêve ! dis-je excitée comme une puce.

Je ne sais pas ce qui me rend le plus heureuse : m'être débarrassée de cette horreur ou sentir Leonardo me toucher, lui qui m'a si longtemps évitée…

Nous nous regardons sans mot dire. Ses gestes

me font un bien fou. À ma grande surprise, le fait que ma jambe ne soit pas spécialement dans un état extraordinaire (mon mollet est tout flasque et aurait besoin d'une bonne épilation) ne me gêne pas du tout. À mesure que mon sang se remet à circuler normalement, c'est tout mon corps qui respire à nouveau. Leonardo s'empare alors d'une feuille d'aloès de la taille d'un bifteck et, à l'aide d'un couteau, en extrait une matière gélatineuse vert pâle.

— Tu es sûr que ça va marcher, ton machin ? je demande en faisant la grimace.

— Comment oses-tu douter du docteur Ferrante ? s'insurge-t-il. Ma mère m'en mettait toujours quand je rentrais à la maison avec les genoux en sang… c'est-à-dire un jour sur deux. Disons que j'étais plutôt turbulent, comme gosse.

Imaginer Leonardo, enfant, courir pieds nus à travers les petits chemins caillouteux de l'île me fait sourire. Ce devait être un véritable volcan sur pattes !

Leonardo laisse couler la sève d'aloès sur mon genou puis le long de ma jambe à une lenteur invraisemblable. Une agréable sensation de fraîcheur m'arrive droit au ventre – quelque chose de presque érotique qui se propage sur chaque centimètre de ma peau.

Tendue comme jamais, j'ai l'impression d'être une boule d'énergie prête à exploser. Une onde de choc se répercute de mon nombril jusqu'à mon sexe. J'aimerais attraper Leonardo par les cheveux, amener son visage à hauteur du mien et l'embrasser de toutes mes forces. Je regarde ses mains remonter de la cheville jusqu'au genou – ces mains si sensuelles et si expertes. Le dos légèrement cambré, je m'appuie contre le dossier de ma chaise en penchant la tête en arrière. Mes tétons se dressent, son sexe se gonfle, tout mon corps se débat dans une douce agonie.

Leonardo, lui, m'observe comme un prédateur aux aguets. Ses doigts s'enfoncent toujours un peu plus dans ma chair, ils vont et viennent le long de ma cuisse et ne font qu'accroître mon plaisir. Ah, voilà qu'il frôle ma culotte. Ça y est, le moment est enfin venu, il va bondir tel un tigre et s'emparer de moi… Mais non. Alors que mon excitation atteint son paroxysme, Leonardo lâche mes jambes, comme s'il venait de se brûler, puis se relève et essuie ses mains pleines de sève d'aloès.

— Repose-toi, maintenant. Je m'occupe du dîner, me dit-il avant de s'éloigner, presque sans un regard.

Dehors, il fait nuit noire. Après avoir savouré notre dîner, Leonardo et moi passons sur la terrasse pour déguster la délicieuse liqueur à la grenade de Nina. Quelle intensité dans cet arôme ! Un goût pareil ne peut pas plaire à tout le monde, certes, mais il déploie tous ses charmes pour vous faire succomber. C'est un peu ce qui s'est passé entre Leonardo et moi. Dire que c'est grâce à cette saveur de grenade que Leonardo a éveillé tous mes sens, à Venise, par un après-midi d'automne qui me paraît si loin, désormais… Qui sait si ce n'est pas à ce moment-là que j'ai commencé, sans même m'en rendre compte, à le désirer ?

Leonardo allume une cigarette et en tire une première bouffée. Il expire la fumée lentement, colorant l'air d'un voile blanc évanescent qui se dissipe dans la clarté de la lune. Au loin, on aperçoit celle du volcan, l'âme de l'île.

Il fait une chaleur étouffante, une chaleur qui réveille les sens et embrase la passion. Un couple normal serait déjà en train de faire l'amour, à l'heure qu'il est.

Mon regard glisse de ses lèvres épaisses à son torse musclé et brillant de sueur qui jaillit de sa chemise boutonnée comme une carapace. Par pitié, couvrez-moi les yeux, je commence à devenir dingue ! Mon excitation n'est pas retombée depuis tout à l'heure. Je me demande bien comment je vais éteindre l'incendie qui me consume si je continue à l'attiser… Et Leonardo qui reste de marbre !

Bon, ça suffit, je m'en vais. Maintenant.

— Je rentre deux minutes, dis-je à Leonardo en me levant du banc.

Je pose mes pieds nus sur le sol frais. C'est une sensation merveilleuse qui m'apaise aussitôt.

Leonardo me déshabille du regard tout en

tirant une autre bouffée. Allez, lâche ta putain de cigarette et embrasse-moi !

Je m'engouffre à l'intérieur à la vitesse de l'éclair et file à la salle de bains aussi vite que possible. Là, j'ouvre le robinet du lavabo avant de me frictionner abondamment le visage. Tout à coup, j'entrevois mon reflet dans la glace : mes yeux brillent d'excitation, mes lèvres sont gonflées, ma peau rougie par le soleil et par le désir. L'eau qui coule le long de mon visage finit par mouiller mon haut qui laisse deviner mes seins.

Pour la première fois depuis longtemps, je me sens libre. Sans béquille, sans attelle, sans bandage. Je me suis débarrassée de mes peurs, enfin. Je me sens légère, je renais à la vie, comme si j'étais quelqu'un d'autre.

J'ai envie de Leonardo, de ce plaisir que lui seul peut me donner. Alors le moment est venu d'obtenir ce que je veux – comme me l'a conseillé Nina. Si ça se trouve, pour surprendre Leonardo, je dois d'abord me surprendre moi-même…

Alors, je décide de lâcher prise et de laisser libre cours à mes fantasmes.

Je me rends dans la chambre – cette chambre où je me fais violence depuis je ne sais combien de nuits pour ne pas me jeter sur lui pendant qu'il dort. Assise au bord du lit, je fixe quelques instants l'inscription en lettres grecques peinte à la main au centre du mur : *Panta rhei hos potamós*. Tout coule comme un fleuve. Depuis mon arrivée ici, Héraclite est devenu mon gourou, si je puis dire. À cet instant, c'est le désir qui coule en moi. Un désir impétueux auquel rien ni personne ne pourrait faire obstacle.

Je laisse la porte ouverte pour qu'il m'entende, pour qu'il se rende compte de ce que je m'apprête à faire. Agrippée à la tête de lit en fer forgé, je m'allonge sur les draps en lin. Tout coule, comme un fleuve : mon corps, mon envie, mes mains, mes doigts que je ne peux plus arrêter. Je dois me caresser, je le veux. Et je vais le faire toute seule. Sans lui. À peine ai-je commencé à explorer mon entrejambe que mon short se retrouve collé à mon sexe humide. Je continue pendant quelques secondes, juste ce qu'il faut pour ne plus pouvoir m'arrêter. Au même moment, j'entends Leonardo m'appeler.

— Elena ?

Il parle d'une voix calme. Pas un instant il ne pourrait imaginer ce qu'il va découvrir.

Sans mot dire, je me cale l'oreiller sous la tête.

— Tu es où ?

Ses pas résonnent dans le couloir. Il approche…

S'il croit que je vais répondre… Je veux que ce silence chargé de désir le guide jusqu'à moi.

La main posée sur mon ventre, j'écoute mon cœur battre, sans cesser de me caresser, sans m'empêcher de sentir la chaleur moite qui m'inonde.

Ça y est, le voilà. J'allais justement m'offrir le

plaisir que je réclame. Je retire alors ma main d'entre mes jambes, tandis que Leonardo s'immobilise sur le pas de la porte, avec des yeux écarquillés. Il a un air effaré que je ne lui connaissais pas, et qui me trouble moi aussi. Une chose est sûre : je l'ai surpris.

Il s'appuie au chambranle et se prend le menton dans la main en esquissant un sourire :

— On peut savoir ce que tu fais ? Tu essaies encore de me provoquer ?

Tiens, il n'a pas l'air aussi sûr de lui que d'habitude. J'entends comme un tremolo dans sa voix.

— Non, je me provoque moi-même, je réponds avec un aplomb plein d'insolence.

Je lui jette un dernier regard, chargé d'une sensualité que je ne peux plus réfréner, avant de fermer les yeux. Puis, sans lui prêter la moindre attention, je plonge à nouveau ma main dans mon short en abaissant lentement la fermeture Éclair, puis dans ma culotte. Sous mes doigts, je sens alors mon vagin humide et brûlant d'un désir qui n'attend que lui.

En entrouvrant légèrement les paupières, je croise ses yeux noirs, ses yeux de braise débordant de curiosité. De mon autre main, je me caresse les seins en les laissant sortir de mon top. Mes tétons durcissent sous mes caresses. Leonardo reste immobile. Il ne dit rien, certes, mais c'est tout son corps qui parle. Nous nous observons d'un air de défi, dans un profond silence rompu par le son étouffé des coquillages qui s'entrechoquent.

J'enlève mon short, mais pas ma culotte. Je veux que la dentelle glisse sur ma peau, je veux qu'elle me chatouille, qu'elle griffe mon vagin et qu'elle le prépare au plaisir. Les yeux de nouveau fermés, je tire sur le tissu pour qu'elle comprime mon sexe qui se gonfle, se dilate, s'inonde de désir. Je suis en train de jouir devant Leonardo, je mets en scène le spectacle de mes sens. Malgré la peur qui me dévore, j'ai envie de m'en remettre à moi seule, pour une fois. Je veux m'appartenir, plus encore que lui appartenir à lui.

J'enlève alors ma culotte, que je laisse tomber au milieu des draps. Me voilà complètement nue en dessous du nombril. Sans arrêter de me caresser, j'écarte mes jambes sous ses yeux en faisant courir mes mains sur mon sexe. Tandis que mon vagin s'ouvre au contact de l'une, l'autre remonte tout le long de mon corps. Elle glisse sur mon ventre et sur mes seins avant d'atteindre ma bouche qui la happe avidement. J'aime cette saveur – la saveur de ma chair. Je commence alors à faire aller et venir mes doigts à l'intérieur de mon sexe, comme pour trouver petit à petit l'endroit exact où prend naissance mon plaisir. Tout est tellement humide, tellement fluide, tellement liquide.

Soudain, je sens que mes doigts n'arriveront pas à m'ouvrir. Je veux plus. Je veux qu'une sensation enivrante de plénitude m'envahisse. Leonardo, lui, continue de m'observer, mais il ne bouge pas, non. Il a l'air pétrifié : même s'il me désire, il doit me laisser faire, c'est tout. En tendant la main, j'attrape son parfum sur la table de nuit – c'est une petite bouteille en verre satiné de forme oblongue comme certains vases de l'Antiquité. Je laisse cet objet lisse et froid, dur et sensuel, glisser sur mon ventre en dessinant un cercle autour de mon nombril avant de plonger vers mon entrejambe. La bouteille effleure mon clitoris avant de descendre encore plus bas. Je suis prête à l'accueillir.

J'enfonce lentement la bouteille dans mon vagin avec de petits mouvements circulaires, sans forcer. Une intense sensation de jouissance s'empare alors de moi. Je me mets alors à la faire aller et venir, de bas en haut. Doucement, d'abord, puis de plus en plus vite – je veux la sentir profondément. Je vais perdre le contrôle, oublier Leonardo et m'oublier moi.

Soudain, il se passe quelque chose. Une lumière explose. Je m'écroule quelque part dans un coin de mon âme, là où la douleur et la peur d'hier se confondent et s'annulent dans le plaisir absolu de l'instant. Mes mouvements s'accélèrent, je lâche prise. Je gémis, non, je crie, je crie comme je n'ai jamais crié. Les cuisses serrées, les muscles contractés, je veux jouir, encore et encore. Mon corps est emporté par un orgasme dévastateur

– cet orgasme qu'aucun homme n'avait réussi à me donner, cet orgasme que je ne savais plus atteindre, et qui, maintenant, se propage dans tout mon corps : ma bouche, mon sexe, mes yeux, ma peau brûlante.

Et dire que Leonardo regarde tout ça sans un mot… Me voir jouir, juste là, sous ses yeux, doit être un spectacle pervers et fascinant. *L'Extase de la bienheureuse Ludovica* me revient subitement en mémoire, comme une gifle, dans toute sa troublante beauté : son corps qui paraissait jaillir de son lit en marbre, ses vêtements en désordre et son visage saisi par une force incontrôlable. Comme elle, je me sens au-delà du plaisir et de la douleur, dans un état proche de la transe. J'ai l'impression de flotter au-dessus de moi-même, comme si j'avais abandonné mon enveloppe charnelle loin d'ici. Autour, tout se transforme en un rêve éveillé : le lit, les murs, le bruit des coquillages, la respiration de Leonardo, son parfum. À mesure que mes muscles se détendent, je plonge dans un espace où il n'existe ni désir, ni peur. Juste une sérénité mystérieuse.

Je rouvre les yeux : Leonardo est là, les cheveux moites de sueur. Ses mains me caressent. Il a posé sa bouche sur mon mont de Vénus pour partager un peu de mon plaisir.

Je reste immobile et silencieuse, sans être gênée d'avoir fait tout ça, d'être nue, d'avoir hurlé, de m'être entièrement abandonnée à moi-même.

Quelques secondes plus tard, Leonardo s'allonge à mes côtés et me caresse doucement les cheveux. Puis il m'attrape le menton et tourne mon visage encore bouleversé vers le sien.

— Tu as réussi, Elena, murmure-t-il en plongeant ses yeux au fond des miens. C'est le plus bel orgasme que tu te sois jamais offert.

Que dire, après tout ça ? Pas grand-chose, sans doute. Alors je lui souris, parce que c'est lui qui m'a fait dépasser mes limites, surmonter mon blocage, explorer cette partie de moi que je ne connaissais pas. Il m'a laissée trouver toute seule le chemin. Et voilà. J'ai l'impression d'être tout juste rentrée d'un long voyage. Je suis épuisée, mais heureuse.

Et pourtant, j'ai encore besoin de lui. J'ai besoin qu'il vienne en moi.

Avant que j'aie eu le temps de faire un geste, Leonardo s'empare de ma bouche. C'est un baiser vivant, fougueux, vibrant de désir. Nos lèvres brûlantes s'échangent l'énergie qui irradie nos deux corps.

Puis, sans que je puisse reprendre mon souffle, il m'arrache mon haut et fait glisser sa langue sur mes tétons.

Nous allons faire l'amour à nouveau.

Mais cette fois, je suis prête.

10

Nous voilà nus sur le lit, l'un en face de l'autre, les yeux dans les yeux, les mains dans les mains. Ma respiration se mêle à la sienne. Une faible lumière traverse la fenêtre et vient dessiner des clairs-obscurs sur nos corps. C'est encore trop de clarté. Cette fois, nous allons avoir besoin de nous plonger dans le noir le plus complet pour regarder à l'intérieur de nos êtres et nous retrouver comme amants.

C'est avec un foulard en soie que j'avais mis dans ma valise en pensant à nous que je bande les yeux de Leonardo. À mon tour, maintenant. Leonardo s'est servi d'une de ses cravates. Si ça se trouve, il l'a apportée exprès sur l'île. Nous sommes de nouveau ensemble, lui et moi, seuls dans un univers de plaisir qui n'appartient qu'à nous. Complices, et à égalité, pour une fois.

Leonardo m'effleure les joues, puis le cou et les épaules. Nos visages se rapprochent, nos fronts brûlants se touchent. Tout se bouscule dans nos têtes – nos fantasmes, nos pensées. Nos lèvres s'unissent, nos langues se cherchent en une danse lente et intense. Nous redécouvrons nos corps, nous les remodelons à mains nues, comme des morceaux d'argile à l'état brut. L'obscurité et le silence qui nous enveloppent éveillent un désir charnel – pur, profond – qui nous arrache à la réalité.

Son odeur me monte à la tête et plonge au fond de ma gorge : elle déroute tellement mes sens que j'en ai presque le vertige. Cette nuit, je veux lui faire découvrir mon corps tout entier. Je veux qu'il me touche, qu'il me savoure.

Tandis que je lui caresse le torse, Leonardo commence à tracer des cercles avec ses doigts autour de mon sein. Il se promène sur ma peau, s'attarde sur mon grain de beauté avant d'atteindre mes mamelons. Ils sont durs, tendus. Leonardo joue avec quelques instants puis y pose les lèvres, déclenchant des milliers de frissons qui rendent mon sexe encore plus brûlant, encore plus humide. Puis il me frôle le ventre et plonge sa main entre mes cuisses si doucement, si délicatement que c'en est insoutenable.

Pendant ce temps, mes doigts glissent sur sa peau, se faufilent entre les poils de ses jambes et remontent sur son bas-ventre, chaud comme la braise. Plus je l'explore, plus j'ai l'impression de découvrir son corps pour la première fois. Être privée de ma vue me rend une sorte de virginité. C'est une nouveauté pour moi. Je suis troublée, libre, curieuse.

Je commence alors à caresser doucement son sexe, avec à la fois beaucoup de douceur, d'appréhension et d'audace. En le sentant grossir, je resserre petit à petit les doigts et commence à aller et venir de bas en haut. Cette douce torture le fait gémir. Au comble de l'excitation, Leonardo se met à chercher mon vagin chaud. De ses doigts humides, il répète les mouvements circulaires qui m'avaient tellement fait vibrer tout à l'heure, quand il malaxait mes seins. Il me caresse comme je le désire. C'est une sensation divine qui me met dans tous mes états. Mais j'aimerais qu'il aille plus loin, maintenant !

— Leo…, je murmure. Je veux sentir tes doigts tout au fond de moi, s'il te plaît.

— Tes désirs sont des ordres, Elena, me répond-il en en enfonçant deux dans mon vagin.

Une sensation de chaleur se propage en moi, et je gémis. Suspendue entre ciel et terre, je laisse le plaisir m'envahir tout entière, jusque dans mon cœur, jusque dans mon esprit. Tandis que ses caresses inondent mon sexe de bien-être, Leonardo plonge avidement sa langue dans ma bouche. Puis c'est au tour de ses doigts, imprégnés du goût de ma chair : ils pénètrent entre mes lèvres et jouent avec ma langue pour que je les suce, avant de replonger entre mes jambes.

— Viens là, m'ordonne-t-il tout à coup en m'attrapant par les hanches.

Il me fait asseoir sur lui, mes cuisses sur les siennes et mes jambes autour de sa taille. Telle une fleur de lotus flottant sur un champ parfumé, nous sommes désormais unis, fondus entièrement l'un dans l'autre.

Leonardo fait glisser ses mains sur mes fesses pour m'attirer à lui. Agrippée à son cou, je me mets à remuer légèrement le bassin. Collée contre son sexe en érection, mon vagin humide a éclos : je suis prête à l'accueillir.

— Maintenant, je veux que tu entres en moi, complètement, je lui souffle à l'oreille.

Je l'imagine mal dire non…

Leonardo m'aide à me soulever pour que je puisse m'emparer de son sexe dur comme de la pierre et l'enfoncer en moi.

Je l'ai tellement attendu, ce moment ! Je ne me souvenais pas que son pénis était si grand, si ardent.

— Oh oui, Elena, grogne-t-il en faisant lentement ondoyer mon bassin, prisonnier de ses mains brûlantes.

Guidés par notre passion, nous laissons nos corps se mouvoir à un rythme de plus en plus intense. Gagnés par le vertige, nous gémissons, le souffle court. Les mains posées autour de sa gorge gonflée, brûlante, je n'ai pas besoin de le voir pour savoir qu'il prend son pied. Devinant ses veines congestionnées par l'effort, je resserre mon étreinte pour sentir son sang couler sous mes doigts. Ça y est, je le tiens là, entre mes mains. Toute son énergie vitale est soumise à mon pouvoir. Cet homme, que j'avais découvert avec stupeur, presque avec appréhension, m'appartient, désormais. Son corps obéit au mien. Jamais je ne me suis sentie aussi forte, aussi puissante.

Plus je le serre, plus ses ongles s'enfoncent dans mes fesses. Ses mouvements s'accélèrent. Me posséder l'oblige à se plier à ma volonté. Me pénétrer l'invite à devenir l'instrument de mon plaisir.

Les grincements du lit se mélangent à nos respirations de plus en plus haletantes. Nos yeux sont plongés dans le noir, mais nos corps débordent de lumière. Leonardo pousse un hurlement venu du fond des âges, où la mort et la vie, la douleur et la passion, le désir et la résignation se confondent. C'en est assourdissant. Son énergie passe sous mes doigts, remonte le long de ma gorge et me sort par la bouche. Elle me frappe comme une onde de choc. Gagnée par sa jouissance, je viens à mon tour, nos deux voix mêlées.

C'est un orgasme total, immense, qui nous projette dans une autre dimension. Il n'y a plus d'Elena, plus de Leonardo : il n'y a que *nous*, un seul corps et une seule âme vibrant de concert.

Nous nous écroulons, agrippés l'un à l'autre de

toutes nos forces. Leonardo enlève mon foulard et moi sa cravate. Je bats des paupières pour me réhabituer à la lumière tamisée de la chambre et croise son regard extatique, perdu. Nous nous contemplons en silence, sonnés, interdits, incapables de décrire avec des mots ce qui vient tout juste de se passer.

Allongée sur le ventre, je laisse mes muscles se détendre complètement et ferme les yeux pour m'abandonner de nouveau à l'obscurité.

Étendu tout près de moi, Leonardo me gratte doucement la tête.

— Je viens de comprendre quelque chose, Elena, dit-il les yeux au plafond.

Devant mon incompréhension, il se tourne vers moi pour m'avouer :

— Je suis à toi. Et je *veux* n'appartenir qu'à toi.

Je souris. Mon cœur déborde de bonheur.

— Moi aussi je veux n'appartenir qu'à toi, je lui murmure tout contre son oreille avant d'y déposer un tendre baiser.

Je fais alors mine de me reculer, mais il me retient pour chercher ma bouche, qui s'ouvre aussitôt pour se donner à la sienne. Je me rapproche, mes seins plaqués contre son torse, mes jambes enroulées autour des siennes. Nos corps entremêlés, plus rien ne nous sépare. Désormais, je n'existe qu'à travers l'union de nos souffles, de notre sève, de nos sens et de nos pensées. Je me sens bien, à ma place.

Comment ai-je fait pour survivre loin de lui pendant tous ces longs mois ? Comment ai-je pu supporter de faire l'amour avec quelqu'un d'autre ? En supporter le corps, l'odeur ?

Quelques instants plus tard, nos sexes se cherchent à nouveau. Leonardo frotte son pénis contre mon vagin à une lenteur déchirante, tandis que j'accompagne ses mouvements. Et voilà le désir qui s'éveille à nouveau – un désir impétueux, incontrôlable, une envie inépuisable que seul un orgasme pourra combler.

Brusquement, Leonardo me retourne et m'attire vers lui. Mon dos épouse la forme de son torse. Je l'entends alors me murmurer à l'oreille :

— Si tu es à moi, je peux faire de toi ce que je veux.

Il constelle ma nuque de baisers, il la mord de plus en plus férocement, déclenchant en moi de violentes décharges de plaisir.

— À condition que ça me branche, je réponds en rentrant la tête dans les épaules comme une tortue.

Son sexe lisse et dur est collé à mes fesses qu'il effleure légèrement de ses doigts.

— Je crois que tu vas aimer, murmure-t-il en se rapprochant, son bassin contre le mien.

Il me pousse alors violemment sur le ventre. Les jambes bloquées par les siennes, j'essaie de me retourner : une étincelle diabolique danse dans son regard de braise. D'une main, il me caresse les fesses, les malaxe avec délice pour détendre mes muscles. Un de ses doigts glisse alors au-dessus de mon vagin et s'immobilise juste avant mon anus. Il ne veut quand même pas… ? Écrasée sous son poids, je respire à grand bruit. L'instant d'après, il se met à cheval sur moi, tandis que son sexe en érection m'effleure les jambes.

— Cette nuit, je veux t'avoir tout entière. Je veux posséder chaque partie de ton corps, balbutie-t-il en plongeant avidement son visage dans le creux de mes reins pour m'embrasser et me lécher.

Oh mon Dieu, il commence à me faire flipper…

J'essaie de me débattre mais rien à faire. Il m'empêche de bouger ne serait-ce que d'un millimètre.

— Comment ça, *chaque partie ?* je demande d'une voix alarmée.

Pour toute réponse, il commence à faire courir sa langue sur l'arrière de mes cuisses, jusque sous mes fesses. Chacun de mes muscles se contracte puis finit doucement par se détendre. J'en gémis de plaisir. O.K., Leonardo, je te fais confiance. Je n'ai pas le choix, de toute façon.

Je sens une goutte d'huile glisser dans mon dos, puis une autre, et encore une autre. Leonardo plonge alors un doigt entre mes fesses et l'enfonce délicatement en moi, là où je n'ai jamais permis à un homme de me connaître.

Seulement, cette fois, c'est différent. Ce mec

me fait désirer des choses que je n'aurais même pas imaginé faire.

— Doucement, s'il te plaît, je murmure.

— Détends-toi, Elena... Laisse-toi aller et ne pense à rien.

Je sens un léger picotement, puis une sensation de plénitude qui m'envahit par devant et par derrière. Au même instant, le frisson de la transgression et du fantasme traverse tout mon corps pour me prendre au ventre. Une bulle d'excitation se répand entre mes jambes. C'est une autre façon de jouir, nouvelle pour moi, mais tellement sensuelle aussi !

Leonardo pousse son doigt humide vers le haut, en direction de mon os sacré en exécutant de petits mouvements circulaires, infimes mais pleins d'assurance. Je pousse un gémissement – de pur plaisir. Pour défaire la boule d'angoisse et de curiosité qui me saisit, je vais devoir abandonner toute résistance. C'est la seule solution.

Leonardo approche son sexe dressé de mon anus et l'enfonce en moi avec une lenteur inouïe. Mes muscles cèdent, mes tissus s'écartent comme par magie pour l'accueillir. Tandis qu'il plonge un doigt dans mon vagin, mon cou se laisse séduire par sa langue.

— Nom de Dieu, Elena, tu me rends fou, rugit-il, au comble de l'excitation.

Je n'en reviens pas moi non plus. De toute ma vie je n'ai jamais ressenti un truc pareil. C'est un véritable ouragan de plaisir, une souffrance qui se transforme en désir puis en extase. Même vulnérable, même sans défense, je reste incroyablement forte, car je veux appartenir entièrement à Leonardo. Leonardo qui m'aide à découvrir les recoins les plus secrets de mon corps, et qui les remplit d'une lumière étincelante. Tandis que son sexe reste enfoncé en moi, son doigt explore mon vagin puis commence à aller et venir lentement. Moi, je lâche prise, car ce qu'il me fait m'envoie au septième ciel.

Enivrée par ses cris rauques et profonds, je hurle à mon tour pour me libérer de cette douce torture. Je jouis à nouveau, pour la troisième fois, en faisant résonner son nom dans l'air tandis qu'il s'immobilise pour répandre en moi tout son cœur et toute son âme.

Je laisse son corps s'écrouler sur le mien afin qu'il le recouvre totalement. Puis je m'accroche à ses chevilles pendant qu'il me bloque les poignets de ses mains, comme s'il voulait y emprisonner toute l'énergie qu'il a déversée en moi.

J'aime cet homme de tout mon être, mais je ne veux pas que le poids des mots brise la magie de cet instant.

Nous sommes vidés, épuisés après être passés par toutes les émotions possibles. Tout est serein et silencieux autour de nous. Le monde a cessé d'exister, le temps s'est arrêté. Il n'y a plus que lui et moi.

Tandis que nos corps se détendent, Leonardo s'écarte pour que je puisse me retourner et reprendre mon souffle. Nous nous sourions comme si venions de faire l'amour pour la première fois de notre vie. Cette sensation de plénitude à laquelle je goûtais encore il y a quelques instants continue de me hanter. Nous nous embrassons encore et encore, sans dire un mot, enveloppés par le bruit de notre respiration – et rien d'autre.

Quelques secondes plus tard, Leonardo me tourne le dos avant de m'attraper la main pour la poser sur son cœur. Je me blottis contre lui, la tête plongée dans son dos aussi large qu'un bouclier, aussi solide qu'un roc. Difficile de ne pas voir cette ancre tatouée sur sa peau, ces deux L entrelacés – Leonardo et Lucrezia. Même si j'ai passé ces derniers jours sans prononcer une seule fois son nom, je n'arriverai jamais à me libérer du fantôme de cette femme. C'est encore son épouse, après tout ! Seulement voilà, pas moyen de m'y faire. Lucrezia reviendra dans la vie de Leonardo. Ce n'est qu'un pressentiment, mais cela m'oppresse. Allez, Elena, oublie-la un peu. Comme la lune que j'aperçois à travers la fenêtre, mon bonheur est parfait et sans nuage. Ne gâchons pas tout.

Nous nous installons sur la terrasse pour profiter de la brise venue de la mer. Le ciel est un tapis d'étoiles. Les lumières du village ne brilleront bientôt plus. Seul le volcan, là-haut, ne s'éteint jamais : il crache dans l'air des volutes de fumée et des étincelles qui illuminent sans cesse le bleu profond de la nuit.

Les accords de *Goodnight Lovers* des Depeche Mode nous parviennent doucement du séjour. Leonardo chantonne par-dessus la mélodie, comme je l'ai souvent entendu faire. C'est plus fort que lui. Mais c'est tellement craquant de le voir exprimer une joie simple – une joie d'enfant, presque. Et assez drôle, il faut dire... J'allonge les jambes sur le parapet, les yeux tournés vers la mer noire baignant dans la nuit. Le phare solitaire du Strombolicchio se dresse majestueusement dans le lointain, éclairé par la lune.

— C'est un peu le gardien de cette île, ce phare..., dis-je tout haut.

— Pas faux..., reconnaît Leonardo en fixant l'horizon plongé dans l'obscurité.

Il se tourne vers moi et m'observe longuement. L'instant d'après, il se lève du banc et me prend par la main :

— Suis-moi.

Mmmh... Il mijote quelque chose que ça ne m'étonnerait pas.

— Où ça ? je demande en fronçant les sourcils.

— Tu vas voir, me répond-il en bombant le torse. Allez, on se dépêche.

Je souris. Dieu sait ce qu'il va bien pouvoir

inventer. Alors en avant. Pas question de le faire attendre !

Quelques minutes plus tard, nous fendons les eaux calmes à bord d'un petit zodiac blanc, la lune au-dessus de nos têtes. L'île de Stromboli s'éloigne derrière nous tandis que nous faisons route vers le Strombolicchio. Nous finissons par atteindre ce qui, il y a un moment à peine, n'était pour moi qu'un rêve, qu'un fantasme – une île aux falaises escarpées, donnant à pic sur la mer, et un phare qui projette sur l'horizon son rayon jaune clair.

Leonardo amarre le zodiac dans le renfoncement d'où s'élance l'escalier en pierre creusé dans la roche. À l'aide d'une petite lampe torche, il éclaire notre chemin. Quel homme prévoyant, tout de même… Depuis le début de ce séjour, je me sens vraiment en sécurité grâce à lui, ce qui ne m'était jamais arrivé du temps de notre folle passion, à Venise comme à Rome !

À le regarder de plus près, ce rocher est beaucoup plus grand que ce que je pensais. Il pèse sur nous comme une sorte de monstre marin mythologique sorti des eaux. Je me sens minuscule à côté de lui. Après tout ce qui s'est passé ce soir, je ne sais pas si j'aurai la force d'escalader cette majestueuse pyramide de rocaille primitive et menaçante. Sans compter que je suis sujette au vertige depuis quelques jours… Enfin, mieux vaut que ça m'arrive maintenant plutôt qu'en haut d'un échafaudage pendant une restauration. Rien que d'y penser, je peux sentir la boule au creux du ventre.

Malgré la pénombre, je devine le petit sourire de Leonardo.

— Tu t'inquiètes pour la montée ? me demande-t-il.

— Pas du tout, dis-je avec aplomb. J'ai hâte qu'on se lance, même.

En réalité, j'angoisse comme jamais, mais pas question de le lui montrer.

— En principe, l'escalier fait deux cents marches, m'explique-t-il en braquant sa torche devant lui. Mais dans mon souvenir, il y en avait plus…

— Mmmh… Encourageant !

Pour quelqu'un qui vient à peine de recouvrer l'usage de sa jambe, c'est ce qui s'appelle un défi ! Par prudence, j'attrape la main de Leonardo : le parapet en fer est tellement bas qu'on risque à chaque marche de faire le grand saut. Plus je monte, plus cette image me fait battre le cœur à mille à l'heure.

— Ta jambe te fait mal ? me demande Leonardo.

— Non, ça va.

Si c'est le cas, c'est probablement grâce aux vertus miraculeuses de l'aloès. Et puis je fais souvent des pauses pour reprendre mon souffle. Cela dit, ce n'est pas ma jambe qui m'inquiète le plus, mais la distance qui me sépare de la mer. Une chute à cette hauteur, ça ne pardonne pas.

À la quatrième volée de marches, je jette un œil en contrebas : le monde me paraît minuscule, soudain. La main agrippée à celle de Leonardo – si chaude, si solide –, j'essaie de ne pas lâcher son dos des yeux. Tout là-haut se dessinent deux éperons rocheux qui ressemblent à des dragons descendus du ciel.

Encore un effort, et nous y sommes. Ouf. Tout au bout d'une grande terrasse flanquée de rambardes en pierre, là-bas, on distingue la tour blanche du phare, solitaire.

Cette montée m'a mise sur les rotules, mais le jeu en valait la chandelle. Nous voilà cinquante mètres au-dessus de la mer, à deux pas du ciel. Quel spectacle !

Je jette un dernier coup d'œil vers les flots et à ce vide sous nos pieds. C'est vraiment fascinant. Voir cette immense étendue noire me donne des frissons.

— Le panorama est incroyable, d'ici, pas vrai ? me lance Leonardo en s'approchant.

— Oui, mais ça fiche un peu la trouille, je réponds en m'agrippant d'instinct à son bras.

Serrés l'un contre l'autre, nous allons nous asseoir près d'un cube en pierre face au phare. Leonardo enlève sa chemise pour que le vent tiède de la nuit sèche sa sueur. Inéluctablement, mes yeux tombent une fois de plus sur ce tatouage coincé entre ses larges omoplates. Et c'est l'image de Lucrezia qui me revient en mémoire.

— Qu'est-ce qu'il y a ? s'intéresse Leonardo à qui ma mine sombre n'a évidemment pas échappé.

J'aimerais lui dire que tout va bien, mais je me demande : à quoi ça rime de se cacher comme ça ? Pourquoi devrait-il y avoir des tabous ou des non-dits entre nous ? Il faudra bien qu'on aborde la question un jour ou l'autre. Alors autant le faire maintenant.

— Je pensais à Lucrezia... Tu lui as parlé depuis mon accident ? Tu comptes la revoir ?

Après avoir pris une grande inspiration, Leonardo se place face à moi et me prend une main entre les siennes :

— Ça fait un bon bout de temps qu'on ne s'est pas parlé, mais ça finira bien par arriver tôt ou tard, me répond-il d'une voix calme et posée. Pendant des années, j'ai aimé Lucrezia. J'ai tout partagé avec elle, le meilleur comme le pire. Je ne peux pas et je ne veux pas l'effacer de ma vie.

— Je comprends, dis-je en serrant légèrement la mâchoire.

— Ce que j'essaie de te dire, Elena, c'est que je serai là pour elle chaque fois qu'elle aura besoin de moi. C'est quelqu'un de fragile, d'extrêmement compliqué. Je ne me vois pas l'abandonner, poursuit-il en plongeant ses yeux magnétiques au fond des miens avant de pousser un long soupir. Je ne l'aime plus, si c'est que tu veux savoir. Tu peux appeler ça de l'affection, de l'attachement, du dévouement, mais pas de l'amour. L'amour, c'est autre chose, j'ai fini par le comprendre.

— Et c'est quoi ? je lui demande droit dans les yeux.

— C'est toi. C'est la possibilité de m'ouvrir à la vie que tu m'offres, me chuchote-t-il en m'effleurant la joue d'un baiser. Je te l'ai dit, Elena, j'essaie de prendre un nouveau départ, même si ce n'est pas facile. Grâce à toi, je renais.

— D'accord, je susurre en posant mon front contre le sien. Je te fais confiance.

Nous sommes deux naufragés échoués sur la même rive, deux survivants qui se tendent la main.

— Regarde, s'écrie Leonardo en levant la tête vers le ciel.

À cet instant, le Stromboli entre en éruption, crachant dans le bleu profond du ciel des étincelles d'un rouge vif.

— Il nous dit bonjour.

C'est vrai qu'il ne me fait plus aussi peur qu'à notre arrivée…

— La prochaine ascension au programme, c'est là-haut, sur les bouches du volcan.

— Ça marche, dis-je en me blottissant entre ses bras nus.

Je me sens forte. Plus rien ne m'effraie. Si je suis prête pour affronter de nouveaux défis, c'est que mes peurs ont disparu dans le brasier de notre amour.

Si Leonardo est avec moi, tout devient possible.

11

Les jours que je vis ici aux côtés de Leonardo passent à une lenteur merveilleuse, traversée de plaisirs paresseux et sensuels. Les heures semblent faites de rien, mais sont remplies de soleil, de mer, de nourriture, de mots. Et surtout d'amour. Travailler – moi sur mes esquisses, lui sur ses recettes – dans ce paradis où le temps semble s'être arrêté est plus qu'un plaisir : c'est un privilège. Et, quel que soit notre avenir, nous le conjuguerons à deux.

De temps en temps, le Stromboli nous rappelle à son bon souvenir en grondant comme un gros animal agacé. Nous y irons bientôt, mais rien ne presse. Même si elle est désormais complètement guérie, ma jambe a encore besoin de repos.

La grande nouvelle, c'est qu'après des jours de frustration à rester sur la plage, j'ai enfin pu prendre mon premier bain de mer. Ce fut comme une libération, une façon d'étrenner l'été qui, ici, bat déjà son plein alors que nous ne sommes qu'en mai. J'ai passé une heure dans les vagues, à nager (prudemment, bien sûr) et à faire la planche. Le contact avec cette eau limpide et rafraîchissante a suffi à rendre sa vigueur et un peu de tonus à mon corps ramolli.

Hier soir, Leonardo m'a également fait découvrir un lieu magique à l'autre bout de l'île. Après une belle balade en bateau, nous avons jeté l'ancre dans le plus petit port du monde : Ginostra, un hameau de quarante âmes, accessible seulement par la mer. J'ai eu l'impression de revenir dans le passé. Ici, pas de scooters ou de triporteurs : on ne se déplace qu'à dos d'âne et on s'éclaire encore à la lampe à pétrole. Quelques personnes seulement ont l'électricité, alimentée par des panneaux solaires.

Avant de quitter le village, Leonardo a acheté un denti (une sorte de grosse daurade) à un pêcheur tout juste rentré de sa sortie en mer. Une fois de retour, nous l'avons cuit au gril et assaisonné d'un mélange d'herbes et d'épices.

Depuis deux, trois jours, Leonardo essaie de m'apprendre les rudiments de la cuisine. Et j'y prends goût ! Ça me passionne, même. Dire que j'étais allergique aux fourneaux avant de le rencontrer… Me voilà curieuse de découvrir des saveurs différentes et tous ces produits que je ne connais pas. Bien qu'il ait toujours gardé pour lui ses secrets de chef, Leonardo a décidé de faire une entorse à la règle, rien que pour moi ! Cela dit, j'ai du pain sur la planche, mais je m'applique. Je suis plutôt bonne élève, il faut dire. Mais quand le bulletin de notes va tomber...

— La cuisine, c'est comme le sexe ou comme l'art. Il ne faut pas juste de la technique, il faut aussi de l'instinct, m'a-t-il expliqué le plus sérieusement du monde tout en ouvrant notre poisson tandis que je choisissais de quoi lui donner du goût.

— Et aussi un peu de folie, peut-être, qu'est-ce que tu en dis ? je lui ai demandé en parsemant le plat de fleurs de citronnier.

— Dans ce domaine, tu es déjà une experte..., m'a-t-il alors répondu en me tirant vers lui par le tablier.

Nous nous embrassons, comme si nos lèvres ne s'étaient pas frôlées depuis des années, jusqu'à ce que la casserole remplie d'eau réclame bruyamment notre attention.

La surprise est arrivée après le dîner. Alors que nous nous prélassions sur la terrasse en regardant les étoiles, Leonardo s'est subitement engouffré dans la maison avant d'en revenir quelques instants plus tard avec un cadeau. Je l'ai ouvert en vitesse – une vraie gamine ! Et là... Wouah ! Une boîte d'aquarelles Schmincke Horadam, les meilleures, qui ont dû lui coûter une fortune.

— Où est-ce que tu les as trouvées ? je lui ai demandé d'un air effaré.

— Un ami qui allait à Messine me les a rapportées. Ils ont mis un petit bout de temps à arriver, mais, au final, les voilà ! a-t-il répondu en souriant tranquillement. Comme ça, tu pourras finir tes dessins.

— Merci, Leo. Elles sont superbes... J'ai hâte de m'en servir.

Je l'ai embrassé, pleine de reconnaissance, et avec une étrange tendresse, que je n'avais jamais éprouvée pour lui. Je me suis ensuite plongée dans mes peintures jusque tard dans la nuit. Ce n'est que vers quatre heures du matin que j'ai senti son souffle chaud sur mon cou et ses mains puissantes m'enlacer par la taille.

— Tu peux laisser tes pinceaux deux secondes ? J'ai besoin de toi par là, ça ne peut plus attendre...

Comment lui résister ? Je l'ai suivi dans la chambre à coucher.

Ces derniers jours, je suis une véritable boule de nerfs : au taquet, des idées plein la tête, débordante d'énergie et d'envie. En un mot : heureuse. À un détail près : Gaia. Nous ne nous sommes pas parlé depuis son mariage. Elle me manque tellement ! La Elena d'il y a quelque temps, insatisfaite et agressive, capable de vomir sur sa meilleure amie des flots de venin comme ça, gratuitement, me semble à des années-lumière, désormais. Le personnage derrière lequel je m'étais cachée n'existe plus : toutes ces relations superficielles et inutiles, ces parties de jambes en l'air avec des inconnus, ces nuits de folie complètement débridées ne m'évoquent que des souvenirs flous : ils ne m'appartiennent plus. C'était juste un bon moyen de tromper les autres et de me tromper moi-même. Et pourtant, je savais pertinemment que ça finirait mal, mais je n'ai pas su m'arrêter...

Aujourd'hui, c'est différent. Voilà des jours que je pense à Gaia. Où est-elle ? Qu'est-ce qu'elle peut bien faire ? Est-ce qu'elle est heureuse avec Belotti ? Dans ma tête, je lui parle, je lui raconte mes journées. Il faut que je fasse le premier pas. Je lui dois des excuses. Mais comment m'y prendre ? C'est tout le problème. Est-ce que je lui écris un mail, ou juste un SMS ? Non, autant essayer de nous voir en vrai à mon retour, ce sera peut-être mieux...

Et si je lui téléphonais ? C'est ce que me conseille Leonardo. Ce n'est pas très glamour, certes, mais puisque j'ai mon portable sous la main, pourquoi attendre ? Nous aurons tout le temps de nous voir...

Et c'est ainsi qu'en cette fin de mois de mai, par une chaude matinée, je profite de ce que Leonardo soit une nouvelle fois parti en vadrouille pour m'allonger sur le lit et composer le numéro de Gaia. Au moment de passer mon coup de fil, une angoisse me saisit. Et si elle ne répondait pas ? Et si elle n'avait plus envie de me parler pour le restant de ses jours ?

— Elé ?

Ouf ! C'est bon, elle a répondu.

Sa voix n'a pas changé, même si je la sens légèrement troublée.

— Coucou…, je murmure en me roulant en boule sur le lit.

— Eh bien… Tu en as mis du temps !

Est-ce qu'elle est en pétard contre moi ou est-ce que ça l'amuse ? Peu importe. Je prends une grande inspiration et me lance :

— Il faut que je te dise un truc, Gaia… Je suis désolée. Désolée, désolée et encore désolée. La conne qui a foutu ton mariage en l'air, ce n'était pas moi, dis-je d'une toute petite voix.

Ça y est, je l'ai dit. Je me sens déjà mieux…

— Elé, arrête un peu ton cinéma, s'exclame-t-elle. Je t'avais déjà pardonnée une minute après qu'on s'était pris le chou. Enfin… Peut-être pas une minute quand même, mais disons qu'en l'espace d'une petite heure j'avais déstressé. Une chance pour toi que j'avais d'autres choses auxquelles penser à ce moment-là ! Tu sais, ce truc pour lequel j'avais mis une belle robe blanche… l'église… les fleurs… tu vois ce que je veux dire ?

Gaia part alors dans un bruyant éclat de rire.

— Bon, rassure-moi : ça va mieux ? Tu es redevenue toi-même ? Dis oui, par pitié !

Ah, Gaia... J'adore cette fille. En plus de savoir faire la part des choses, elle a le don pour toujours dédramatiser.

— Oui, ça va mieux, maintenant, je lui réponds d'une voix mal assurée.

Qu'ajouter de plus ? Elle a déjà dit l'essentiel.

— Ça me fait tellement plaisir de t'entendre ! Je ne devrais pas te le dire, mais si tu ne m'avais pas appelée, c'est moi qui t'aurais téléphoné. Mais pas avant de savoir combien de temps tu allais me faire poireauter. Ça me démangeait tellement de composer ton numéro, j'en avais les doigts qui tremblaient ! Tu ne peux pas savoir combien de fois j'ai failli le faire...

— C'est-à-dire que... J'avais un peu honte.

Voilà, je l'ai avoué. Je peux me détendre, et étendre bien confortablement mes bras et mes jambes sur le lit.

— Alors, comment tu vas ? je lui demande.

— Je n'ai pas encore complètement réalisé... Pour le moment, la vie conjugale ne me déplaît pas trop.

— Ça marche bien, la vie à deux avec Belotti ?

— Impec, d'autant qu'il n'est presque jamais là.

— Ah oui, c'est vrai : il est sur le Giro... Je l'ai lu dans les journaux.

— Demain, l'arrivée d'étape est à Cortina.

Comme ce n'est qu'à deux heures en voiture, je vais le retrouver là-bas. Mais chut ! C'est une surprise…

— Tu essaies de fiche sa carrière en l'air ?

— Non, c'est juste que Samuel doit honorer ses devoirs conjugaux, lance-t-elle. Il est officiellement prévenu : si nous faisons tu sais quoi moins de quatre fois par mois, je demande le divorce.

Eh bien, autant dire que Belotti a intérêt à filer droit !

— Pauvre Samuel ! je m'esclaffe. Partagé entre son amour pour sa femme et sa passion pour le vélo… C'est un vrai héros tragique, tu ne trouves pas ?

— Arrête, c'est moi l'héroïne tragique ! rétorque-t-elle avec un ton pathétique qui ne lui ressemble pas du tout. Tu me connais : je n'ai jamais été du genre possessive… Mais avec lui, c'est complètement différent. Je voudrais qu'il soit tout le temps avec moi, et plus il m'échappe, plus j'ai envie de lui ! Plus cliché que ça, tu meurs… Tu ne me reconnais plus, hein ?

— Attends… Il y a bien un truc que tu ne supportes pas chez lui !

— Évidemment que oui. La liste est longue, même… Quand il parle la bouche pleine, par exemple. Ou bien quand il veut dormir les fenêtres ouvertes alors que moi, j'aime être dans le noir total. Et je ne te parle même pas de sa mère. Dans le genre tchatcheuse, on ne fait pas pire ! Seulement, je l'aime, Elé. Et s'il le fallait, je l'épouserais cent fois de suite !

— Gaia, je t'en prie, tu me donnes le tournis. Stop.

— Tu t'étais déjà imaginé que je puisse en arriver là ?

— Jamais, dis-je en ricanant. Mais dis-moi, j'entends du bruit derrière toi, tu es où ?

— Au Rosso.

J'écrase une petite larme : on adorait prendre l'apéritif là-bas !

— Je viens de faire le tour des magasins avec une cliente française, bougonne-t-elle comme si elle revenait de la mine. Et de ton côté, ça se passe comment à Rome ?

— En fait, je suis à Stromboli…

— Quoi ?

— Non, non, tu as bien entendu. Et je suis avec *Leonardo*.

La tête rentrée dans les épaules, j'attends sa réaction en tremblant, comme si je venais de dégoupiller une grenade.

— Avec qui ? Monsieur J'aimerais-bien-être-avec-toi-mais-je-ne-peux-pas ? braille-t-elle comme une lionne prête à tailler en pièces celui qui s'en prendrait à son petit.

— C'est vrai, tu as loupé quelques épisodes… Il s'est passé tant de choses depuis ce jour-là…

— Alors raconte ! insiste-t-elle.

— J'ai même eu un accident…

— Un accident ? Comment ? Quand ? Pourquoi je n'ai rien su, bordel ? s'exclame-t-elle.

— Tout est arrivé tellement vite… C'était juste après ton mariage. Je pensais que ma mère t'aurait mise au courant, mais, visiblement, elle a tenu sa langue, pour une fois. Pas de bol, c'était pile quand il ne fallait pas…

— C'est-à-dire que je n'ai pas revu Betta depuis le mariage… Mais ça va mieux, maintenant ? me demande-t-elle d'une voix pleine d'inquiétude.

— Maintenant oui.

Je lui raconte dans les grandes lignes mon altercation avec Lucrezia – ça ne me fait pas plaisir de repenser à quelque chose d'aussi désagréable, mais tant pis – puis l'accident et les derniers développements de ma nouvelle vie aux côtés de Leonardo.

— Tu es complètement dingue, en fait, résume-t-elle à la fin de mon récit. Tu avais des tonnes de trucs à me dire et tu as attendu aujourd'hui pour me passer un coup de fil !

— Tu me pardonnes ? Tu sais ce que c'est, j'ai essayé de faire un lot pour tout te dire d'un coup.

Nous éclatons de rire, puis Gaia pousse un profond soupir.

— Bref, vous allez bien, Leonardo et toi ? Parce que s'il te fait encore souffrir, celui-là, je te jure que je débarque à Stromboli et que je le zigouille.

— Je n'ai jamais été aussi heureuse de toute ma vie.

Et c'est vrai. J'aimerais le hurler à la face du monde et le chuchoter à l'oreille de Leonardo. Mais si ça se trouve, il le sait déjà.

— Tant mieux, me lance alors Gaia, manifestement rassurée. Mais sinon, est-ce que tu as croisé Domenico et Stefano ?

— Qui ça ? je demande en ouvrant des yeux grands comme des soucoupes.

— Oh non, j'hallucine... Dolce et Gabbana, enfin ! Ils ont une baraque sur votre île. Il leur arrive de faire des soirées là-bas de temps en temps. Ils invitent la crème de la crème de la mode. Ça vaudrait le coup de leur faire une petite visite, tu ne crois pas ?

Ah, les infos people de Gaia, ça commençait à me manquer ! Maintenant qu'elle a épousé Belotti, son réseau a dû s'élargir encore davantage.

— Bien sûr, *trésor. I'll let you know*. Mais tu comprends, nous avons tellement de choses à faire le soir, dis-je avec une voix de pimbêche.

— Ah oui ? Tu peux m'expliquer, je n'ai pas bien saisi ce que vous aviez tant à faire..., me demande-t-elle d'un ton coquin.

— J'aimerais tant que tu sois là ! dis-je avec un grand éclat de rire en plongeant la tête dans mon oreiller. On se voit dès que je rentre à Rome, d'accord ?

— Y a intérêt ! s'exclame-t-elle avant de reprendre une voix plus calme, presque étouffée. Tu m'as tellement manqué, Elena.

— Toi aussi tu m'as manqué.

Je jette subitement un œil par la fenêtre, comme si je m'attendais à la trouver dehors.

— On se rappelle bientôt. Gros bisous !

— Gros bisous.

Si elle était là, je pourrais enfin la prendre dans mes bras. Je me sens incroyablement soulagée. Qu'est-ce que je m'en veux de ne pas avoir trouvé le courage de lui passer ce coup de fil. Mais ça y est, mon bonheur est complet. Tout est à sa place.

Et j'ai le cœur léger, maintenant.

J'ai retrouvé une amie. Ma meilleure amie.

Nous avons décidé, Leonardo et moi, de faire l'ascension du volcan dans l'après-midi pour pouvoir admirer le coucher de soleil. C'est un peu risqué, vu que je me sens encore à moitié invalide et qu'il fera presque nuit noire quand nous reviendrons, mais Leonardo m'a garanti que ça en vaudrait la peine. Je me réveille vers quatre heures, après une bonne petite sieste revigorante. Nous avons dormi une heure pour récupérer des forces. Tandis qu'il traficote je ne sais quoi en cuisine, je m'étire avant de fouiller l'armoire. Qu'est-ce que je vais pouvoir me mettre ? À cet instant, je me sens comme une petite exploratrice... Bon, soyons honnête : je n'ai jamais été très montagne. C'est à peine si j'ai fait une randonnée quand j'étais gamine. Le temps de me mettre un short et un top, je m'assois sur le lit pour enfiler de grandes chaussettes qui m'arrivent à mi-mollet et une écharpe de trekking (merci Leonardo d'avoir pensé à tout !). Je redonne ensuite un peu de volume à mes cheveux avant de me faire une queue-de-cheval, puis j'attache mon vieux survêt Adidas autour de ma taille et me voilà prête à sortir ! Ce que j'aime dans les tenues de sport, c'est qu'il n'y a jamais ni attentes ni surprises. Pas besoin de passer par la case miroir. Elles sont fonctionnelles. Point.

Dans la cuisine, je retrouve Leonardo vêtu d'un tee-shirt, d'un bermuda rempli de poches et de grosses chaussures de marche. Il prépare nos deux sacs à dos – le sien et un autre plus petit pour moi. Comme il me tourne le dos, je ne peux pas m'empêcher de remarquer que son pantalon lui fait un cul d'enfer. Mes bras passés autour de son cou, je m'écroule sur lui comme un poids mort.

— Coucou toi, me lance-t-il joyeusement. Il y a du café, si tu veux. Je viens d'en faire.

Je me détache de lui pour aller m'en verser une belle rasade. Pourvu que ça me sorte de ma torpeur ! Tout en l'aidant dans les préparatifs, j'aperçois deux bâtons de marche rétractables posés sur la table.

— Et ça ? je demande.

— C'est pour toi, pour que tu ne sollicites pas trop ta jambe, m'explique-t-il en m'en mettant un dans la main. Voyons pour la hauteur…

Agenouillé à mes pieds, Leonardo l'étire jusqu'au sol !

— Voilà, cent vingts centimètres, ce sera parfait !

— Je viens de me libérer de mes béquilles et tu me colles ces deux machins dans les pattes ? je demande d'un ton légèrement sceptique. Je peux me débrouiller sans, tu sais.

— Ne le prends pas mal. C'est juste pour t'aider dans les montées. Même les guides chevronnés s'en servent, me répond Leonardo en se relevant.

Il fait alors glisser une main le long de ma hanche avant de m'embrasser sur la nuque.

— Tu t'en sers toi aussi ? je demande tandis que son baiser réveille mon corps encore engourdi par le sommeil.

— Non, je dois avoir les mains libres..., me fait-il en attrapant mes seins.

— Mmmh, ça devient intéressant, dis-je tout bas en enroulant mes bras autour de son cou.

Excitée par la sensation de sa barbe sur ma peau, je me love contre lui, mon dos collé à son sexe.

— Qu'est-ce que tu es sexy en tenue de rando, me chuchote-t-il à l'oreille avant de torturer mon cou avec sa langue.

Oh non, pas là, pas là ! S'il m'embrasse comme ça, je ne peux que me rendre sans opposer de résistance, et il le sait, le petit coquin... Il plonge ensuite une main dans mon short et la glisse doucement au fond de ma culotte pour caresser ma chair déjà humide.

— Mmmh… J'aime que tu sois toujours prête pour moi, murmure-t-il avec un sourire diabolique qui se reflète dans le miroir accroché au mur.

Je lui souris en retour.

— Qu'est-ce que j'y peux, si tu me fais cet effet-là ? lui dis-je en retirant sa main avant de me retourner brusquement pour l'embrasser avidement.

Leonardo ouvre en grand ses lèvres pour accueillir sa langue mais s'éloigne soudain de moi, me coupant net dans l'élan.

— Allez, ça suffit.

— Eh, tu ne vas pas recommencer avec tes histoires de punition, quand même ? je bougonne.

— Oh non ! ricane-t-il. Mais autant économiser nos forces… Je n'aimerais pas qu'à cause d'une chute de tension tu tournes de l'œil en pleine ascension.

— Pour qui tu me prends, dis donc ? Je ne suis pas une petite nature, moi ! je grogne en lui balançant un coup de poing sur le torse.

Il lève les mains en signe d'apaisement avec un sourire puis m'embrasse en me collant une petite claque sur le derrière.

— Allez, prends ton sac et en route, *petite*. Si tu veux qu'on arrive à temps, il faut se dépêcher de partir. C'est qu'on a trois heures de marche devant nous !

Je jette mon sac à dos sur mon épaule avant de me mettre au garde-à-vous.

— À vos ordres, chef !

Il est près de dix-sept heures quand nous nous mettons en chemin. La chaleur est encore lourde. Laissant le village derrière nous, nous empruntons une petite route étroite qui, après le premier virage, dévoile une pente si escarpée qu'elle me flanque des palpitations. Oh là, est-ce que je vais y arriver ?

— Ça part fort, dis-je à Leonardo sans cacher mon inquiétude.

— Les cent premiers mètres sont les plus difficiles, mais après, ça redevient plus plat, me rassure-t-il en décrochant les bâtons arrimés à son sac avant de les étirer à la bonne hauteur. Tiens, tu vas en avoir besoin.

Leonardo avait raison : c'est tout de même plus facile. Les yeux levés vers le sommet du Stromboli, je commence à avoir des sueurs froides. Je ne vais pas pouvoir monter tout là-haut, je le sais. Ma jambe me lance de temps en temps, et je ne suis pas du tout préparée à ce genre d'efforts ! Il ne faut pas y penser… Rassemble tes forces, Elena, et marche. Au fond, ne suis-je pas en train de réaliser le rêve que j'ai fait dès que j'ai posé le pied sur cette île : voir de près les bouches du volcan ?

Après quelques minutes de marche, la route devient un sentier. Pas facile d'avancer sans trébucher sur un caillou. J'ai l'impression d'être en pèlerinage vers le temple d'une divinité vénérée depuis des millénaires. Plus nous grimpons, plus l'air se charge de fumée et de vapeur, répandant tout autour nous une odeur presque mystique.

Ne lâche rien, Elena ! Et surtout, ne te retourne pas.

Leonardo, qui ouvre la marche d'un pas assuré, se tourne toutes les deux minutes pour vérifier que je suis encore là, en un seul morceau.

— Tout va bien ? finit-il par me demander en s'apercevant que je suis à la traîne de quelques mètres.

Ce n'est pas ma faute ! Un de ces maudits bâtons s'est coincé. Pour un peu et je me ramassais par terre !

— Oui, oui, impeccable, je crie en pressant le pas.

— Tu veux faire une pause ? me demande-t-il en me regardant droit dans les yeux, en penchant la tête sur le côté.

— Mais non, je vais très bien. J'ai des années d'alpinisme dans les Dolomites derrière moi, lui dis-je d'un air de défi.

Façon de dire : j'ai dû faire deux randonnées avec mon père quand j'étais ado.

— Tu essaies de m'impressionner ? me demande-t-il d'un air ironique.

— Pourquoi, j'ai réussi ?

— Pas du tout, me répond-il sèchement. Alors ne gaspille pas ton énergie, la route est encore longue !

Je lui tire la langue et Leonardo s'esclaffe.

Bizarrement, après avoir craché mes poumons pendant la première montée, j'ai l'impression d'avoir suffisamment d'énergie pour escalader l'Everest. Ça doit être l'effet Leonardo : quand je suis avec lui, j'oublie la fatigue, la douleur physique. À ses côtés, la vie est une véritable aventure !

À mi-parcours, nous nous asseyons au bord du sentier sur un rocher plat encore chauffé par le soleil pour faire une pause, le temps de boire un coup et nous remplumer un peu.

Je sors de son sac à dos un Tupperware contenant le cake aux fruits que j'ai préparé ce matin.

— Voyons voir ça…, me dit-il en prenant son petit air sévère.

C'est l'heure du verdict de l'expert.

J'ai suivi la recette de ma mère. Après l'avoir regardée faire pendant des années, j'ai enfin décidé de m'y coller.

Tandis que Leonardo déguste mon gâteau, le mâche calmement, l'air concentré, j'attends nerveusement son jugement.

— C'est très bon ! s'exclame-t-il les yeux grands ouverts avec un sourire admiratif. Il aurait peut-être juste fallu une minute de cuisson en moins.

J'aurais été étonnée qu'il n'ait pas une petite critique à me faire. Mais au moins, on voit qu'il est sincère. Flattée dans mon orgueil (ça fait tout de même plaisir), je goûte mon chef-d'œuvre à mon tour.

— Mmmh, il n'est pas exactement comme celui de ma mère, mais c'est une imitation tout à fait honorable.

— Tu lui feras mes compliments, me dit-il en attaquant un autre morceau.

— Maintenant que j'y pense, ça fait un bout de temps que je n'ai pas eu mes parents au téléphone… Il faudrait que je les appelle demain. Quand je reste longtemps sans les voir, ils me manquent. Et pourtant, il me suffit de passer une journée avec eux pour avoir envie de partir en courant.

En fin de compte, je les aime, tous nos petits sketchs en famille…

— Tes parents doivent me détester de t'avoir kidnappée. Ils tenaient vraiment à t'avoir près d'eux à Venise, je me trompe ?

— Tu ne m'as pas kidnappée. J'ai décidé de te suivre.

— Exact.

— Et je suis heureuse d'avoir fait le bon choix, je lui murmure en lui effleurant les lèvres d'un baiser avant de me lever et de m'étirer. On se remet en route ? Je me sens d'attaque !

— Super… Viens, c'est par ici, me dit-il en

m'indiquant un chemin secondaire un peu plus loin. Ça va pas mal souffler, je te préviens.

Après avoir enfilé mon K-way jaune, je suis Leonardo en serrant sa main très fort. En jetant un œil en contrebas, en direction du village, j'arrive à distinguer les maisons : on dirait de minuscules petits dés blancs éparpillés sur la terre noire. J'ignore à quelle altitude nous sommes, mais j'ai un peu la tête qui tourne. L'air est plus lourd et chargé d'un vent mordant. Mais je n'ai aucune raison de me plaindre : nous sommes près du but. Maintenant, il faut gérer l'effort.

Le soleil commence à disparaître dans la mer. Assister au coucher de soleil d'ici me semble irréel. C'est un véritable festival de couleurs qui vous en met plein la vue.

Juste avant d'atteindre le sommet, Leonardo s'arrête à un endroit accidenté où s'ouvre un promontoire à pic sur la mer. Les jambes flageolantes, je fais quelques pas en arrière. Ça y est, mes vertiges me reprennent.

— Approche-toi, je te tiens, me dit Leonardo en m'attrapant délicatement la main.

Confiante, je m'accroche à son bras.

— Regarde, s'exclame-t-il en pointant son index. C'est la Sciara del Fuoco.

Face à moi, j'aperçois une immense étendue de sable volcanique, très escarpée, où se déversent les éruptions des cratères.

— C'est incroyable, je murmure, éblouie par ce spectacle.

Des jets de lave incandescente dévalent les pentes de la Sciara avant de disparaître dans la mer au milieu de denses volutes de vapeur et de nuages de cendre. De toute ma vie, je n'ai jamais vu une chose pareille.

La nuit commence à tomber. Le ciel qui s'assombrit semble raviver le rouge ardent de la lave. Nous voilà arrivés près des bouches en activité du volcan. Je n'en mène pas large. C'est un peu comme regarder dans les entrailles de la terre. On ressent dans sa chair comme une sensation de vide. C'est un sentiment angoissant qui vous bouleverse le corps et l'esprit. Soudain retentit un bruit sourd, pareil à un coup de tonnerre. La terre tremble, une fontaine de feu s'élève vers le ciel et retombe dans une pluie de petites pierres brûlantes. On reste ébahi, dévasté, devant une telle puissance tellurique.

Le visage perlant de sueur, subjuguée par ce que j'ai sous les yeux, je suis dans un état d'euphorie indescriptible. L'énergie qui remonte de la terre se glisse sous ma peau, irradiant tout mon corps. Après m'être débarrassée de mes bâtons de marche, de mon sac et de mon K-way, j'observe Leonardo, quelques mètres plus loin, debout torse nu, son tee-shirt attaché autour du cou comme une écharpe, les yeux fixés sur la fournaise et sur l'horizon. Des reflets rouges embrasent ses yeux.

Il a l'air perdu dans ses pensées. S'est-il aperçu que je l'épiais ? Il se tourne brusquement vers moi. Ses yeux m'appellent. À peine l'ai-je rejoint qu'il se place derrière moi pour me serrer dans ses bras. Nous restons de longues minutes à contempler ce spectacle ensorcelant, unique au monde. À quoi bon parler ?

Soudain me vient une image que j'éprouve le besoin de partager avec lui :

— On dirait une plaie béante, tu ne trouves pas ? C'est un peu comme si on regardait battre le cœur de la terre.

Leonardo me serre encore plus fort contre lui. La déferlante d'énergie qui jaillit du sol se mêle à celle de nos corps, et l'attise. Mon ventre s'enflamme quand Leonardo me passe la langue dans le cou – lentement et profondément d'abord, puis avec de plus en plus d'impatience. Accrochée à ses bras, je me colle contre son torse nu et brûlant.

— Je veux faire l'amour ici, près du cœur de la terre, me chuchote-t-il en me mordant l'oreille.

Sa voix, pareille à un rugissement, se mélange avec le vacarme du volcan.

Je ferme les yeux. Les frissons brûlants qui glissent le long de ma colonne vertébrale pour se plonger entre mes jambes sont ceux du volcan face à nous. Je cherche le sexe de Leonardo : il est déjà raide et impatient.

D'une main, Leonardo se faufile dans mon

décolleté pour me caresser doucement tandis que, de l'autre, il pénètre dans mon short. Ses doigts trouvent mon clitoris et commencent à le titiller tandis que ses lèvres, nichées dans le creux entre mon cou et mon épaule, goûtent ma peau comme si c'était un fruit mûr.

Lorsque Leonardo me retourne et prend mon visage entre ses mains, ses yeux noirs transpercent les miens ; ils débordent de désir mais laissent aussi entrevoir quelque chose de plus mystérieux, de plus ancestral – quelque chose dont je ne peux plus me passer, maintenant.

— Je ne peux pas te résister, me dit-il en faisant tomber une bretelle de mon débardeur.

— Alors ne me résiste pas, je rétorque en l'enlevant complètement.

Je reste nue jusqu'au nombril, la peau caressée par l'air chaud qu'exhalent le cratère et Leonardo.

Il défait ma queue-de-cheval et plonge ses mains dans mes cheveux. Il commence alors à me masser le crâne, comme s'il voulait prendre le contrôle de mon esprit. Une sensation électrique me descend du ventre jusqu'au vagin.

Ses doigts courent maintenant le long de ma nuque. Il me tire par les cheveux, m'obligeant à pencher la tête en arrière. Ma gorge nue est prête à se laisser mordre. Sentir ses dents frôler ma chair et sa langue parcourir mon cou m'arrache un long gémissement. Leonardo plonge ensuite dans ma bouche. C'est un baiser sensuel et violent, un baiser qui ébranle tous mes sens. Leonardo me tient la tête de ses deux mains, comme s'il voulait m'empêcher de fuir, tandis que je caresse ses fesses. Son bassin collé au mien, je veux sentir son envie.

Une fois allongée par terre pour l'accueillir entre mes jambes, je le laisse étendre sur moi son torse musclé et ruisselant de sueur. La terre noire gratte, brûle, tremble et génère des vibrations qui se répercutent dans tout mon corps. Leonardo m'attrape par la taille et remonte jusqu'à mes seins dont il s'empare férocement. Une incroyable sensation de vide envahit ma tête. Une odeur enivrante me pénètre – son odeur à lui ajoutée à celle du volcan : un mélange d'ambre et d'encens. Il referme ses lèvres sur l'un de mes tétons et le suce lentement avant de le mordre tellement fort qu'il me fait presque mal. Ses coups de langue avides me font pousser des cris. Je le regarde, je le sens. Je le veux de toute mon âme.

Sans détacher ses yeux des miens, Leonardo me débarrasse de mon short puis fait courir ses mains jusqu'en haut de mes cuisses. Il passe sa langue autour de mon nombril avant de descendre avec la sensualité d'un serpent. Il mord ma culotte avant de me l'arracher tel un animal affamé. Je sens ses dents s'enfoncer dans ma chair brûlante et sa langue s'insinuer dans mon sexe qui vibre déjà. Agrippée de toutes mes forces à la jungle de ses cheveux, j'essaie d'exprimer le plaisir qui me déchire. Ses mains emprisonnent brutalement mes cuisses avant de plonger dans mon entrejambe. Ses doigts virils se mélangent à la douce sensation que m'offre sa langue, colorant mon plaisir de mille nuances.

Leonardo finit par se relever. Il baisse un peu son pantalon, libérant son érection qu'il se met à frotter contre mon sexe, qui s'ouvre aussitôt pour l'accueillir. Je le désire tellement fort que je jouis déjà.

Alors, Leonardo me pénètre ; il s'enfonce en moi en gémissant d'une voix rauque. Un coup de tonnerre jaillit de la terre tandis que le ciel s'illumine de flammes. Le Stromboli exulte, mais je n'ai pas peur, bien au contraire, car sa puissance embrase désormais tout mon corps. De brutales décharges d'adrénaline parcourent mes veines. Je suis au comble de l'excitation.

— Elena, je veux t'entendre, murmure-t-il.

Dans un cri guttural, il s'enfonce encore plus profondément en moi et se met à aller et venir à m'en rendre folle. Comme la terre, je commence à trembler. Un orgasme me remonte du fond des entrailles et se répand telle une coulée de lave, bouleversant chacun de mes sens. Rien ne peut y faire obstacle.

Accroché à mes hanches, ses mains rivées à mes fesses, Leonardo redouble d'ardeur. Il est en train de jouir avec moi, là, maintenant. Jamais nous ne nous sommes désirés aussi fort. C'est nouveau pour moi. Et, quelque part, ça me fait un peu peur.

Haletant, ruisselant de sueur, Leonardo m'embrasse. « Je t'aime, Elena », me dit-il avant de s'écrouler sur ma poitrine, entre mes bras, son sexe encore dans le mien. Même si je n'ai ni la force d'ouvrir les yeux, ni celle d'articuler un mot, j'arrive à murmurer quelques mots, venus du fond de mon être : « Je t'aime, Leonardo. » De toute ma vie je n'ai jamais été aussi sûre de quoi que ce soit.

Nous restons allongés là, agrippés l'un à l'autre. Nous ne sommes plus deux. Telle une boule d'énergie vibrante, nos corps et nos âmes sont désormais soudés, et se mélangent à tout ce qui nous entoure. Nos deux cœurs battent à l'unisson avec le cœur de la terre.

12

— Il est peut-être temps de sortir, lance Leonardo en regardant ses mollets blancs et ramollis.

Après plus d'une heure de baignade, nous avons presque fini par fondre à force d'être enveloppés par cette eau pas spécialement chaude, certes, mais proprement irrésistible. Le mois de juin a commencé et il fait un temps magnifique. Je ne voudrais pas être ailleurs ! Leonardo me soulève par la taille pour me coller un baiser sur l'épaule. Une petite tape sur les fesses et nous voilà repartis à l'assaut des vagues.

Leonardo nage comme un dauphin. Ses mouvements sont si puissants et si précis que j'ai du mal à le suivre. Il faut dire qu'avec mon style quelque peu approximatif… C'est dans des moments pareils que je regrette de ne pas avoir appris à mieux nager. Depuis que je suis gamine, je ne me suis jamais vraiment sentie à l'aise dans cet élément. Même si on distingue très bien le fond sous cette mer cristalline, le simple fait de plonger me fiche la trouille. Il m'est même arrivé d'en faire des cauchemars. De fait, quand j'habitais Venise, j'ai souvent rêvé que je tombais dans un canal avant de me noyer au fond de ces eaux troubles et noires. C'est complètement idiot, quand j'y pense : personne ne se noierait dans à peine plus d'un mètre d'eau, même pas un enfant sans ses brassards… Mais bon, on ne commande pas son inconscient.

Toujours est-il qu'avec Leonardo je n'ai peur de rien. Physiquement et mentalement, tous ces bains de mer m'ont redonné un vrai coup de fouet.

De retour au bord du rivage, nous nous étendons sur nos serviettes pour nous sécher.

— Je n'en reviens pas ! je m'exclame en détachant mon élastique de mes cheveux mouillés. On a la plage pour nous tout seuls…

Même si elle est proche des maisons, cette portion de côte n'a rien perdu de sa beauté. Avec son relief escarpé et sauvage, il y a là quelque chose d'intemporel.

— Eh oui, le gros des touristes n'est pas encore arrivé, fait-il en se passant une main dans les cheveux et sur sa barbe mouillée. Et on ne peut pas dire que les habitants de Stromboli vont souvent à la plage. D'ailleurs, pas mal d'entre eux ne savent même pas nager… Pour des insulaires, c'est le comble, tu ne trouves pas ?

La tête penchée vers lui, je me secoue les

cheveux. Une pluie de fines gouttelettes lui tombe dessus.

— Et toi, qui t'a appris à nager aussi bien ? je lui demande.

— Mon père. C'était une espèce d'homme-poisson. Il pouvait atteindre des profondeurs incroyables pour pêcher des oursins. Et en apnée, s'il te plaît ! m'explique-t-il la bouche déformée par un sourire mélancolique. C'est grâce à lui que j'ai eu mon premier contact avec l'élément marin. Je m'en souviens comme si c'était hier... Il m'avait attrapé et jeté à la flotte, là où je n'avais pas pied. J'avais quatre ans.

Une ride se forme au milieu de son front.

— Il était là, tout près de moi, prêt à intervenir, bien sûr. Il m'a regardé m'agiter pendant quelques minutes, jusqu'à ce que je trouve tout seul le moyen de rester à la surface. Il me disait toujours qu'on ne doit compter que sur soi-même, en mer comme dans la vie. Et c'est une leçon que je n'ai jamais oubliée.

— Mais parfois, il faut savoir aussi accepter l'aide des autres, je remarque.

— Je sais, me répond-il d'un air pénétré. Mais pour quelqu'un comme moi, c'est difficile.

Je caresse sa barbe mouillée. C'est vrai : Leonardo est habitué à se débrouiller tout seul et à prendre soin de ses proches, mais il a du mal à placer son sort entre les mains de quelqu'un ou à laisser les autres se mettre en quatre pour lui.

Y parviendra-t-il un jour ? Espérons. À moi de lui apprendre à avoir confiance en son prochain et à mettre son orgueil de côté. Voilà ma nouvelle mission.

Je lève les yeux. Perdue dans l'azur limpide du ciel, je soupire. Je suis tellement heureuse, j'aimerais que ces jours à Stromboli ne se terminent jamais. Oubliés, mon travail, Paola, Rome : tout ce qui m'importe, c'est ce qui se passe ici et maintenant. Parce que Leonardo est avec moi.

Tandis que le soleil, brûlant, caresse notre peau, la brise marine nous invite à ne rien faire.

Leonardo n'en oublie pas pour autant son livre de recettes. Allongé sur le côté, une main sous le menton, il jette quelques notes sur un petit cahier à carreaux tout noirci d'encre et de gribouillis illisibles – un vrai manuscrit d'alchimie. Quand de nouvelles idées lui trottent dans la tête, Leonardo est concentré comme jamais. Impossible de le sortir de sa bulle. Cela dit, son air de premier de la classe le rend terriblement sexy ! Qu'est-ce que je ne donnerais pas pour plonger mon visage contre ce torse musclé qu'il ose offrir à mon regard.

— Les illustrations sont vraiment pas mal, dit-il tout à coup en lâchant son stylo.

— Oui, ça rend beaucoup mieux avec les couleurs.

Mes lunettes de soleil sur le nez, je pose les coudes sur ma serviette, la tête légèrement penchée en arrière.

— Dire que je pensais avoir perdu la main avec les aquarelles… Je m'épate moi-même !

— Tu sais quoi ? me lance-t-il en m'effleurant doucement la joue. Ça me fait vraiment plaisir que la cuisine te passionne autant.

— Eh oui, qui l'eût cru ? Moi qui avais toujours pris ça comme une obligation, comme quelque chose d'ennuyeux… Mais avec toi, ça devient amusant ! dis-je en lui glissant un baiser au coin des lèvres. Méfie-toi tout de même, chef : l'élève pourrait vite dépasser le maître…

— Hé, ça va les chevilles ? réplique-t-il avec un sourire moqueur avant de plonger sa langue entre mes lèvres.

Ses baisers profonds me rendent littéralement dingue. Impossible d'y résister.

— Demain, j'aimerais t'apprendre une nouvelle recette, m'annonce-t-il en se détachant de ma bouche. Mais avant, on ira ramasser des immortelles sur les roches.

— Des immortelles ? C'est quoi ? je demande en écolière curieuse.

— C'est une fleur sauvage jaune doré, typique des îles du Sud, m'explique-t-il. Après les avoir fait sécher, on se sert des tiges pour donner du goût au poulet, au risotto et à quelques entrées. Au niveau du goût, c'est à mi-chemin entre le curry et la réglisse.

— J'ai hâte de goûter, dis-je en me léchant les babines.

Moi qui ne peux pas vivre sans mes bâtonnets de réglisse, je risque d'adorer ça...

— Tu sais reconnaître les plantes sauvages ? je finis par lui demander.

— Bien sûr. C'est même une des premières choses à savoir si tu veux devenir chef. Pour bien cuisiner, il faut connaître tous les produits, sans jamais perdre le contact avec la terre, me dit-il en prenant une poignée de sable noir.

J'acquiesce, fascinée. Leonardo est comme ça : il vit en symbiose avec le monde qui l'entoure. Pour une fille aussi balourde et mal à l'aise en société que moi, c'est presque agaçant de voir quelqu'un vivre d'une façon tellement harmonieuse.

— Fais attention, tu vas avoir le dos cramé, m'avertit tout à coup Leonardo en levant les yeux vers moi.

— J'espérais que tu m'étales encore un peu de crème solaire, lui dis-je avec un sourire félin.

— C'est sûr que dit comme ça..., répond-il en me transperçant du regard.

Tandis que Leonardo sort de son sac la crème solaire, je m'allonge sur le ventre. Même après plusieurs journées de plage, ma peau blanche comme un cachet d'aspirine a besoin d'être bien protégée.

Agenouillé à côté de moi, Leonardo rabat mes cheveux en avant puis défait la lanière de mon bikini et me couvre lentement de crème.

Décidément, cet homme a des doigts de fée. À peine pétrit-il ma peau que le moindre petit muscle de mon corps se contracte pour se détendre la seconde suivante. C'est absolument divin. Les bras le long du corps, je me laisse complètement aller.

— Mmmh, tu fais ça tellement bien…

— Ça te plaît ?

— C'est à se damner.

Leonardo dépose une petite noisette de crème sur mes jambes puis l'étale en partant des chevilles pour remonter tout doucement jusqu'à mes cuisses. Il pourrait me faire ça des heures durant que je ne me lasserais pas…

Soudain, je sens ses mains se figer. Allons bon, qu'est-ce qui lui prend ?

— Oh mon Dieu…, siffle-t-il alors entre ses dents. Qu'est-ce qu'elle fait ici, celle-là ?

— Qui ça ? je demande en me relevant, l'esprit cotonneux.

À une dizaine de mètres, j'aperçois une silhouette. Lucrezia. Immobile et altière, telle une Méduse sortie du sable, elle porte une courte robe de plage en dentelle blanche qui fait ressortir sa peau mate. Ses cheveux lâchés sur ses épaules remuent dans le vent comme des serpents, tandis que ses yeux noirs et profonds débordent de rage, de haine et de stupéfaction. Elle reste là sans bouger, comme étonnée et révulsée par le spectacle offert à sa vue. À peine a-t-elle croisé nos regards qu'elle recule.

— Lucrezia !

D'un bond, Leonardo s'approche d'elle. Je m'empresse de rattacher mon maillot avant de m'asseoir. Lucrezia recule à nouveau avant de se retourner et de prendre ses jambes à son cou en bredouillant un truc incompréhensible.

— Attends ! lui hurle Leonardo.

Rien à faire : Lucrezia se met à courir en faisant voler le sable comme un cheval fou.

Je m'approche de lui. Si je suis sans voix, lui est absolument bouleversé.

— J'ignore ce qui l'amène ici. Malheureusement, elle ne s'attendait pas à te trouver là avec moi, explique-t-il en faisant de grands gestes.

— Rattrape-la, je lui dis sans hésiter.

— D'accord. Toi, rentre à la maison, m'ordonne-t-il en me prenant par les épaules, les yeux dans les yeux. Je te rejoins dès que je l'ai retrouvée. Ce sera vite fait, mais je dois m'assurer qu'elle va bien.

— O.K., mais appelle-moi en cas de problème, je lui réponds d'une voix inquiète.

C'est horrible : je viens soudain d'avoir un sombre pressentiment…

— Ne t'affole pas, insiste Leonardo en me donnant un baiser sur le front.

Je le vois ensuite s'élancer ventre à terre sur les traces de Lucrezia.

Le cœur battant à mille à l'heure, je ramasse

nos affaires et j'attache mon paréo par-dessus mon maillot de bain encore humide.

J'ai beau avoir fait ce trajet des dizaines de fois, j'ai l'impression d'avoir perdu tous mes repères. Je marche avec une lenteur exténuante, comme si j'avais du mal à bouger les jambes. Que va-t-il se passer maintenant que Lucrezia a refait surface ? Un tourbillon de sentiments agite mon cœur. Est-ce que je suis folle de rage ? Morte de peur ? Tout ce que je sais, c'est qu'une question ne cesse de résonner dans ma tête : pourquoi est-elle revenue ?

Plus j'y pense, plus la réponse me semble d'une tragique évidence. Elle est venue le chercher, aucun doute là-dessus. Cette femme essaiera par tous les moyens de sauver son mariage. Et je ne pourrai rien y faire.

À cet instant, le volcan laisse échapper une de ses magnifiques volutes de fumée. Mais, en baissant les yeux, j'aperçois quelque chose dans le lointain, une tache blanche et brune qui plane lugubrement au sommet d'un éperon rocheux à pic sur la mer. C'est Lucrezia. Les yeux rivés vers le fond de la mer, elle semble près du bord, terriblement près du bord.

Combien mesure cette falaise ? Une cinquantaine de mètres, tout au plus. Si elle tombe de cette hauteur, elle devrait s'en sortir… Mais est-ce qu'elle sait au moins nager ? Un frisson de terreur me parcourt la colonne vertébrale. Je sais ce qu'elle s'apprête à faire. Mais où est passé Leonardo ? Il faut que je l'appelle… Non, pas le temps. Il faut que ce soit *moi* qui arrête Lucrezia avant qu'il ne soit trop tard. J'arrive au pied du rocher ventre à terre. Dans la précipitation, je m'entrave dans un caillou et m'étale de tout mon long. Une douleur lancinante traverse ma jambe à peine guérie, mais qu'importe ? Une fois debout, j'escalade le rocher pieds nus après m'être débarrassée de mon sac de plage et de mes sandales en cuir qui roulent en contrebas avec un bruit sourd.

Une chance, elle ne m'a pas encore vue. Maintenant que j'arrive à distinguer parfaitement ses traits, je peux peut-être attirer son attention :

— Lucrezia !

Elle ne m'entend pas. Je crie à nouveau son nom, plus fort.

Elle finit par se retourner, mais ne me répond pas. Ses yeux débordent de douleur : elle souffre, viscéralement, au plus profond d'elle-même. Les joues ruisselant de larmes, elle tremble si fort qu'elle pourrait se briser d'un moment à l'autre.

— Lucrezia… Leonardo te cherche, dis-je sans reprendre mon souffle, en essayant autant que possible de me montrer rassurante.

— Casse-toi ! Fous-moi la paix, hurle-t-elle d'une voix étranglée.

Lucrezia n'est plus maîtresse d'elle-même. J'ai l'impression de voir un animal blessé et prêt à tout. Je n'ose même pas bouger. Si j'écoutais mon instinct, je l'éloignerais aussi sec de ce précipice, mais, avec ce qu'elle m'a dit, pas question de faire ne serait-ce qu'un pas. Elle serait capable de se jeter dans le vide.

— Recule, je t'en supplie. Je vais tout t'expliquer, je bafouille.

— Expliquer quoi ? J'ai tout compris ! Dire que j'étais venue lui demander de revenir chez nous, pour qu'on reparte de zéro... Qu'est-ce que j'ai pu être conne ! s'exclame-t-elle en me foudroyant du regard. Et tout ça, c'est ta faute. J'aurais préféré que tu crèves sous les roues de cette bagnole !

— Je suis navrée que tu l'aies découvert comme ça, mais je te jure que Leonardo voulait te mettre au courant.

J'ai l'impression de parler dans le vide. Comment des mots pourraient-ils apaiser quelqu'un qui souffre autant ? Hormis essayer en vain de gagner du temps, je ne peux strictement rien faire pour elle. Lucrezia n'est plus juste en train de dire ce qu'elle a sur le cœur, elle pète les plombs :

— Je ne suis plus rien, maintenant. Ma vie n'a plus de sens, alors je fais quoi, hein, je fais quoi ? hurle-t-elle d'une voix si désespérée qu'elle me déchire le cœur.

Un éclair de folie brille soudain dans son regard brûlant de détermination :

— Tout ça, c'est votre faute à tous les deux. Vous aurez ma mort sur la conscience pendant le restant de vos jours ! lance-t-elle en se rapprochant du bord.

Encore un pas et elle chutera dans le vide, mais je suis trop loin pour l'en empêcher. Autour de nous, le temps s'est suspendu.

— Arrête, Lucrezia, ne fais pas ça ! je lui crie de toutes mes forces.

Mais c'est inutile. *Je* suis inutile. C'est *moi* la coupable.

Lucrezia bascule. En un instant, je la vois disparaître derrière le rocher.

Je me précipite au bord de la falaise. Les tempes qui battent, les jambes qui tremblent, je me mets à regarder les vagues en l'appelant à tue-tête. Pourvu que son instinct de survie prenne le dessus sur le reste ! Pitié, mon Dieu, faites qu'elle remonte à la surface. Hélas, je ne vois rien. L'espace d'une seconde, j'hésite à partir à toutes jambes demander de l'aide, mais je me ravise. Arrête tes conneries, Elena, le temps presse ! Si quelqu'un doit agir, c'est moi. Il faut que je saute, même si me jeter d'aussi haut me fait trembler de toutes mes forces. Une sensation de nausée me retourne l'estomac. Vu d'ici, la mer semble à des kilomètres. Ses eaux sont si noires qu'on n'en aperçoit même pas le fond. L'abîme menaçant qui s'ouvre sous mes yeux me rappelle mes pires cauchemars. Quelques minutes ont suffi à transformer ce paradis en un paysage d'apocalypse. Peu importe, je dois le faire. Allez ma grande, ce n'est pas l'heure d'avoir la trouille.

Après avoir pris une grande inspiration, je m'élance dans le vide. Ma chute me paraît interminable. Une lumière bleue se met à briller sous mes pieds. Elle se rapproche de plus en plus. Très vite, je tends les jambes, lève les bras, ferme les yeux, et retiens ma respiration. Ça y est, je suis au fond de la mer.

Aspirée par la gravité, j'ouvre aussitôt les yeux, terrifiée à l'idée de ce que je pourrais voir apparaître. Autour de moi s'étend un monde impénétrable et silencieux. Tout est si sombre qu'on n'y voit pas à deux mètres. Je suis dans l'abîme, à la fois terrorisée et déterminée à sauver Lucrezia. Je suis obligée de remuer les bras et les jambes pour empêcher l'eau de me ramener à la surface. D'un mouvement du bassin, je descends de quelques centimètres. En tournant sur moi-même, je tente de sonder ces profondeurs où ne résonne qu'un bruit : les battements de mon cœur.

Je vois des cailloux, des algues, des petits poissons qui ressemblent à des flèches d'argent. Aucune trace de Lucrezia. Mais où est-elle passée ? Le temps de remonter à la surface pour reprendre ma respiration, je replonge. Je vais bien finir par la trouver, elle ne doit pas être loin ! Au détour d'un rocher, une tache blanche apparaît sous mes yeux. C'est Lucrezia. Elle paraît évanouie…

Mon Dieu, pourvu qu'elle soit en vie !

Je la saisis sous les bras et la remonte à la surface aussi vite que possible. Mes poumons me brûlent la poitrine, je commence à manquer d'air. Lucrezia ne bouge pas. Si ça se trouve, elle a des côtes brisées. Je dois y aller prudemment, mais quand même faire vite.

Je l'attrape par-derrière, en lui ceinturant les épaules avec un bras, comme dans les films. En rassemblant toutes mes forces, j'essaie de la tirer vers le haut, mais ça n'est pas une mince affaire, surtout quand on nage aussi mal que moi. Avec ces vagues qui me repoussent sans cesse en arrière, je suis obligée de battre des jambes à m'en faire éclater le cœur.

Heureusement pour moi, derrière la falaise se trouve une crique avec une petite plage. Je me mets alors à nager dans cette direction. Surtout, garder son calme. Mes muscles ont tenu le choc : par bonheur, Lucrezia est un vrai poids plume. Deux minutes plus tard, je touche enfin pied. Je peux alors la traîner jusqu'au rivage et la coucher sur le sable.

Le souffle court, je me jette sur son corps froid. Est-ce qu'elle respire encore ? Oh non, je ne sens rien, elle doit avoir les poumons remplis d'eau. Je lui soulève les paupières mais ne vois que ses yeux révulsés. Merde, merde, merde. J'attrape alors sa main toute maigre. Le pouce collé à son poignet, je perçois une faible pulsation. Ouf. Si son cœur bat, il y a encore de l'espoir.

Courage, Elena. Tu peux y arriver. Essaie de te souvenir de tes cours de secourisme. D'accord, ça remonte à l'époque du lycée, mais fais un effort, bon sang ! Pour le bouche-à-bouche, il fallait s'y prendre comment ?

Ah, je me souviens ! Tout d'abord, pencher la tête au maximum. Une main sur la nuque de Lucrezia, l'autre sur son front, je pousse sa tête vers le haut. Après lui avoir bouché le nez pour empêcher l'air de ressortir, j'inspire profondément. Mes lèvres collées aux siennes, je souffle de toutes mes forces dans sa bouche. Rien. Rien, bon sang !

— Elena !

Un cri lointain résonne d'un bout à l'autre de la plage. C'est la voix de Leonardo. Enfin ! Mais où est-il ?

C'est bon, je le vois en haut de la falaise.

— Leonardo ! je lui crie comme une folle en lui faisant signe d'accourir.

Tandis qu'il se dépêche de descendre, je fais une nouvelle tentative de respiration artificielle. Peine perdue. Lucrezia ne respire plus. C'est pas vrai…

Leonardo arrive enfin à mes côtés : il a fait vite (du moins, je crois). Son portable à la main, il appelle les secours.

— Elle ne respire plus, lui dis-je les larmes aux yeux, à bout de forces. Je t'en prie, il faut qu'on la maintienne en vie. J'ai peur que les secours n'arrivent trop tard…

Leonardo se penche sur Lucrezia et commence à lui faire du bouche-à-bouche. Je le laisse lui insuffler de l'air avant de poursuivre le massage cardiaque. Quinze poussées, puis c'est au tour de Leonardo. Et ainsi de suite.

Nous nous regardons, Leonardo et moi. Je ne l'ai jamais vu aussi perdu. Posées sur le corps inanimé de Lucrezia, ses mains tremblent tandis que ses yeux vitreux cherchent une réponse au fond des miens. J'insiste pour qu'on continue, et tant pis si ça ne sert à rien. Qu'est-ce qu'on peut bien faire d'autre, de toute façon ?

Le voir si pâle, si tendu, me brise le cœur. Même si mes forces m'abandonnent, même si j'aimerais m'écrouler et éclater en sanglots, je dois être forte, pour lui. Résiste, Lucrezia, résiste.

L'hélicoptère des gardes-côtes finit par arriver. Il y a peut-être encore un peu d'espoir… Leonardo et moi levons les yeux au ciel. Quelques secondes après l'atterrissage, deux infirmiers sortent du cockpit et se précipitent vers nous avec une civière. Après leur avoir tout raconté, nous les laissons installer Lucrezia pour lui prodiguer les premiers soins et l'emmener à l'hôpital de Messine.

Nous les regardons s'en aller depuis la plage, vidés, incapable de dire ou de faire quoi que ce soit. Leonardo est devenu aussi froid et immobile qu'une pierre. En lui frôlant le bras, j'ai l'impression de toucher une statue. Ma main glisse dans la sienne et la serre de toutes ses forces pour lui redonner un peu de chaleur.

Je suis avec toi, mon amour. Je ne te laisserai pas seul.

13

Depuis la fenêtre, j'observe la rue bondée de voitures en attendant Leonardo. Par cette chaude soirée d'été, Messine s'embrase de lumières et embaume le jasmin. Du port me parvient l'écho des ferrys. Cette ville m'est inconnue ; jamais je n'aurais imaginé m'y arrêter. Je ne me sens pas à ma place. Pourquoi ? Mystère. C'est comme si j'avais été violemment arrachée à mon île de sable et de silence pour débarquer dans une ville bruyante et noire de monde.

Voilà cinq jours que je suis ici. Depuis que les secours ont transféré Lucrezia à l'hôpital en hélicoptère, Leonardo et moi nous sommes temporairement installés à l'appartement qu'ils habitaient du temps de leur mariage. C'est lui qui m'a demandé de le suivre. J'ai immédiatement dit oui. Que pouvais-je faire d'autre ? Rentrer à Rome et le laisser seul dans un moment pareil ? Non, je ne l'aurais jamais abandonné. Et pourtant, vivre ici, dans *leur* appartement, me pèse énormément.

Lucrezia est en vie, mais reste suspendue entre notre monde et l'au-delà. Sa chute brutale a provoqué une commotion cérébrale et un œdème pulmonaire aigu. Elle est tombée dans le coma pendant le transport en hélicoptère. Jusqu'ici, pas un de ses médecins n'a osé promettre qu'elle s'en sortirait…

Leonardo fait la navette entre l'appartement et l'hôpital sans ménager ses efforts. Il est perdu dans un tourbillon de douleur qui l'éloigne de tout et de tout le monde. Cette barrière, nul ne saurait la franchir, pas même moi. Il s'est renfermé sur lui-même. Il passe le plus clair de son temps à ruminer dans son coin. Je vois à son visage qu'il se sent responsable et coupable de ce qui s'est passé : il ne se pardonne ni d'avoir blessé Lucrezia ni de l'avoir poussée à commettre l'irréparable. Je voudrais le prendre dans mes bras, mais comment faire ? Il garde toutes ses émotions pour lui et, surtout, il me tient à l'écart. Et moi, j'angoisse : si Leonardo s'éloigne de moi, je risque de le perdre à nouveau. Il faut que je sois forte, que je tire un trait sur mes doutes et que j'arrête d'être bêtement égoïste comme ça m'arrive parfois. À l'heure qu'il est, j'ai d'autres priorités : Leonardo a besoin qu'on le protège de lui-même et de sa souffrance. Et c'est à moi de m'en charger.

La porte d'entrée s'ouvre derrière moi. Leonardo vient de rentrer de l'hôpital, pâle et raide comme un masque de cire, le visage creusé, l'air effondré. Je vais à sa rencontre :

— Comment va-t-elle ? je demande le plus doucement, le plus discrètement possible.

C'est devenu un rituel. Mais hélas, sa réponse est toujours la même depuis des jours :

— Statu quo.

Je vois son front se plisser d'inquiétude :

— Aucune amélioration.

— Que disent les médecins ?

— La même chose que d'habitude, lâche-t-il en haussant les épaules. Qu'elle pourrait aussi bien se réveiller dans une heure que dans un an, dans dix ans, ou peut-être plus jamais…

— Mais tu lui parles quand tu es là-bas, pas vrai ? Il paraît que dans des cas comme le sien, le son d'une voix familière peut aider la personne à se réveiller.

— Bien sûr, Elena, dit-il en secouant la tête. Je lui parle, je lui tiens la main, mais j'ai l'impression que ça ne sert à rien.

Il a l'air tellement en colère, tellement frustré d'être impuissant…

Je l'attrape par les épaules :

— Ne pense pas à ça, je le supplie en cherchant son regard. Je suis sûre qu'elle t'entend.

Les sourcils froncés, Leonardo étire les lèvres en un sourire amer :

— Tu ne peux pas savoir à quel point j'aimerais

être aussi optimiste que toi. Mais, à l'heure qu'il est, j'ai juste envie de hurler. Et même ça, je n'y arrive pas.

Je m'efforce d'être positive, de voir le bon côté des choses, mais ce n'est pas facile pour moi non plus. Alors j'essaie, pour lui.

— Il faut y croire, Leo. Ne baisse pas les bras, fais-lui sentir qu'elle doit rester en vie.

Il me regarde d'un air impassible, comme si tout ça lui passait au-dessus de la tête sans le toucher. Il est entièrement prisonnier de son angoisse.

Tout à coup, il caresse mon visage avec un regard déchirant de douceur.

Sans dire un mot, il me prend dans ses bras. À cet instant, je comprends à quel point il m'est reconnaissant, à quel point il est usé, à quel point il éprouve le besoin de tout lâcher et, pour une fois, de s'en remettre à quelqu'un. Le front de Leonardo posé contre le mien, je sens ses larmes silencieuses couler le long de ma joue.

— Merci pour ce que tu as fait, pour le courage que tu as eu. Merci d'être là, de rester près de moi. C'est loin d'être facile, je sais. Je ne sais pas trop parler de moi, mais tu me connais et…

— Chhh… C'est bon, je lui murmure en lui mettant la main sur la bouche. Tu n'as pas à me remercier. Je me suis contentée de suivre mon cœur. Ma place est ici, à côté de toi. Pas ailleurs.

— Tu es la première personne à qui j'arrive à faire entièrement confiance, sur qui compter.

— Je t'aime. Et la seule façon pour moi de te le montrer, c'est d'être près de toi.

Leonardo m'effleure le front d'un baiser où l'on sent de la douleur mais aussi de la reconnaissance.

— Je vais me coucher, Elena, finit-il par me dire en s'éloignant de moi. Pas question de dormir, bien sûr, mais j'aimerais au moins essayer de me reposer.

— Tu n'as pas beaucoup mangé, ça va te suffire ? je lui demande d'une voix inquiète.

Ces derniers jours, je me suis occupée seule des repas. Leonardo a perdu jusqu'à l'envie de cuisiner. Et de manger, manifestement.

— Tu ne veux pas un peu de dessert ?

— Excuse-moi, mais je n'ai pas faim, me répond-il dans un murmure.

Pas la peine d'insister. Je ne veux pas le contrarier. J'ai tellement de peine pour lui...

— Par contre, ajoute-t-il, si tu venais t'allonger près de moi, ça me ferait très plaisir.

— Je range un peu la cuisine et j'arrive.

Je le regarde disparaître de l'autre côté de la porte, son dos large et musclé courbé sous le poids de la douleur.

Chaque recoin de cet appartement évoque Lucrezia : ses vêtements, ses CD de musique classique, ses bijoux ethniques et même ses cigarettes. J'ai parfois l'impression de sentir son odeur, d'entendre sa voix, ses pas feutrés. Cette présence me trouble, certes, mais je suis bien obligée d'en prendre mon parti. Après tout, c'est comme si je m'incrustais dans son espace vital constitué de souvenirs, d'images, d'instincts qui n'appartiennent qu'à elle et à Leonardo. Dans le salon figurent encore les photos de leur mariage. Ils sont si jeunes – lui sans sa barbe mais avec une moustache et les cheveux peignés en arrière ; elle avec un chignon d'héroïne romantique et ces yeux débordants de sensualité et de magie, même recouverts d'un voile.

Devoir me confronter jour après jour à un passé *a priori* impossible à oublier n'est vraiment pas évident, mais mes états d'âme ne sont pas la priorité du moment.

Après avoir nettoyé la cuisine vite fait – ce n'est pas demain la veille que je travaillerai proprement, comme les grands chefs –, je retrouve Leonardo dans la chambre. Il est étendu sur le lit, torse nu, les yeux clos, les mains croisées derrière la tête. Il n'est pas encore endormi, je le vois à sa façon de respirer : son thorax se lève et s'abaisse de manière régulière et j'ai l'impression de voir ses paupières bouger.

Je me déshabille en essayant de ne pas faire de bruit avant de poser mes vêtements sur une chaise. Une fois au lit, je me love contre lui.

— Te voilà enfin, susurre-t-il en cherchant ma cuisse d'une main.

Je me tourne de son côté pour lui caresser doucement les cheveux.

— Si tu te mets sur le ventre, je te fais un massage.

— Pourquoi pas ? soupire-t-il en changeant de côté. J'ai le dos en compote.

— Je sais, lui dis-je en laissant mon doigt courir sur sa nuque. Toute la tension s'est accumulée là.

À cheval sur lui, les jambes serrées autour de sa taille, je commence par lui masser la tête en suivant le rythme de ma respiration. Les doigts grands ouverts, je lui pétris le cuir chevelu avec de lents mouvements circulaires, comme pour apaiser le flux de ses pensées. Il commence à se détendre. J'appuie alors la paume de mes mains sur le sommet de son crâne. Les pouces croisés, je compte jusqu'à trois avant de relâcher la pression. À force de répéter plusieurs fois l'opération, Leonardo finit par pousser faiblement quelques grognements. Ses muscles se relâchent, il se laisse aller. Je vais enfin pouvoir le soulager de ses soucis, ne serait-ce qu'un seul instant !

— Essaie de te relaxer, fais le vide dans ton esprit, je lui murmure à l'oreille.

Du bout des doigts, je lui ébouriffe les cheveux. J'aimerais qu'il se libère, qu'il oublie quelques minutes le chaos dehors.

Mes mains glissent sur ses épaules musclées. Mes pouces malaxent, pétrissent sa chair comme si c'était de l'argile. Je me mets à lui masser le dos – doucement, d'abord, puis de plus en plus profondément, en allant vers le haut puis vers le bas. Je m'occupe ensuite de ses bras. Mes mains dansent en se mêlant aux siennes dans un brasier d'énergie palpable. J'aime cet homme, je ferais tout pour le soulager d'un gramme de la souffrance qui le mine.

— J'en avais bien besoin, murmure Leonardo en me serrant doucement les mains, la tête dans son oreiller.

Je lui caresse le dos en décrivant un grand cercle avant de m'allonger sur le côté en attendant qu'il se tourne vers moi. Nous voilà face à face, et les yeux dans les yeux. S'il est dépourvu de tension sexuelle, ce regard exprime quelque chose d'encore plus fort – le lien invisible qui nous unit, comme si nous étions les atomes d'une même molécule.

— Il est très beau, ce tableau, dis-je tout à coup en indiquant du menton le mur derrière lui.

C'est une *Annonciation* aux atmosphères préraphaélites, dans le style des toiles sublimement oniriques et sensuelles de Dante Gabriel Rossetti.

Leonardo jette un œil au tableau. Quand il se retourne vers moi, un sourire s'est dessiné sur son visage.

— C'est un cadeau de mes parents, m'explique-t-il non sans émotion.

— Il me plaît beaucoup. Je le trouve presque magique, dis-je d'un ton admiratif.

Leonardo me prend alors dans ses bras et me caresse une épaule du bout des doigts, comme s'il pensait à quelque chose, avant de déclarer, quelques instants plus tard :

— Je veux que tu l'emportes avec toi quand on rentrera à Rome.

— Vraiment ? je demande, gênée.

— Oui, Elena, m'assure-t-il en me serrant fort dans ses bras. Nous l'accrocherons *chez nous*.

Leonardo a beau m'avoir dit ça le plus naturellement du monde, sa phrase n'a rien d'anodin. Chez nous… Il me propose de vivre avec lui ! Allons, pas la peine d'être aussi anxieuse. Pas maintenant, Elena.

Collés l'un à l'autre comme des aimants, nous finissons par nous endormir, bercés par la musique de nos respirations.

Quand Leonardo est à l'hôpital, je reste à la maison pour peindre ou bien je sors faire les courses au marché. Messine est une ville débordante de vie. Il y a toujours cette odeur de mer qui vous prend à la gorge et un je-ne-sais-quoi d'intemporel et de décadent auquel il est impossible de ne pas s'abandonner. Je suis entrée dans la cathédrale deux fois, et pas seulement pour la visiter avec mon œil de restauratrice. Même si j'ai coupé les ponts avec la religion depuis un moment, j'ai prié pour que ce cauchemar prenne fin et que Lucrezia revienne à la vie. Je veux qu'elle aille mieux qu'avant. Pour elle, pour Leonardo, pour moi.

Ce matin, non sans mal, je mets en couleurs l'une des illustrations de notre livre de recettes : les penne à l'éolienne que Leonardo m'a souvent préparées lors de notre séjour à Stromboli.

Les portes-fenêtres laissent filtrer une lumière magnifique, idéale pour peindre. Hélas, je ne suis pas inspirée, je n'ai pas la main assez solide, la couleur bave, les formes m'échappent. J'ai trop de choses dans la tête et vu que Leonardo ne cuisine pas depuis des jours, je n'arrive pas à me souvenir de ses plats – ou alors très vaguement.

Après avoir plongé mon pinceau dans un verre d'eau, je m'apprête à sortir prendre un bon bol d'air quand mon téléphone sonne. C'est lui.

— Leo ?

— Elena, il y a du nouveau.

Je perçois une note de soulagement. Que va-t-il m'annoncer ?

— Dis-moi, je t'écoute.

— Lucrezia s'est réveillée, me répond-il d'une voix vibrante d'émotion.

Il a retrouvé le sourire – je le sais, je le sens, même si je ne le vois pas.

— Vraiment ?

— Oui, Elena. Elle a ouvert les yeux il y a une heure, mais je voulais parler aux médecins avant de t'appeler.

— Oh mon Dieu, je suis tellement heureuse !

Ivre de joie, bouleversée, je ne peux retenir la larme qui me coule le long de la joue.

— Comment va-t-elle, là, maintenant ?

— Ça va, elle est hors de danger. Je vais rester encore un petit moment et puis je rentrerai à la maison. On se voit ce soir.

— D'accord, à ce soir.

Je raccroche, tout sourire. Je me sens aussi légère qu'une plume. Pour un peu, je me mettrais à danser !

Le lendemain et le surlendemain, Leonardo semble lui aussi être revenu à la vie. Il continue à faire des allers-retours à l'hôpital, mais dans un esprit complètement différent. C'est une joie de le voir renaître.

Je continue à m'enquérir de la santé de Lucrezia. Aussi étrange que ça puisse paraître, j'aimerais aller la voir, mais je n'ose pas l'avouer à Leonardo, jusqu'à ce qu'un soir il m'annonce :

— Lucrezia m'a demandé si elle pouvait te parler. Ça te dit ?

Voilà qui me laisse un peu perplexe. Ça devait bien finir par arriver, cela dit. Après tout, c'est ce qui m'a aidée à tenir le coup depuis l'accident.

— Aucun souci, je réponds. Demain, je t'accompagne à l'hosto.

Avec ses murs peints en jaune et ses petits sièges verts en plastique inconfortables, la salle d'attente du service de soins intensifs est plutôt glauque. Ça fait à peine quelques minutes que je suis assise ici, sur le qui-vive, et j'ai déjà des sueurs froides. Leonardo est allé annoncer mon arrivée à Lucrezia. Devoir lui parler me stresse énormément. Certes, c'est moi qui l'ai sauvée, et j'ai prié pour qu'elle se réveille, mais j'angoisse. Je ne veux plus subir les conséquences de tout le mal qui ronge son âme. Je commence à feuilleter un journal que quelqu'un a laissé sur la table basse, plus pour me vider la tête qu'autre chose. Peine perdue. Impossible de contrôler ce tourbillon de pensées. Pourquoi veut-elle me voir ? J'en ai marre de me poser cette question. À chaque éventualité, je me sens un peu plus mal...

Leonardo apparaît soudain dans l'embrasure de la porte.

— Elena, lance-t-il en me faisant signe de me lever. Lucrezia t'attend.

— Elle veut juste me voir moi ? je lui demande en allant vers lui.

Il acquiesce.

— Les médecins ne veulent pas plus d'une personne dans la chambre, m'explique-t-il. Et puis Lucrezia a envie de te parler seule à seule pour le moment.

— D'accord, dis-je pas très rassurée.

Une fois la porte de la chambre ouverte, Leonardo me donne une petite tape dans le dos pour m'encourager. Après avoir respiré à fond, j'entre sur la pointe des pieds.

— Je peux ? dis-je tout bas.

La chambre est plongée dans la pénombre, enveloppée dans un silence pesant. On n'y entend que le bruit de l'écran qui mesure le rythme cardiaque. À lui seul, il remplit le vide de la pièce.

— Entre, Elena.

Lucrezia lève un bras et d'un signe m'invite à approcher.

C'est une autre femme. Il n'y a plus une ombre d'arrogance sur son visage. Si on n'y lit ni méchanceté ni rancœur, ses traits ont, étrangement, l'air figés, ce qui leur donne quelque chose de digne et de tragique à la fois.

Je m'installe près du lit. Que faire, à part laisser Lucrezia entamer la conversation ? Au fond, c'est elle qui a voulu me parler...

— Tu ne t'attends pas à ce que je te dise merci, j'espère..., me lâche-t-elle de but en blanc, faiblement mais fermement, la mâchoire serrée.

N'est-ce pas un reproche que je perçois dans sa voix ?

Avant même de me laisser balbutier trois mots de réponse, Lucrezia poursuit :

— Quand je me suis jetée de cette falaise, j'avais vraiment décidé d'en finir, tu sais ? Je n'aurais jamais pensé que quelqu'un puisse vouloir me sauver. En tout cas, certainement pas toi. Tu as chamboulé tous mes plans, Elena.

— Tu ne t'attends pas à ce que je te demande pardon, j'espère…

Elle sourit, peut-être surprise par mon audace. Garder son sens de l'ironie même après ce qui s'est passé, ça force le respect.

— Non, bien sûr que non.

— Tant mieux, parce que c'était la seule chose à faire. J'aimerais que tu sois du même avis, mais ce n'est pas à moi de t'en convaincre.

— Pourquoi ? me demande-t-elle en pointant sur moi ses yeux noirs comme la nuit. Pourquoi tu as fait ça ? Pourquoi est-ce que tu as risqué ta vie pour moi ?

Il n'y a désormais plus aucune trace de reconnaissance ou de sympathie dans sa voix ou sur ses traits tendus : elle veut comprendre.

— Je ne sais pas. Sans doute parce que la vie de Leonardo – et par conséquent la mienne – aurait été détruite si tu avais réussi à te tuer.

— Mais c'était bien mon intention. Je voulais vous pourrir l'existence. Quand je vous ai vus ensemble sur cette plage, ça a été plus fort que moi. Je me suis sentie comme prisonnière d'une terrible pulsion. J'ai pensé que la seule façon de vous punir, c'était de me supprimer.

Son regard se concentre sur un point imaginaire, très loin d'ici.

Au bout d'un long moment de silence, Lucrezia sort des lieux obscurs où elle s'était réfugiée pour m'observer. Elle étudie mon visage, mes mains, mes vêtements. On dirait qu'elle cherche quelque chose. En l'espace de quelques secondes, la voilà métamorphosée. Elle a un regard vif et brûlant, comme si un regain d'espoir avait ranimé ses yeux.

— C'est étrange, finit-elle par m'avouer d'un ton rêveur. Je pensais te détester, mais je me rends compte que je n'y arrive pas. Quelque part, ça rend les choses encore plus difficiles. Sans cette haine, je me sens perdue, vidée.

— Je suis désolée. Je…

— Laisse tomber, me coupe-t-elle brusquement.

Qu'il s'agisse de ses sentiments ou de ses choix, cette femme est imprévisible. J'ai du mal à imaginer ce qu'a dû endurer Leonardo durant toutes ces années de vie commune…

— Je n'ai pas envie qu'on me console, je n'ai pas envie qu'on me prenne en pitié, lâche-t-elle en avalant sa salive avant que son front se plisse douloureusement. Tu sais quoi, Elena ? Il m'aura fallu des années de psychanalyse et de traitements psychiatriques pour comprendre que vous n'êtes pas responsables de ma maladie, Leonardo et toi. Ma maladie, je l'ai dans la peau, et personne ne peut rien y faire. Un coup je perds les pédales, un coup je ne parviens pas à gérer mes émotions. Ce trop-plein d'énergie, je l'évacue par la violence : je ressens le besoin de me faire du mal et de faire mal aux autres.

Tout à coup, Lucrezia s'interrompt. Un rictus

rempli de douleur, d'amertume et de résignation déforme ses lèvres.

— Enfin, c'est la version des médecins… Moi, je considère que je suis folle et ça ne me pose aucun problème. Je n'ai pas peur des mots.

Je l'écoute, incrédule et profondément émue. Lucrezia a l'air si petite, si pâle, si tendue, allongée sur ce lit d'hôpital. Elle semble écrasée par un terrible fardeau, trop lourd pour ses maigres épaules.

— Mais j'ai compris autre chose. Il a fallu que j'ouvre les yeux pour prendre conscience que tout ce que j'ai fait n'a rien à voir avec de l'amour. J'ai été égoïste – possessive, même : ça fait un bout de temps que je n'aime plus Leonardo. Et qu'il ne m'aime plus, d'ailleurs. Même si nous serons liés pour toujours par un fil invisible…, admet-elle en poussant un long soupir, comme pour retrouver son équilibre intérieur. Pour comprendre ça, j'ai eu besoin de toucher le fond (dans tous les sens du terme), d'atteindre un point de non-retour. Parfois, je me dis sincèrement que tu aurais mieux fait de me laisser là, au fond de la mer. Ce ne sera pas facile de reprendre le cours de ma vie – ça ne l'a jamais été, et je ne vois pas pourquoi ça devrait changer. Mais c'est mon combat, et je dois le mener toute seule. Je ne peux plus faire semblant de croire que Leonardo se bat pour moi. Il en a déjà fait énormément. Il mérite de se reposer, d'être heureux, à présent. Et si ça se trouve, il le sera grâce à toi…

À ces mots, elle baisse les yeux, comme si elle était gênée de m'avoir dit tout ça. Troublée moi aussi, je promène mes yeux un peu partout sans oser la regarder en face. Tout de même, ça fait un choc d'entendre des choses pareilles.

— Et toi, est-ce que tu pourras être heureuse sans lui ? je lui demande d'une voix brisée.

— Je ne sais pas, me répond-elle en haussant les épaules. On verra bien.

— Leonardo sera toujours là pour toi, tu le sais, hein ?

— Je sais.

Je vois alors Lucrezia lever légèrement la main dans ma direction. Je l'attrape et la serre de toutes mes forces. Par cette poignée de main, nous voilà réconciliées, pour ainsi dire. Le destin a fait en sorte que nos routes se croisent. Pour le pire mais aussi, espérons-le maintenant, pour le meilleur.

Avant de sortir, je me retourne vers elle une dernière fois.

— Prends soin de toi, Elena, et de lui aussi, me fait-elle avec un petit signe de tête.

J'aimerais lui répondre mais les mots me manquent. Avant que Lucrezia voie les larmes me monter aux yeux, je lui souris et sors.

Dans le couloir, je retrouve Leonardo, debout, adossé à la rambarde, le regard vif. Ses lèvres esquissent un sourire. Comme s'il avait tout vu et tout entendu !

Il ouvre grands les bras. Après avoir glissé vers lui, je m'écroule contre son torse. Ça y est, je peux enfin laisser couler mes larmes – des larmes d'angoisse autant que de soulagement.

Toute cette histoire est derrière nous, maintenant. Notre nouvelle vie peut enfin commencer.

14

En ce premier jour d'été, le ciel de Rome, vu de notre terrasse, ressemble à une interminable voûte azurée.

Avant même que nous rentrions de Messine, Leonardo m'a demandé de m'installer chez lui, dans son loft du Trastevere. C'est notre premier appartement ensemble. Je n'arrive pas à y croire : nous sommes officiellement *en couple*. Et, pour être honnête, ça me fait un peu peur. Même si nous sommes toujours deux amants sans limites (mais avec Leonardo, difficile d'imaginer le contraire), nous n'avons plus à nous cacher – vis-à-vis de nous-mêmes, d'abord. Nous pouvons enfin nous dire « Je t'aime » devant tout le monde. Nous ne nous privons d'ailleurs pas pour le faire et c'est une sorte de rituel libérateur.

Ce soir, nous organisons une petite fête avec nos amis les plus chers. J'ai passé tout l'après-midi à cuisiner avec Leonardo. Entre les guirlandes de fleurs ou de tissus et les lampions que nous allumerons quand le ciel sera rempli d'étoiles, la terrasse est décorée comme pour une soirée de gala.

Alors que je m'assure que tout est en ordre, j'entends le grondement reconnaissable entre mille de la Ducati de Leo. Je pose le vase que j'étais en train de déplacer et me penche par-dessus la balustrade pour lui faire coucou. Une fois garé sur l'esplanade devant l'immeuble, il ôte son casque et lève les yeux vers moi avant de m'offrir un de ses sourires à vous donner le tournis. Ça peut paraître bizarre, mais plus le temps passe, plus cet homme me plaît. Sans compter que j'ai toujours envie de lui.

— Tu m'ouvres ? me crie-t-il en descendant de sa moto, les bras chargés de sacs en papier.

— Tu as pris du vin ? je demande à mon tour.

— Et comment…

Je ne vois pas très bien d'ici, mais je devine comme un petit sourire mystérieux sur ses lèvres. Qu'est-ce qu'il mijote, encore, celui-là ? Quoi qu'il en soit, je cours lui ouvrir.

Une fois entré, Leonardo pose ses bouteilles par terre et m'attrape par la taille en me donnant un délicieux baiser sur les lèvres.

— J'ai une surprise pour toi.

Ah, ah, j'avais vu juste ! Leonardo sort quelque chose de la poche de son blouson de motard. Un livre.

— Oh mon Dieu ! je m'exclame. Ton livre de recettes !

— *Notre* livre, me corrige-t-il. Mais là, c'est juste un avant-goût. Plus exactement, ce sont les épreuves du bouquin. Mais, dans un mois, nous serons dans toutes les bonnes librairies, mon amour !

Je l'attrape aussi délicatement que si c'était un manuscrit médiéval d'une valeur inestimable. Pincez-moi, je dois rêver !

— Il est magnifique, dis-je en l'observant sous toutes les coutures, dans les moindres détails.

La couverture est très simple mais ne passe pas inaperçue. Sur un fond clair se détache l'image d'une grenade coupée par le milieu. De cette entaille rouge vif se sont échappés quelques grains. Ce fruit aura été le symbole de notre histoire, l'élément qui aura tout déclenché, depuis ce jour qui me paraît si lointain. Un an et demi déjà !

J'ouvre le livre à la page de garde. Et là, que vois-je, juste en dessous du nom de Leonardo ?

— *Illustrations d'Elena Volpe*..., dis-je tout haut, les yeux écarquillés.

Je n'en reviens pas, il y a mon nom dans son livre !

Leonardo m'attrape par-derrière et me serre contre lui :

— Tes dessins sont splendides, me dit-il le menton posé sur mon épaule.

Page après page, je contrôle mon travail. Avec cette excellente qualité d'impression, les couleurs ressortent à la perfection. À côté de chaque aquarelle figure la description du plat qu'elle représente :

— Eh bien… Nous avons fait du bon boulot.

— Ce n'est pas un bouquin de cuisine, c'est un véritable catalogue d'art, renchérit-il.

Il m'embrasse encore et finit par me pousser contre la table de la cuisine où, juste un instant auparavant, je préparais un tiramisu à la noix de coco – une vraie pro de la cuisine, je vous dis ! Leonardo se détache alors de moi pour jeter un œil aux gamelles et autres ustensiles qui jonchent le plan de travail – un vrai chantier.

— Elena, je ne suis pas content du tout…, me murmure-t-il à l'oreille. Quand on cuisine, il faut travailler proprement. Mais ça n'a pas l'air de rentrer dans ta petite tête. Je vais devoir te donner une punition…

Tandis que je hausse les épaules avec un sourire coupable, Leonardo plonge deux doigts dans le bol de crème et les porte à sa bouche pour goûter :

— Voyons voir le reste…, jette-t-il en levant un sourcil.

— Je déteste quand tu fais ton monsieur Je-sais-tout, je rétorque en posant mes mains sur mes hanches.

En même temps, comment se mettre en colère devant un juge aussi sexy ?

— Pas mal, dit-il après s'être léché les doigts. Tu l'as mise au frigo ?

— À ton avis ?

— Bravo, s'exclame-t-il en me donnant une petite claque sur le derrière.

Je le vois jeter un œil autour de lui. La cuisine est vraiment sens dessus dessous. Oups…

— Et le reste, tu en es où ?

— Je suis hyper à la bourre. Les entrées et le plat principal sont quasi prêts, mais j'ai encore les pâtes à préparer, dis-je en levant les yeux au ciel avec un petit sourire sournois. J'attendais le retour du chef pour qu'il m'aide.

— Tu sais, le chef s'occupe seulement de mettre la touche finale ! lance-t-il d'un air ironique en me pinçant la hanche.

— Malheureusement, je crains qu'il ne doive aussi penser aux *préliminaires*…

À cet instant résonne dans la pièce un tango enivrant des Gotan Project. La tête légèrement penchée, Leonardo me lance un sourire diabolique. Il me tend la main ; je me prends au jeu. Accrochée à son dos musclé, moulé par son tee-shirt blanc, je laisse son corps ondoyant m'entraîner. Où a-t-il appris à danser aussi bien ? Quand il me guide, j'ai l'impression de me débrouiller moi aussi – et pourtant, je pars de très loin… Leonardo me fait faire un *ocho* puis m'accompagne dans un *casqué*, me soulève et m'embrasse. Nos langues s'entremêlent tandis que nos mains se joignent brutalement. Nos bouches se séparent et nous nous sourions. Leonardo me fait à nouveau faire une pirouette en me susurrant à l'oreille les paroles de la chanson. Son accent espagnol parfait me fait littéralement craquer.

Quand la chanson se termine, le souffle court, nous sentons tomber sur nous un silence chargé de tension érotique. Leonardo me pousse contre l'îlot central en marbre et me regarde droit dans les yeux. Les mots sont inutiles : il me veut et je le veux, c'est tout.

— Maintenant ? je lui demande dans un souffle en m'accrochant à son cou. Nos invités vont arriver d'un moment à l'autre.

Sans compter que je dois me changer. Avec ma robe maculée de chocolat et mes cheveux pleins de farine, je ne suis absolument pas présentable…

— Eh bien, ils attendront…, murmure-t-il.

Leonardo plonge à nouveau les doigts dans la crème de mon tiramisu et me l'étale sur la bouche, dessinant une ligne horizontale que j'efface aussitôt en me passant la langue sur mes lèvres impatientes. Celles-ci s'ouvrent pour dévorer les siennes. Je sens sur mon palais le goût sucré de la crème se mêler à celui de sa bouche, plus sauvage. Il me soulève alors par les cuisses pour m'installer sur le plan de travail et relève ma robe jusqu'à ma culotte. En m'attrapant par le dos, il m'attire ensuite contre lui. Les jambes enroulées autour de sa taille, je sens son érection contre mon sexe, déjà mouillé d'envie.

Nous nous embrassons encore, cette fois en redoublant d'ardeur, comme deux amants qui se connaissent depuis longtemps mais qui ont encore tant de choses à se dire avec leur corps. Une bretelle de ma robe tombe. Leonardo m'attrape un sein, le lèche en torturant doucement mon téton de ses petits coups de langue et de dents. Je défais sa ceinture et déboutonne son jean pour libérer son sexe qui n'en peut plus d'attendre. La tête penchée en arrière, je m'allonge sur l'îlot en marbre, emportée par ce délicieux tourment. D'un geste de la main, je pousse la corbeille d'oranges sanguines qui rebondissent par terre comme des billes de feu. Leonardo me domine, ses yeux noirs brûlants plantés au fond des miens. Sa main se glisse dans ma culotte avant de plonger sans hésiter dans mon sexe tandis que sa langue continue d'agacer mon téton. L'ivresse du désir me fait perdre le contrôle.

Sa tête collée contre moi, son souffle haletant courant sur ma peau, Leonardo ne me laisse aucun répit. Le sentir tendre la dentelle de ma culotte pour y frotter son sexe finit par m'arracher un cri :

— Arrache-la ! j'ordonne en me mordant la lèvre.

— Pardon ? demande Leonardo en continuant de tirer sur le tissu.

Le salaud, il fait semblant de ne pas comprendre…

— Arrache-la, je t'en prie…, je répète – dans un murmure cette fois.

Un petit sourire se dessine sur ses lèvres à mesure que la dentelle se déchire sous ses mains. Ma culotte tombe par terre en silence.

Leonardo enlève d'un coup son jean et son boxer avant de me tirer par les genoux pour s'enfoncer lentement en moi. Je suis chaude et humide. Parce que c'est ainsi qu'il me désire mais aussi parce que le voir s'approcher de moi me fait toujours cet effet-là.

Nous nous embrassons à nouveau. Une main posée sur mes fesses, Leonardo me soulève brusquement du plan de travail. Il est encore en moi. Agrippée à son cou, je le laisse me porter. Nous restons dans cette position quelques instants, son regard planté dans le mien, son sexe enfoncé dans le mien. Ses baisers sont soudain devenus plus doux, plus délicats – et d'une délicatesse insoutenable.

— Tu es magnifique, Elena, me dit-il en me poussant contre l'évier.

La sensation de l'acier froid sur ma peau n'est rien à côté de la chaleur intense de son corps.

D'un mouvement brusque, Leonardo se retire de moi.

— Lèche-moi, je veux que tu saches le goût que tu as, me supplie-t-il.

Comment refuser ? Ni une ni deux, je m'agenouille pour le prendre dans ma bouche. Je ne suce pas juste son pénis, je suce aussi l'envie que j'ai de cet homme que j'adore plus que tout au monde.

Je le lèche avec ardeur jusqu'à ce qu'il se glisse hors de mes lèvres pour me pénétrer à nouveau. Une main serrée autour de ma taille, l'autre posée sur le plan de travail comme si cette déferlante de plaisir menaçait de nous faire chavirer, Leonardo va et vient de plus en plus vite. Ses coups de reins se font plus intenses, plus puissants. J'essaie de me tenir à l'évier mais ma main finit par heurter la poignée du robinet. Un jet d'eau glaciale m'éclabousse le dos.

La sensation inattendue qui me traverse le corps m'arrache un gémissement déchirant. Ce mélange de froid et de chaud, cette eau sur ma peau, ce brasier qui me dévore le corps : je frissonne violemment, emportée par la passion.

Leonardo prend un peu d'eau dans sa main et la laisse ruisseler sur mon visage et mes seins. C'est absolument divin. Je ne vais pas pouvoir tenir très longtemps. Je l'éloigne de moi avant de glisser sur le sol.

— Par-derrière, maintenant, lui dis-je d'un ton ferme en lui tournant le dos, accrochée au rebord de l'évier, le dos cambré comme celui d'un félin.

— Oh oui, Elena, j'aime quand tu fais ça, grogne-t-il en m'attirant vers lui.

Sa voix m'arrive en plein cœur.

Leonardo soulève en toute hâte ma robe mouillée et pose une main sur la mienne avant de faire courir sa langue le long de mon dos. Tandis que sa boucle d'oreille griffe ma peau, son sexe dur s'enfonce dans mon vagin humide et ouvert.

— Mords-moi, je l'implore en étouffant un gémissement.

Ma peau frémit de désir.

Ses dents plongées dans mon cou puis dans mon épaule, Leonardo va et vient de plus en plus vite.

Je hurle. Impossible de me contrôler.

— Je vais jouir, lui dis-je dans un souffle.

— Pas tout de suite, murmure-t-il en sortant soudain de moi.

Après m'avoir caressé les fesses et enlevé ma robe, Leonardo me prend dans ses bras pour me conduire jusqu'à notre chambre à coucher. Quelques instants plus tard, je me retrouve allongée sur le lit – le premier qui soit vraiment le nôtre. Comme tout ce à quoi j'attache de l'importance, il est nimbé d'une espèce d'aura sacrée.

Leonardo s'étend sur moi, les yeux mi-clos. Il est temps pour lui de libérer le désir qui le possède. Caressée par les draps de soie, je le sens me pénétrer brutalement. Mon Dieu, que c'est bon.

Je regarde Leonardo, son beau visage. Je regarde ensuite *L'Annonciation* accrochée au mur – nous l'avons rapportée de Messine, comme promis. Et puis je ne regarde plus rien. Les yeux fermés, je laisse nos sexes s'engager dans une véritable joute amoureuse. Nous nous embrassons intensément. Leonardo plonge en moi, il va et vient, s'enfonce et se retire, profondément, de plus en plus fort. Il gémit. Son sexe vibre contre ma peau ; il s'abandonne en moi. Soudain, je ne résiste plus. Me voilà emportée à mon tour par un orgasme qui se répand comme une vague mystérieuse, venue du tréfonds de mon être. Tout tourbillonne autour de moi, chaque centimètre de mon corps tremble. À peine sa semence chaude a-t-elle envahi mon corps que j'explose entre ses bras, en une myriade d'étincelles.

Leonardo s'écroule sur moi, son corps ruisselant de sueur collé au mien.

— Je t'aime, Elena, souffle-t-il contre mes lèvres.

— Je t'aime, Leo, je réponds en reprenant mon souffle.

Le dire ne me fait plus peur, mais c'est tout de même quelque chose d'immense, quelque chose qui chaque fois me donne l'impression d'être minuscule et me fait battre le cœur…

Nous restons quelques instants allongés sur ce lit, dans la fraîcheur et le parfum de nos draps, bercés par le bruit de la rue et par la musique de nos corps qui respirent. Puis nous nous cherchons encore, avec nos mains, nos bouches et nos sexes : la passion qui nous anime est un brasier que rien ne peut éteindre. Nous nous apprêtons à faire l'amour à nouveau, mais une sonnerie de portable nous en empêche. C'est mon iPhone. On vient de m'envoyer un SMS.

On est dans le taxi.
On sera chez vous dans un quart d'heure.
Bisous

— C'est Gaia et Samuel, dis-je à Leonardo avant de regarder l'heure.

Oh là là, bientôt huit heures ! Il faut que je m'habille – et je ne sais même pas quoi me mettre. Et puis il y a les pâtes à préparer ! Bon sang… Pourquoi perd-on toujours la notion du temps quand on s'envoie en l'air ?

— Leonardo, on est grave en retard, dis-je d'une voix alarmée en lui agitant mon iPhone sous le nez.

— Relax, Elena ! me lance-t-il d'un air amusé. Pas besoin de stresser comme ça… Tu te prends pour un de mes assistants ou quoi ? Allez, va te faire une beauté, je m'occupe du reste.

Le plus sereinement du monde, Leonardo me fait un clin d'œil, comme pour me dire : « Tu es une catastrophe ambulante mais je t'aime aussi pour ça. »

Je cours dans la salle de bains prendre une douche express avant d'essayer de me sécher les cheveux du mieux possible. Évidemment, ils refusent de se discipliner ! Tant pis, je vais opter pour un look effet mouillé – ce sera déjà ça de gagné ! Tandis que Leonardo sort de l'autre salle de bains habillé, rasé et parfumé – mais comment font les hommes pour toujours se préparer aussi vite ? –, je plonge dans mon dressing à la recherche d'une tenue potable. Je finis par me rabattre sur une minirobe Lacoste à rayures blanches et bleues. Certes, ce n'est qu'une petite soirée sans prétention, mais Gaia nous en mettra plein la vue avec sa tenue trop fashion – et comme d'habitude, ce sera la seule. La grande prêtresse de la mode est prévenue, cela dit : hors de question qu'elle vienne perchée sur des talons de 12. « Je vais mettre des talons de 15, alors ! » m'a-t-elle aussitôt lancé, ce qui nous a fait éclater de rire. J'ai hâte de la revoir.

Pile au moment où je me passe une couche de mascara, l'interphone en profite pour sonner. Déjà ? Eh bien, ils ont fait vite, les tourtereaux...

— Leo, tu vas ouvrir, s'il te plaît ? je braille du fond de la salle de bains.

— O.K., me répond-il au milieu des bruits d'assiettes et de casseroles.

Mais qu'est-ce qu'il nous invente encore ?

La porte s'ouvre. J'entends une voix féminine que je connais bien, mais ce n'est pas celle de Gaia. Je penche la tête pour la voir : c'est Paola, accompagnée de Monique, sa fiancée – eh oui, c'est officiel désormais ! Près d'elles, j'aperçois une jeune femme. La sœur de Monique, sans aucun doute, vu leur ressemblance…

— Désolée, on est un peu en avance. Vous étiez occupés, peut-être ? me demande-t-elle avec un regard malicieux.

— Pas du tout, on était aux fourneaux…, dis-je avec un sourire.

Ça se voit tant que ça que je viens de m'envoyer en l'air ?

— Je te présente Valérie, fait Paola en me présentant la nouvelle venue.

— Ma sœur, précise Monique.

Valérie s'approche pour me serrer la main. Elle doit avoir vingt ans – guère plus. C'est une petite brune très mignonne à la peau claire et aux traits fins. Elle a un carré asymétrique et des boucles d'oreilles en forme de crâne.

— Elle est venue passer quelques jours à Rome, poursuit Monique. Son avion a atterri aujourd'hui. Ça m'embêtait de la laisser seule à la maison, j'espère que ce n'est pas un problème…

— Tu plaisantes ? Ça me fait très plaisir qu'elle se joigne à nous.

Je ne sais pas si Valérie parle italien, mais le sourire timide qui se dessine sur ses lèvres me fait penser qu'elle a dû saisir l'essentiel…

— Venez, mettez-vous à l'aise, dis-je en les conduisant à la terrasse.

À peine nos trois invitées ont-elles pris place que l'interphone sonne à nouveau. Cette fois, c'est forcément Gaia. Il n'y a qu'elle pour garder le bouton enfoncé pendant dix secondes d'affilée !

Le grand moment est arrivé. Aidez-moi, je vais me sentir mal. Mon Dieu, quand j'y pense... La dernière fois que nous nous sommes vues, Gaia était en tenue de mariée et moi en demoiselle d'honneur. Dire que j'ai failli foutre en l'air l'amitié d'une vie... Et pourtant, il a suffi que nous nous passions ce coup de fil de réconciliation pour que ce triste épisode – enfin, le comportement impardonnable que j'ai eu ce jour-là – finisse aux oubliettes. Désormais, tout est redevenu comme avant, preuve que notre amitié est plus forte que tout. Et ça ne changera jamais.

J'ouvre grande la porte. Un véritable cyclone me tombe dessus. J'embrasse Gaia de toutes mes forces. Dans ce geste, il y a tout ce que nous ne nous sommes pas dit ces deux derniers mois. Nous nous regardons, émues comme deux gamines, des larmes de joie dans les yeux.

— Ah non, on ne va quand même pas se mettre à chialer ! Mon maquillage n'est pas *waterproof*, s'exclame-t-elle en me donnant une petite tape sur l'épaule.

Nous partons dans un grand éclat de rire. L'euphorie finit par l'emporter sur l'émotion.

Je fais la bise à Samuel avant de les observer, tous les deux : ils sont magnifiques. Si, avec son pantacourt et son polo blanc, lui a l'air d'un golfeur plus que d'un champion de vélo, elle, en baskets plates, jean moulant coupé aux chevilles et top à rayures oversize, ressemble à ces top-models style underground qu'elle adore – normal, quand, comme Gaia, on est abonnée à tous les magazines de mode possibles et imaginables…

— Allez, entrez. Ne restez pas plantés là.

— Waouh, Elé, c'est trop stylé ! s'extasie Gaia.

— Félicite Leonardo, c'est lui qui a beaucoup de goût.

— Ah, voilà notre chef ! s'exclame-t-elle en le voyant penché sur ses fourneaux. Ça va faire un an qu'on ne s'est pas vus !

Le temps de baisser le gaz, Leonardo nous rejoint avant de saluer Gaia d'un baisemain et d'une révérence :

— Madame…, dit-il avec la plus grande déférence.

Il s'empresse ensuite de serrer la main de Belotti :

— Samuel, encore bravo ! Je suis très honoré de recevoir un maillot rose à dîner. Je n'avais encore jamais accueilli de vainqueur du Giro à ma table.

— Merci, lui répond Belotti avec un sourire Ultra Brite. Tu ne te défends pas mal non plus, chef. Et je crois comprendre pourquoi…

Son regard tombe sur la ribambelle de hors-d'œuvre disposés sur la table.

— Attention, ceux-là, c'est moi qui les ai préparés, je précise non sans une pointe d'orgueil.

— J'hallucine, là..., fait Gaia en ouvrant des yeux grands comme des soucoupes. Tu t'es mise à cuisiner ?

Leonardo et moi échangeons un regard complice.

— Disons que j'ai essayé de lui piquer quelques petits trucs.... Et toi alors, la maligne, tu ne t'es pas encore décidée à te transformer en cordon bleu ? je demande en lui pinçant la hanche.

L'air effondré, Samuel secoue la tête :

— La dernière fois qu'elle a essayé de préparer un rôti, les voisins étaient à deux doigts d'appeler les pompiers !

— N'exagère pas non plus ! s'insurge Gaia. Il était bien cuit, c'est tout.

— Mais oui, mon trésor..., fait-il d'un ton accommodant en lui posant un baiser sur le front, un bras enroulé autour de ses épaules.

Il en profite alors pour faire une grimace : ça devait être quelque chose...

— Je t'ai vu, tu sais ? le menace-t-elle.

Heureusement pour lui, son attention est attirée ailleurs.

— Elé, je peux aller jeter un œil ? me demande-t-elle en s'engouffrant ni une ni deux dans la chambre à coucher.

— Bien sûr, je t'accompagne. Mais on fait vite, d'accord ? Le dîner est bientôt prêt.

Après leur tour du propriétaire, Gaia et son mari retrouvent nos autres invitées sur la terrasse. Nous sommes très vite rejoints par Antonio, l'associé de Leonardo, ainsi que sa nouvelle copine, Marina, une jolie blonde visiblement très sympa.

Quelques minutes plus tard, on sonne encore à l'interphone : c'est Martino, mon chevalier servant. Quelle joie de le revoir ! Ce n'est plus tout à fait le même. Il a un look plus étudié : il a coupé sa mèche mais s'est un peu laissé pousser la barbe. Il a aussi un nouveau piercing au sourcil qui, je dois dire, lui va très bien. Martino fait partie de ces gens qu'on rencontre rarement dans une vie, mais qu'on garde dans son cœur pour toujours. En un sens, c'est grâce à lui si je vis dans cet appartement avec Leonardo, là, maintenant. Qui sait ce qui se serait passé si Martino ne l'avait pas appelé, le jour de l'accident ? Avec un peu de chance, le destin aurait trouvé un moyen pour que nos routes se croisent de nouveau, allez savoir... Quoi qu'il en soit, Martino sera toujours mon porte-bonheur et ça, Leonardo le sait et le respecte.

Il s'avance vers nous avec cette allure dégingandée qui me fait tellement craquer, salue Leonardo d'une poignée de main avant de me faire timidement la bise. Toujours aussi peu sûr de lui, décidément... Il faut que je me jette à son cou pour qu'il se détende. Il me prend alors dans ses bras et me soulève légèrement du sol.

Quand il me repose par terre, il semble déjà plus à l'aise.

— Allez, viens avec moi dans la cuisine ! lui dis-je en le tirant par une manche.

— Incroyable, tu es devenue une vraie chef, s'exclame-t-il en mordant dans l'*arancino* que je viens de lui tendre.

— Tu verras, ma spécialité à moi, c'est plutôt les desserts. Attends de goûter mon tiramisu à la noix de coco, c'est de la bombe atomique !

— Mmmh, ça a l'air divin...

Après avoir laissé Martino me raconter les derniers développements de sa vie – côté cœur, c'est malheureusement le calme plat –, je lui montre le livre de recettes, toute fière mais aussi curieuse d'avoir son avis sur mes illustrations. Au fond, c'est lui, le spécialiste de la question !

— Dis-moi sincèrement... Tu en penses quoi ?

— C'est vraiment toi qui les as faites ? me demande-t-il en feuilletant les pages d'un air réellement admiratif.

— Oui. J'ai commencé quand j'étais à Stromboli, presque pour m'amuser, et puis j'y ai pris goût... Alors, ton verdict ?

— Je suis épaté. Tu as vraiment du talent, Elena.

— Moi aussi, je peux voir ? fait soudain Gaia.

Cette fille est incroyable : elle arrive même à se déhancher en baskets... J'ai encore beaucoup à apprendre d'elle !

— Martino, je te présente Gaia, ma meilleure amie, dis-je en me forçant pour ne pas éclater de rire.

— Celle qui s'est mariée à Venise ? demande-t-il.

— En personne, s'empresse-t-elle de répondre. Et toi, tu dois être Martino, pas vrai ?

— C'est ça, enchanté.

Gaia et moi échangeons un clin d'œil, comme si elle voulait me dire : « Trop canon… Si c'est ça, la raison qui t'a fait arriver à la bourre à mon mariage, *respect, baby !* » C'est ce qu'elle doit penser, aucun doute là-dessus.

— Dis voir, il faudrait que tu nous ravitailles en entrées, m'avertit Gaia. Par contre, si tu veux encore manger un morceau avant que tout soit englouti, Martino, il va falloir t'activer.

— Alors je vole ! s'exclame Martino en se précipitant vers la terrasse où l'accueille Valérie.

Entre timides, on se comprend. C'est ce que je m'étais dit le jour où nous nous sommes rencontrés, lui et moi.

— Tu me donnes un coup de main ? je demande à Gaia.

— Si tu insistes…

— J'insiste ! dis-je d'un air faussement menaçant.

Les bras levés en signe d'apaisement, elle s'approche du plan de travail.

— Allez, arrête de faire ta timide, ça ne te va

pas du tout... Raconte-moi quelque chose, plutôt, je lui demande d'un ton pressant en découpant mes aubergines à la parmesane en petites portions.

— Qu'est-ce que tu veux que je te raconte ?

— Je ne sais pas... Ce que ça fait d'être mariée à un champion, par exemple !

— La remise du trophée à la fin du Giro, c'était vraiment un truc de ouf... Tu aurais dû voir Samuel pleurer de joie sur le podium avec son beau maillot rose ! Ça m'a tellement émue de le voir comme ça, et pourtant, on ne peut pas dire que je sois du genre sentimental, sourit-elle d'un air attendri. Malheureusement, depuis, plus moyen d'être tranquilles : on a dû se fader je ne sais combien d'interviews, de fêtes, de rencontres avec les sponsors... Un enfer ! Et pourtant, tu sais que je ne suis pas spécialement timide... Mais trop, c'est trop. Je commence sérieusement à en avoir ma claque de tout ça !

Passablement énervée, Gaia finit tout de même par retrouver le sourire :

— Une chance, on en aura bientôt terminé. Dans une semaine, on part en Grèce, sur une île microscopique, juste lui et moi, pour être un peu au calme. J'ai hâte, fait-elle avec de petits cœurs à la place des yeux. Mais je te jure, Elena, maintenant que Samuel a lâché son vélo et que je peux passer un peu plus de temps avec lui, je suis la femme la plus heureuse du monde.

Après lui avoir fait un clin d'œil, je me penche pour contrôler le four.

— Allez, découpe-moi ce *sfogghiu*, lui dis-je en lui passant la grille.

— Ce quoi ? fait Gaia en ouvrant grands les yeux. Mais dis donc, tu es devenue une Sicilienne pur sucre !

— Arrête de faire l'imbécile, tu veux ? C'est une tourte au fromage !

— Mmmh, ça sent sacrément bon, en tout cas...

— Et ça aussi, c'est bibi qui l'a préparée...

— Attends un peu, Elé... On n'était pas censées défendre la cause des féministes allergiques aux fourneaux, toi et moi ? Espèce de traîtresse, tu cachais bien ton jeu depuis tout ce temps !

— J'ai sacrifié mes grands idéaux sur l'autel de l'amour, dis-je d'un air d'actrice consommé.

Nous voilà de retour dehors, de pleins plateaux d'*antipasti* à la main. La terrasse baigne dans une atmosphère magique de fête d'été. Les premières étoiles sont apparues dans le ciel de Rome. Leonardo, qui a allumé les lanternes, est en plein conciliabule avec Samuel – Dieu sait ce qu'ils peuvent bien se raconter, avec leurs airs de conspirateurs... –, tandis que Martino sert du vin à Valérie. À les voir discuter en français avec tant d'animation, j'ai l'impression que le courant passe plutôt bien entre ces deux-là... Paola et Monique, suivies par Antonio et Marina, me félicitent pour le livre de recettes. Après m'avoir promis d'en acheter un, chacun me demande d'ores et déjà de lui faire une dédicace personnelle.

C'est si beau d'être ici, parmi eux et aux côtés de mon Leo. J'en aurais presque envie de chanter – mais pas question de gâcher une si belle soirée en faisant pleuvoir…

— C'est le moment de porter un toast, lance alors Gaia.

Comme toujours, elle a lu dans mes pensées !

Sous les applaudissements enthousiastes de l'assistance, Leonardo part déboucher la bouteille des grandes occasions (un Nicolas Feuillatte Palmes d'Or) et fait le tour de la table pour remplir les verres de tout le monde.

— À l'été ! Qu'il soit formidable et plein de surprises pour chacun de nous ! s'exclame-t-il en levant sa flûte.

— Et à vous, qui êtes toujours formidables ! je renchéris avec un clin d'œil.

Tandis que nos verres s'entrechoquent en tintant joyeusement, je regarde mes amis un par un. Gaia, tout sourire, qui vole un baiser à son mari. Paola, le regard tourné vers les étoiles, qui serre fort Monique dans ses bras.

Et puis Martino, qui a finalement trouvé le courage de croiser les yeux de Valérie. Il lui effleure timidement la main. Leur bonheur respire l'amour et se mêle au mien.

Les gens heureux, paraît-il, voient tout plus beau, parce que le regard qu'ils portent sur le monde reflète les couleurs de leur âme.

Ce n'est pas juste une formule. C'est vrai, et j'en ai désormais la preuve.

Je regarde Leonardo. Nos bouches se frôlent et nos yeux se sourient.

Mon bonheur est là, tout entier.

Que demander de plus à la vie ?

Rien.

15

Il fait désormais nuit noire. Notre petite fête vient de se terminer. Gaia et Samuel ont été les derniers à s'en aller. Ils sont partis depuis quelques minutes. Je suis épuisée, mais j'aimerais au moins ranger la terrasse avant de dormir. Pour quelqu'un qui a toujours du mal à émerger le matin, se retrouver avec une maison sens dessus dessous n'est certainement pas le meilleur moyen de se réveiller.

M'arrachant brutalement à ces considérations domestiques, Leonardo débarque dans le séjour avec nos blousons de moto et nos casques.

— Il te reste encore un peu d'énergie pour moi ? me demande-t-il avec une mine fraîche et un teint de rose, comme s'il venait de se lever.

— Pour quoi faire ? je rétorque d'un air interdit.

Il est près de quatre heures du matin, je suis à deux doigts de m'écrouler de sommeil, mais l'idée de faire un tour en moto à cette heure me tente beaucoup.

— Je veux t'emmener quelque part, m'annonce-t-il.

— C'est loin ?

— Non, ne t'inquiète pas. C'est à une heure d'ici grosso modo.

— Ça ne sert à rien de te demander plus de détails, je me trompe ?

— D'après toi ? se contente-t-il de me répondre avec un regard faussement menaçant et un sourire charmeur.

Le soleil est en train de se lever sur Terraccina. C'est un véritable coin de paradis. Partagée entre la stupéfaction et la reconnaissance, je contemple le merveilleux spectacle qui s'offre à mon regard. Dominé par les ruines d'un temple de Jupiter niché au sommet d'une falaise, le panorama qu'on peut admirer d'ici est l'un des plus beaux de toute la côte tyrrhénienne. En un seul coup d'œil, on peut embrasser toute l'étendue de terre qui va du Circé à Gaète.

La masse rocheuse sur laquelle nous sommes assis a deux mille ans. C'est absolument incroyable. Vertigineux, même… Le parfum de la pierre se mélange à celui de la mer, des plantes sauvages, des genêts, de notre peau. Les lumières de la nuit viennent désormais de s'éteindre pour laisser place à celles du jour.

— C'est le moment parfait..., murmure Leonardo en regardant tout autour de lui, les yeux mi-clos, l'air satisfait.

J'acquiesce. Notre retour à Rome a été un véritable enchaînement de moments *parfaits*. Nous partageons le même toit, nous nous réveillons chaque jour l'un à côté de l'autre. Le soir venu, j'attends Leonardo qui rentre du travail. Et puis il y a eu ce livre de recettes que nous avons réalisé ensemble... et, pour couronner le tout, cette nouvelle restauration dont Paola m'a parlé ce soir même et à laquelle elle veut à tout prix que je participe.

Leonardo me prend dans ses bras et me pose la tête sur son épaule, les yeux levés vers le ciel :

— Tu sais, Elena... Ces derniers temps, j'ai souvent réfléchi à la façon dont ma vie a changé depuis que nous nous connaissons, dit-il comme s'il pensait à voix haute. Je n'ai jamais eu énormément de certitudes, j'ai toujours vécu au jour le jour. Mais maintenant, si je pense au futur, m'imaginer vivre à tes côtés ne me fait pas peur.

Un sourire rayonnant de sérénité illumine son visage.

Il tire alors de la poche de son blouson un sachet en satin bleu nuit et en sort deux anneaux en or blanc. Je lève les yeux vers lui, muette de stupeur. Pincez-moi, je dois rêver ! Leonardo me pose dans le creux de la main un anneau portant le nom *Elena*, tandis qu'il tient dans la sienne celle où est écrit *Leonardo*.

— Elena, je ne t'ai encore jamais dit tout ça, mais je veux que tu le saches, maintenant, fait-il avant de prendre une grande inspiration comme pour se donner du courage. Grâce à toi, j'ai découvert qui j'étais vraiment. J'ai vu cette partie de moi-même que je n'avais jamais voulu accepter : mes faiblesses, ma culpabilité, ces pulsions qui blessent les autres et qui me dévorent de l'intérieur. À travers tes yeux, j'ai malgré tout réussi à voir au-delà de mes limites.

Il s'arrête un instant pour reprendre son souffle avant de poursuivre :

— Je veux passer chaque jour de ma vie à tes côtés, dit-il d'une traite. Et si tu le veux toi aussi, je voudrais que mon nom reste contre ta peau pour toujours.

Pas de doute, je le veux. Je le veux de toute mon âme. Cette déclaration inattendue me laisse sans voix. J'ai envie de rire et de pleurer en même temps. Mes mains commencent à trembler. Je n'ai jamais passé une bague au doigt de quelqu'un d'autre mais, tout compte fait, personne n'en a jamais fait autant avec moi. Est-ce que nous sommes en train de nous marier ? Quelque part, oui, et sous les yeux de Jupiter, le maître de l'Olympe, s'il vous plaît ! Notre union n'a rien d'officiel, mais elle a été scellée avec le cœur. C'est ce qui la rend encore plus forte.

— Je le veux moi aussi, dis-je en glissant la bague autour de son doigt. Je suis à toi, Leo. Pour toujours.

Et je lui tends la main.

Leonardo l'attrape doucement et, en l'espace d'un instant, son nom se retrouve tout contre ma peau. Son geste est beaucoup plus sûr que le mien.

— À toi pour toujours, dit-il en m'embrassant sur la bouche. À nous pour toujours.

Je me serre contre lui, mon visage contre le sien. Nos doigts s'entrecroisent, nos bagues se frôlent.

Nous sommes vraiment *nous*, désormais.

Et où que nous allions, nous serons ensemble.

Trois ans plus tard

À dix heures du matin, la plage du Lido de Venise est encore silencieuse. Depuis la terrasse de l'hôtel Excelsior, allongée les doigts de pieds en éventail sur une chaise longue blanche, j'arrive à entendre le bruit de la mer et les faibles cris des mouettes en train de se chamailler sur le rivage. Une douce mélodie flotte dans l'air tandis qu'une brise légère caresse ma peau.

Leonardo et moi sommes ici pour la semaine. Mes parents l'adorent, surtout ma mère, même si elle a encore du mal à accepter qu'un homme puisse mieux cuisiner qu'elle. Nous sommes souvent en vadrouille, surtout le soir : au mois de juillet, Venise est si belle qu'on a envie de passer sa vie dehors. Nous avons retrouvé des tas d'amis que nous n'avions pas vus depuis des lustres. Même Filippo. Ce fut un moment tranquille et sincère. Il fera toujours partie de ma vie et je sais que c'est réciproque. Il fallait juste du temps pour que la blessure cicatrise : ce fut douloureux pour lui comme pour moi, mais c'était le seul moyen de nous libérer et de nous permettre d'aller de l'avant. Filippo est vraiment heureux pour moi comme je le suis pour lui. Il s'est installé avec Arianna, la fille avec qui il était le soir de l'enterrement de vie de jeune fille de Gaia. Ça m'a tout l'air d'être le grand amour.

Gaia nous rejoindra dans deux jours avec son mari. Pour le moment, ils sont en Argentine, où Samuel dispute une course. J'ai hâte qu'ils arrivent.

— Michele, laisse maman tranquille…

C'est la voix de Leonardo, à peine plus qu'un murmure. Je sens alors sur ma hanche la petite main forte de notre fils Michele, deux ans depuis le 19 mars. D'après nos calculs, il a été conçu le soir de notre dîner sur la terrasse, la nuit où Leonardo m'a donné la bague que je porte encore au doigt. Nous ne sommes pas encore mariés – pas officiellement, du moins. Nous le ferons peut-être un jour, mais pour l'heure, rien ne presse : à mes yeux, ces anneaux valent plus que n'importe quelle promesse.

Et puis il y a lui, notre enfant, la preuve vivante de notre amour. J'ouvre les yeux pour contempler cette créature unique et précieuse. Je me lève de mon transat afin de le prendre dans mes bras. Michele essaie de se débattre en faisant la moue avant qu'un grand sourire n'apparaisse sur son visage. C'est un Leonardo en miniature : il a ses cheveux foncés, ses yeux noirs et profonds ainsi que sa peau mate, mais il a un minuscule grain de beauté en forme de cœur sur la poitrine. Et ça, c'est tout moi.

Je pense à la femme que je suis devenue, à la vie que je mène aujourd'hui et que j'ai si ardemment désirée.

— Il ne va pas prendre un coup de chaud sur le dos, tu es sûre ?

Je n'ai jamais vu Leonardo aussi attentionné qu'avec son fils. Devenir père l'a transformé : il n'a rien perdu de son charme et de sa vitalité, mais il a développé cette tendresse qu'il n'avait jamais osé montrer.

— Mais non, Leo… Pas vrai, Michele ? je demande en embrassant notre enfant sur son petit nez. Dis à papa que tu n'as pas peur du soleil. Parce que le soleil, c'est toi…

MERCI

à Celestina, ma mère.
à Carlo, mon père.
à Manuel, mon frère.
à Caterina, Michele, Stefano, mes phares, de jour comme de nuit.
à Silvia, ma guide précieuse.
à l'ensemble des éditions Rizzoli, du rez-de-chaussée au dernier étage.
à Laura et Elena, pour leur magnifique présence.
à tous mes amis, inconditionnellement.
à Filippo P. et à son indifférence utile.
à Stromboli et la Sicile.
au 26 mai 2013, 19 h 24.
au destin.

LA TRILOGIE ITALIENNE

UN VOYAGE SANS LIMITES À LA RECHERCHE DU PLAISIR

Déjà parus

SUR TES YEUX (Tome 1)
Elena a vingt-neuf ans. Restauratrice d'art à Venise, elle se passionne pour son métier et consacre toutes ses journées à la fresque d'un palais de la lagune. Du moins, jusqu'à l'arrivée de Leonardo, un jeune chef cuisinier d'origine sicilienne, venu ouvrir un restaurant dans la Sérénissime. Très vite, Leonardo perce à jour la véritable nature d'Elena : un ange qui cache en lui un démon tourné vers les sens et le plaisir. Un démon que lui seul pourra libérer, mais à une condition : qu'Elena ne tombe jamais amoureuse de lui.

POUR TES LÈVRES (Tome 2)
Afin d'oublier Leonardo, Elena a quitté Venise pour Rome, où elle vit à présent avec Filippo. Un soir qu'ils dînent ensemble dans un restaurant de la ville, le dessert d'Elena arrive, parsemé de grains de grenade : le fruit de Leonardo… L'homme qui l'a tant hantée est là, et la désire plus que jamais. Mais entre eux se dresse le secret le plus inavouable de Leonardo…

**BEST-SELLER EN ITALIE,
DÉJÀ TRADUIT DANS 10 PAYS**

Cet ouvrage a été composé
par Maury-Imprimeur SA

Impression réalisée par
CPI BRODARD ET TAUPIN
La Flèche
en avril 2014

PAPIER À BASE DE
FIBRES CERTIFIÉES

JC Lattès s'engage pour l'environnement en réduisant l'empreinte carbone de ses livres.
Celle de cet exemplaire est de :
726 g éq. CO_2
Rendez-vous sur
www.jclattes-durable.fr

N° d'édition : 01 – N° d'impression : 3005342
Dépôt légal : mai 2014
Imprimé en France